is is the End
agnation Committee.
아이엔 키엔
일러스트
오기pote
여기는
종말정체
위원회.

KEYWORD

종말이란?

언젠가 우주를 멸망시킬 사상(事象)의 총칭. 인간형처럼 실체를 지닌 경우도 있지만 현상인 경우도 있다.

그 성장 단계에 따라 종말 잠재력이 설정되어 있다.

존재하는 한, 모든 종말은 언젠가는 Stage10에 도달해 우주를 멸망시킨다.

Stage 1	Stage 2	Stage 3	Stage 4	Stage 5
시작	파종	성장	활성화	혼란
-Initium-	-Seminatio-	-Crescita-	-Excitatio-	-Turbatio-

Stage 6	Stage 7	Stage 8	Stage 9	Stage 10
동요	파괴	대화재	대홍수	종언
-Perturbatio-	-Devastatio-	-Conflagratio-	-Cataclysmus-	-Apocalypsis-

천공도시 플루크투스

지구 상공에 존재하는 아공간의 도시.

지표면의 다섯 배쯤 되는 면적을 보유하고 있다.

99%는 출입금지 구역이므로 인간형 실체가

생존할 수 있는 장소는 극히 적다.

인류 미개척 지역에서는 수많은 다른 차원에서

온 방문객들이 살고 있다.

종말 정체 위원회

종말의 날을 조금이라도 늦추기 위해 활동하는

조직. 『푸른 학교』『Corporations(기업 그룹)』

『카우스 인스티투트』라는 3대 학교를 중심으로

구성되어 있다. 수많은 반현실(反現實) 조직※과

대립하고 있는데, 그렇게 장악하고 해체한 적대

조직을 흡수하면서 성장한 역사가 있다.

※ 특수한 과학기술을 다루는 조직.

{외차원(外次元) 기술·오래된 의식 등}.

푸른 학교

천공도시 플루크투스의 제12지구에 있는

통칭 『3대 학교』 중 하나.

가장 많은 종말 무력화 건수를 자랑하며, 높은

기술력과 자유로운 교풍이 매력 포인트다.

하지만 그만큼 윤리적 배려나 안전성이 부족하여

다른 학교의 비난을 받기도 한다.

하부 조직으로는 정보 조작 및 반현실 연구를

목적으로 하는 「일루미나티」가 있다.

총흔의 천사

천사를 조각한 석상. 『푸른 학교』가 받들고 있는

종말. 『푸른 학교』 학생에게 『총흔』의 기프트를

부여한다.

『총흔』은 인류가 다룰 수 있는 가장 강력한 반현실

중 하나이며, 종말과의 전투에 필수 불가결하다.

다른 차원에서 이쪽으로 찾아와 인류에게 힘을

부여하는 존재는 주로 『천사』라고 불린다.

어디까지든 쭉 가는 거다. 이 끝없는 여로를.

사랑과 용기의 갑옷과 방패로.
꿈과 희망의 총과 검으로.

설령 우주가 멸망하더라도.

프롤로그 『배와 그림자』

내 이름은 코토요로즈 코토하. 어디서나 볼 수 있는 평범한 고등학생이다.

……그렇게 말하고 싶지만 실은 고등학교에는 다니지도 않고, 중학교를 졸업하기도 전에 멕시코 마피아한테 납치되고 감금되어 노예 취급을 당하다가 지금은 또 귀찮아졌다는 이유로 배에 실려 어딘가에 내버려지기 일보 직전인 상황이었다. 『평범』한 척하는 것은 아무래도 양심이 없는 거겠지.

《진짜로 저런 꼬맹이가.》

《──속삭임꾼(Susurador)이야?》

갑판을 청소하는 선원 한 명이 겁내고 있었다. 다리가 사슬로 묶여 있는 나를 보고.

『Susurador』. 수스라도르. 『속삭이는 자』란 뜻.

이 남자들. 즉 상그레 오쿠르타(숨겨진 피)는 멕시코에서 가장 큰 마피아 조직 중 하나다.

그런 놈들이 나처럼 새파란 애송이한테 겁먹어서 슬금슬금 눈치를 보고 있었다.

'젠장. 머리가 아파…… 죽을 것 같아.'

이렇게 눈에 띄는 장소에서 관중한테 노출되면 어찌할 도리 없이 타인의 사념이 머릿속에 울려 퍼지게 된다. 타인의 마음은 독이다. 내 뇌를 마구 휘저으면서 나의 사고를 탈취하려고 한다.

"코토하, 미안하다."

등 뒤에서 발소리가 울려 퍼졌다. 가죽 구두 소리였다. 구두 소리에 비해 그 목소리는 작았다.

"……라파. 와 있었구나."

라파엘 가르시아. 이미 40대가 되었는데도 엄청난 근육을 자랑하는 키 큰 남자다. 까만 재킷을 걸쳤는데, 그 밑에 문신이 여러 개 언뜻언뜻 보였다.

"엘 소브리노(조카)가 직접 쓰레기를 버리러 나온 건가. 효심이 넘치네."

"미안해. 코토하. 숙부님을 막으려고 해봤지만."

《내가 설득에 성공했더라면.》

《……하지만 보스의 명령은 절대적이다.》

이 얼마나 성실한 남자인지. 나는 무심코 웃었다. 이 남자는 언제나 마음과 말이 같은 형태를 띠고 있다.

"결국 간부들은 네가 무서워진 거야. 우리 숙부님도 포함해서 말이지. 코토하. 우리 패밀리는 지난 몇 년 사이에 급격히 커졌어. 비정상적일 정도로. 물론 너의 공적이 컸지. 그래, 너무 컸어. 너는 누구의 비밀이든 다 폭로해버리니까. 경찰이나 정치가의 추악한 소망도, 대립하는 마피아의 약점도. ……그리고 패밀리가 숨기고 싶어 하는 온갖 비밀도."

당연한 결과일지도 몰라. 그런 생각도 들었다. 나는 시한폭탄이다. 마음을 훔쳐보고 마피아의 귀에 속삭여주는 악마다. 내부 붕괴의 불씨가 될 수도 있고, 적에게 빼앗겼다간 완전히 끝장나 버리는 것이다.

"……코토하. 너는 왜 살려 달라고 하지 않는 거야?"

"응?"

"너는 언제나 그랬지. 우리 패밀리에 왔을 때부터. 늘 어두운 눈빛으로 지내면서 불평이나 불만 따윈 거의 표현하지도 않고, 명령이든 고문이든 죄다 묵묵히 견뎌왔다. 난 네가 내 친구라고 생각하는데, 너한테서 '도와줘'란 말은 한 번도 들어본 적이 없어."

그것은.

"대체 왜 그랬나?"

왜 그랬나. 생각하려고 했을 때 날카로운 통증이 내 머리를 덮쳤다. 나는 중얼거렸다.

"……희망이란 것이 나를 구해줬던 적은 지금까지 한 번도 없었기 때문이지."

라파는 한순간 울 것 같은 눈으로 나를 보더니 얼른 시선을 피했다.

그의 마음의 수면에 어린 남자애의 얼굴이 비쳤다. 10년 전 심장병으로 세상을 떠난 그의 아들이 지금도 살아 있었으면 나와 같은 나이였을 거란 이야기를 했었는데. 그게 왠지 모르게 떠올랐다.

"앞으로 더 더워질 거야. 이거라도 먹어."

그러더니 라파는 내 입에 큼직한 알사탕을 휙 던져 넣고 떠나갔다. 그렇다. 저 녀석은 저렇게 악당같이 생겼고 실제로도 지독한 악당이지만, 우스울 정도로 단것을 좋아하는 녀석이었다.

"……으, 달다."

태평양의 넓은 하늘 아래에서 노예처럼 묶여 있는 나는 지나치게 달달한 사탕을 계속 빨아먹고 있었다.

"──그거 맛있어 보인다. 나한테도 주지 않을래?"

목소리가 들려 깜짝 놀랐다. 방울처럼 맑은 소녀의 목소리였다.

"으, 응……! 흐아암. 잘 잤다."

늘어지게 기지개를 켠 것은 새까만 코트를 걸친 인물. 새까만 머리카락과 새까만 눈동자를 지닌 소녀였다. 나와 함께 이 배에 태워진 다음부터 내내 기절해 있었다. 그래서 시체인 줄 알았는데.

"저기, 그거 나도 줄래? 사탕."

"줄래? 하고 물으셔도…… 난 이미 먹어버렸고, 수갑을 차고 있어서 건네줄 수도 없어."

"네 입에 남아 있잖아? 자, 아─."

소녀는 아기 새처럼 입을 벌리고 뭔가를 기다리고 있었다. 농담이지?

'내 입에 있는 사탕을 입에서 입으로 전달해 먹여 달라는 건가?'

그건…… 뭐랄까. 주춤할 수밖에 없었다.

'어, 어쩔 수 없잖아. 여자애는 오랜만에 보는걸!'

이 아이도 고등학생쯤 되는 나이인 걸까?

'그런데 이 아이…… 나보다 더 엄중하게 구속되어 있어.'

나는 사슬로 손발이 묶였을 뿐인데, 그에 비해 이 아이는 구속복으로 온몸이 구속되어 있었다. 마치 사나운 사자나 늑대를 대하는 듯한 신중함이었다.

"저기, 나 지금 기다리고 있거든—?!"

나는 동요하면서도 그녀의 입으로 내 입술을 가까이 가져갔다.

소녀의 마음속에 악의 따위는 전혀 없었기 때문이다. 무서울 정도로 **아무것도 없었다.**

"응…… 으응."

혀끝으로 살짝 굴리듯이 설탕 덩어리를 소녀의 입으로 흘려 넣었다.

타액이 묻은 사탕이 소녀의 앞니에 부딪쳐 달각. 하고 작은 소리를 냈다.

그것이 나의 첫 키스였다.

"으응—! 달다! 아아—♡ 죽다 살아난 기분이야—♡ 덕분에 살았어, 고마워—♡"

"……아니. 나도. 마지막으로 '좋은 일'을 할 수 있어서 다행이야.”

그 말이 무슨 뜻인지 묻지도 않고 소녀는 웃었다.

‘예쁜 아이구나.’

비단처럼 고운 피부. 부드러워 보이는 입술. 흑요석 같은 눈동자.

‘나도 실은 이런 아이와…….’

그런 생각도 해보고.

“응, 그래서 너는 왜 이 배에 붙잡혀 있는 거야?”

“이런저런 비밀을 너무 많이 알아버렸거든. 그래서 먼 나라에 버려지게 되었어. 음, 아마도 팔려갈 테지. 듣자하니 나는 20억 달러에 팔릴 거래.”

“우와! 그거 굉장한데?”

놀라운 일이야─. 그러면서 소녀는 나무아미타불 하고 중얼거렸다. 나는 저절로 웃음이 나왔다.

“그러는 너는?”

“여기저기서 원한을 많이 샀지. 실수를 해버렸어.”

“……뭐? 너도 마피아야?”

“아니. 난 그냥── 마왕이야.”

마왕. 검은 소녀는 아름답게 웃었다. 나로선 그 의미를 이해할 수 없었지만, 실은 뭐든지 상관없었다.

“할짝할짝. ……으응─. 좋아, 회복됐어. 고마워. 사탕 돌려줄 테니까 입 벌려.”

“아니, 괜찮아. 너 먹어.”

"아냐, 안 돼. 보니까 너 볼이 움푹 들어갔는걸. 당장이라도 죽을 것 같아."

그런가? 하고 생각했을 때는 이미 소녀의 얼굴이 나에게 다가와 있었다. 입을 벌리자, 아까보다는 좀 작아진 사탕이 약간의 점액과 더불어 내 안으로 흘러 들어왔다.

"……아, 이건 아무래도 좀 부끄럽네."

새빨개진 얼굴로 헤실헤실 웃는 소녀. 그걸 본 나는 급격히 뺨이 뜨거워지는 것을 느꼈다.

……아니, 잠깐만. 이런 청춘의 한 장면이나 연출하고 있을 때가 아니잖아?!

"응, 그래서 너는—— 안 도망쳐?"

자칭 마왕이란 소녀는 무서우리만치 맑은 눈으로 나를 쳐다봤다.

"도망칠 수 있으면 도망쳤지. 하지만 이걸 봐. 다리는 쇠사슬로 묶였고. 주위에는 수십 명이나 되는 마피아들이 있어. 애초에 여기는 태평양 한복판이고. 아무리 생각해봐도 탈출은 무리야."

"그래도 노력할 수밖에 없잖아?"

소녀는 웃었다. 푸른 하늘이 안 어울리는 여자애구나. 그런 생각을 했다.

"무리일 거라고 예상해도, 거의 가능성이 없다 해도, 그래도 노력하지 않는 것보다는 노력하는 게 '낫다'고 생각하지 않아? 숫자를 따져봐. 0이냐. 0.0000001이냐. 그럼 후

자가 더 크잖아?”

“……무책임하네. 너무해, 폭력 같은 말이야.”

“하지만 난 그렇게 할 거야.”

강한 결의를 담은 시선이 나를 쳐다본다. 나도 모르게 웃음이 터졌다. 아니, 이렇게 끝장난 상황인데?

“나는 꼭 하고 싶은 일이 있거든. 시시한 절망이나 사면초가의 곤경에 빠졌다고 해서 이야기를 끝낼 마음은 없어.”

“하고 싶은 일이라…….”

“넌 없어? 살면서 꼭 해보고 싶은 일.”

나는 생각해 봤다. 하고 싶은 일이라니, 그런 것은 멕시코의 넓은 저택의 좁은 지하실에서 2년 동안이나 가축 취급을 당하며 살아왔던 나 같은 놈이 생각하기에는 너무나 눈부신 개념이었다. ──하지만 망상 정도는 할 수 있겠지.

“하고 싶은 일…… 그 소망은, 좀 전에 조금이나마 이루어졌어.”

소녀는 어리둥절한 얼굴로 나를 쳐다봤다.

“나 말이지. 오랫동안 감금되어 있었는데. 그래도 일을 열심히 하면 TV 같은 것은 볼 수 있었어. 그런데 한밤중에 말이지. 일본 애니메이션이 방영됐어. 평범한 고등학생이 주인공인데 학교에 다니면서 여자애랑 만나기도 하고, 간단한 문제를 해결하기도 하고. 그런 일상적인 이야기였어.”

“응.”

“……나도 이렇게 되고 싶다. 라이트 노벨 주인공처럼.

청춘을 즐기고 싶다고 생각했어.”
“흠—.”
“바보 같아?”
“……아니. 나도 이해해. 그 마음.”
“이해한다”는 말을 듣고 나는 왠지 묘하게 납득했다. 왜냐하면 이 새까만 소녀는 아무리 봐도 멀쩡한 일반인이 아니니까. 틀림없이 나와 같은 족속일 것이다.
“그렇구나. 요컨대—.”
소녀는 살짝 시선을 피하면서 수줍은 듯이 말했다.
“내가 히로인 역할을 해버린 거야?”
“응, 조금.”
여자애와 사탕 교환. 첫 키스. 약간 특수하지만, 청춘이다.
그것이 나의 꿈. 단 하나뿐인 꿈. 하지만 꿈이란 것은, 손이 닿지 않기 때문에 꿈이라고 하는 거잖아?
“아깝네. 나처럼 못생긴 애랑 입으로 뭐 좀 교환했다고 그렇게 쉽게 만족하다니!”
“……너 정도면 상당히 예쁘다고 생각하는데.”
“우와!”
소녀는 호들갑스럽게 펄쩍 뛰더니.
“그, 그건 아니라고 생각하는데…… 꼬물꼬물.”
꼬물꼬물하면서 부끄러워했다.
“아무튼! 아깝다고! 너는 청춘을 즐기고 싶잖아?! 친구도 사귀고! 여자 친구도 사귀고! 여름의 즐거운 추억이라든가! 좀 씁쓸한 사랑이라든가! 그런 것을 경험하고 싶잖아?! 그럼 포기하면 안 돼! ——**꿈과 희망**을 버리면 거기서 끝이란 말이야."

어릴 때 들었던 J-POP 가사 같은 말을 하는 사람이구나. 그렇게 생각했다.

잔혹하고도 무서운 사람이구나.

"희망을 품는 사람은 얼간이밖에 없어. 기대한 만큼 상처받을 뿐이야. 그런 운명이야."

"운명? 너는 운명의 노예야?"

"노예? 글쎄. 기껏해야 샌드백 정도 아니려나."

소녀는 슬픈 눈빛으로 나를 쳐다봤다.

"그렇게 믿으면서 자기 자신을 지킬 수밖에 없었던 거구나. 너는."

"……그럼 네가 '하고 싶은 일'은 뭔데?"

어차피 이제는 할 수도 없을 테지만. 무의미하고 무가치한 하찮은 이야기다.

그런데 그 소녀는—— 검은 마왕은 티 없이 해맑은 미소를 지었다.

"——우주 멸망!"

그 순간, 푸르른 빛이 망막을 태웠다.
그것은 소녀의 『그림자』가 발하는 인광이었다.

"뭐…… 뭐야……?"

"난 말이지. 세계를 멸망시키고 싶어. 우주가 성가셔 죽겠어. 살아 있는 것이 모조리 사라지면 얼마나 좋을까! 하고 생각하거든?! 그러니까 나는 그걸 위해 최선을 다해 노력하기로 결심했어. 설령 아무리 많은 절망한테 손가락질을 당하더라도!"

이 소녀는 무슨 말을 하는 걸까?

《알사탕을 받아서 다행이야. 이 약간의 에너지가 있으면.》

《나는 좀 더 힘낼 수 있어.》

나는 마음의 소리에 감응했다. 그것은 몹시 무섭고 시커먼 광기 어린 감정이었다. 이토록 순수한 암흑이 느껴지는 인간의 마음은 처음이었다. ……아니, 이 인간은…… **인간**이 맞나?

"왜냐하면 나는 믿고 있거든!"

소녀의 그림자가 거대하게 부풀어 올랐다. 그것은 역시나 파란 빛을 뿜어냈다. 아니, 그뿐만이 아니었다. 저것은 기하학무늬다. 자유자재로 움직이는 소녀의 그림자에는 이제껏 본 적도 없는 무늬가 새겨져 있었다.

"──꿈은 언젠가 반드시 이루어진다고!"

그 순간, 푸른 그림자가 섬광처럼 갑판을 내달렸다.

"크……으윽!"

그림자가 달려간 곳에는 남자 선원이 있었다. 그 남자의 그림자가 푸르게 빛나기 시작했다. 눈 깜짝할 사이에 푸른 그림자는 그 주인의 몸을 재봉틀로 박아버리듯이 꿰뚫기 시작했다. 피가 사방으로 흩어져 갑판을 붉게 물들었다.

"크아아아아아아악!!"

빨간 머리 선원이 소리를 질렀다. 그는 입부터 항문까지 일직선으로 푸른 그림자에게 꿰뚫려 죽었다.

"그만해! 그만해! 그만해애애애애애애애!!"

긴 수염 선원이 비명을 질렀다. 그는 거대한 푸른 그림자에게 짓눌렸다. 토르티야처럼 납작해졌다.

"뭐…… 뭐야, 이거. 뭔데…….."

배는 끔찍한 참상이었다. 무차별 처형장 같은 광경이었다.

수십 명이나 되는 죽어가는 사람들의 사념이 다짜고짜 내 마음을 침식한다. 죽고 싶지 않아. 죽고 싶지 않아. 죽고 싶지 않아. 무서워. 살려줘. 아파. 싫어. 기분 나빠. 죽고 싶지 않아. 죽고 싶지 않아. 죽고 싶지 않아.

나는 무의식중에 계속 소리를 질렀다. 목이 터져라 계속 소리를 질렀다.

"가엾게도."

갑자기 뭔가가 내 머리를 덮었다. 그것은── 그녀의 팔이었다. 자칭 마왕이란 소녀의 팔.

"……그래. 넌 나와 같았구나. 같은 괴물 동지였구나. 인간이 되지 못한 것. 인간을 동경한 것. 강한 지향성. 언젠가 **종말**을 맞이하는 것."

"뭐…… 뭐야……. 도대체, 이게 무슨 일이야……."

"있잖아, 무조건 웃어야만 해. 우리 같은 녀석들은 필사적으로 죽을힘을 다해 노력해야지만 마침내 아주 조금이나마 보답을 받게 되거든. 설령 뭔가를 희생하더라도. 아무리 상처를 받더라도."

소녀는 다정하게 나를 껴안았다.

"너는…… 정체가, 뭐야……!"

소녀는 웃었다. 환하게 빛나는 별들처럼 만면에 가득한 웃음이었다.

"나는 마왕이니라! 세계와 맞서는 자이니라. 결코 패배하지 않는 자이니라. 빛에 굴하지 않는 대장부이니라!"

빛이.

태양의 빛이, 구름으로 가려진 그 순간.

"앗——."

——거대한 그림자 괴물이 바다를 둘로 갈랐다. 과거에 영화에서 봤던 괴수보다 훨씬 더 큰 그림자였다. 수평선 너머까지 펼쳐진 눈앞의 세계 전체를 뒤덮는 괴물이었다. 세계보다도 그림자가 더 크게 보였다.

"나는! 내 꿈을 포기하지 않아! 결코 희망을 버리지 않아!!"

거대한 괴물이 세계를 찢더니 그대로 무릎 꿇었다. 그

작고 새까만 마왕을 위하여.

소녀는 괴물의 팔뚝 위에 타려고 했다. 그런데 그 전에 내 족쇄를 순수한 힘으로 잡아 뜯었다.

"――나는 그렇게 할 건데. ――너는 어쩔 거야?"

낭랑한 목소리로 그녀는 웃었다.

'어쩔 거야? 어쩔 거냐? ……고?'

하지만. 나는. 지금까지 필사적으로 포기해왔는데.

희망 따윈 가져봤자 소용없다고. 아무리 노력해봤자 구원받을 수 없다고.

어차피 이길 수 없다면, 그냥 달관한 태도로 모든 일이 흘러가게 내버려두는 게 낫다고.

'그런데 이 아이는 겨우 10초 만에.'

내가 매일 따닥따닥 이를 부딪치며 겁내던 녀석들을, 해치웠다. 나와 같은 족속이라고 생각했던 소녀가. 나처럼 패배한 개에 불과하다고 생각했던 소녀가.

'실은. 나도.'

머릿속에서는 이 소녀처럼 싸우고 있었다.

하지만 무서웠다. 무서웠던 거다.

"젠장…… 젠장…… 젠장…………!"

"왜 울어?"

"모, 몰라…… 모르겠지만…… 젠자앙……!!"

내 마음을 점령한 것은 분노였다. 그 이유가 뭔지는 몰랐다.

"……하지만…… 나는…… 약하단 말이야…….."

변명 같은 비참한 말이 입에서 흘러나왔다. 나는 뺨이 확 뜨거워지는 것을 느꼈다.

"그러니까 강해지는 거야."

소녀의 미소는 무척 아름다워 보였다. 새까맣고 불순물 따윈 없어서, 모든 것을 다 덧칠해버리는 색. 그 색을 한번 건드려보고 싶다고 순간적으로 느꼈다. 아아, 나는―― 그 소녀에게 반해버린 것이다.

"꿈이 이루어지면 좋겠네."

나는 뭔가를 생각할 여지도 없이 그저 고개만 끄덕였다.

끄덕이고 말았다. 그것이 어떤 의미인지조차 깊이 생각하지 않고.

"네가 청춘에 다다를지, 아니면 내가 종언에 다다를지. 경주하는 거네?"

검은 마왕이 다정하게 웃었다.

"그럼 우리는 이제 적이야!"

――그림자 괴물의 팔이 배를 휘감았다. 우두둑우두둑! 하고 둔탁한 소리를 내면서 배가 서서히 파괴된다. 나는 세로로 기울어진 배의 갑판에서 필사적으로 난간을 붙잡고 있었다.

"Bye-bye. 그럼 안녕. 힘내자. 우리 둘 다."

나는 헤실헤실 웃는 그녀에게 무슨 말이라도 해주고 싶었다. 하지만 명확한 말은 입에서 나오지 않았다.

소녀는 그림자 괴물을 타고 떠나갔다. 나는 거친 파도에 휘말려 공중으로 내던져졌다.

'뭐가 뭔지 모르겠다.'

진심으로 그렇게 생각했다.

'웃기지 마.'

뭐가 뭔지 하나도 모르겠는데, 그래도 그렇게 생각했다.

아는 것은 단 하나. 이대로 있으면 나는 바다에 빠져 죽는다는 거다.

'그럼 어쩔 건데?'

지금까지 그랬듯이 필사적으로 어두운 표정을 지은 채, 운명에 계속 얼굴을 얻어맞을 거냐?

'그건 싫어.'

나도.

'나도 실은, 그 마왕처럼.'

싸우고 싶었어.

'나도 실은—— 꿈을 이루고 싶었어.'

이건 치사하잖아. 그런 생각이 들었다.

'아아, 나—— 살아야겠다.'

바다에 빠지는 순간 깨달았다. 앞으로 해야 할 일. 앞으로 싸워야 할 상대.

『운명』. 나는 그놈을 두들겨 패줘야 한다.

그 마왕이 눈썹 하나 까딱하지 않고 세계를 멸망시키는 일에 매진하는 것처럼.

"아아아아아아아아아아아아아아아아아아아아……!!"

나는 소리를 지르면서 헤엄치기 시작했다.

'이 얼마나 비참한가. 이 얼마나 꼴사나운가?'

지금 여기 있는 것은 나와 바다밖에 없다. 그래, 속이 시원할 정도로 내 적은 하나밖에 없었다.

바닷물을 손으로 할퀴고 발로 찼다. 표류하는 목재를 발견해 거기에 의지했다.

"나는……! 샌드백 같은 게…… 아니야……! 살아 있어! 살 거라고!"

아마 무리일 거다. 왜냐하면 태평양 한복판이니까. 아무에게도 발견되지 못하고 이대로 죽을 것이다.

하지만 천명에 몸을 맡기는 것은 이제 지긋지긋했다. 모든 것이 다 싫어졌다. 잘난 척하는 운명인지 뭔지에 계속 굽실거리면서 사는 것은 더 이상 사양하고 싶다.

'나도…… 꿈을 이루는 거야…….'

평범한 고등학생처럼 친구를 사귀고 싶어.

평범한 고등학생처럼 학교에 다니고 싶어.

평범한 고등학생처럼 사랑을 해보고 싶어.

'──라이트 노벨의 주인공처럼.'

나는 그렇게 결심하고──『그것』을 보고 말았다.

"…………."

거짓말이지?

"…………아…… 아…….."

거짓말일 거야.

"아아아아!! 제기라아아알!! 웃기지 마!! 웃기지 마!! 웃기지 말라고!! 진짜로 넌 대체 뭔데?! 비웃는 거야?! 즐거워?! 만족하냐, 이걸로?! 어, 응?! 야! 웃기지 마, 대답해, 이 멍청아!"

나는 바닷물을 차 올렸다. 압도적인 질량의 바다. 분노에 몸을 맡기고 계속 걸어찼다.

목표물 앞에 도달한 나는 『그것』을 옆구리에 끼듯이 붙잡고서 원래 있던 부유물의 위치까지 돌아왔다.

"푸헉!"

『그것』── 라파엘 가르시아. 근육질인 이 남자는 수영은 잘 못하는지, 다 죽어가듯이 숨을 헐떡이면서 얇은 판자를 붙잡았다.

"윽……!"

이 판자는 2인분의 체중은 버텨낼 수 없다. 배의 잔해는 이미 먼 곳에 있었다. 달리 물에 뜰 만한 물건을 찾으려면 어느 정도 위험을 감수해야 할 것이다.

혹은 여기서 라파를 버릴 수도 있다.

1인분── 나 혼자만이라면 이 판자에 매달려 있을 수 있으리라.

'아아. 나는, 그런 짓을 할 수 있는 인간이 아니구나.'

그런가. 나는 이런 상황이 됐을 때 남을 우선할 수 있는 녀석이구나. 아는 사람을 버리고 자기 혼자만 살아남는 것이 순수하게 싫어서, 처음부터 그런 것은 선택지에 들어가지도 않는구나. 응, 나 제법 괜찮은데?

그것은 구원이었다. 눈물 날 정도로 구원을 받았다.

"기다려! 코토하!"

등 뒤에서 판자를 붙잡고 있는 라파가 그렇게 소리쳤다. 나는 뒤도 돌아보지 않았다.

"나는…… 나는 너를 버렸어! 실은 내가 너를 구해줬어야 했는데! 나밖에 없었다고! 그런데도 나는! 무서워서, 용기를 내지 못했어! 나는…… 나는…… 너에게 구원을 받을 권리 따윈 없어!"

언제나 작은 목소리로 말하는 그가 필사적으로 소리치고 있었다. 나는 살짝 웃었다.

'뭐야, 라파. 너도 나와 같은 처지였구나?'

……있잖아. 나는 더 이상 그런 짓은 안 해.

설령 상대가 신이든, 운명이든.

필사적으로 발버둥 치고 때려서, 기필코 꿈을 이룰 거야.

"라파. 네가 자주 줬던 카르네 아사다(구운 고기) 타코스. 맛있었어."

"……코토……하……."

"언젠가 그 레시피 좀 알려줘."

"……!"

나는 넓은 바다에 도전한다. 그것은 운명과의 싸움이다.

뒤에서 필사적으로 울려 퍼지던 라파의 목소리도 거대한 바다의 소리에 묻혀 사라졌다.

주위에는 아무것도 없었다.

살고, 살고, 끝까지 살아서. 반드시 꿈을 이룰 테다.

점점 체력의 한계가 느껴지기 시작했다.

손가락에 힘이 들어가지 않게 되었다.

바닷물을 대량으로 마셔서 폐가 정상적으로 작동하지 않게 되었다.

손을 내밀었지만 하늘에 닿지 않게 되었다.

위로 떠오를 체력도 어느새 거의 다 바닥났다.

'살아간다…… 살아, 갈…… 거야…….'

나는 꿈을 향해 계속 헤엄쳤다.

돌연. ──뚝! 하고 실이 끊기는 것처럼 갑자기 눈앞이 캄캄해졌다.

'제기랄…… 죽을까, 보냐…….'

'죽을……까…… 보냐…….'

'죽…….'

…………………….

그리하여 나는 죽어 버렸다.

어린 시절. 나는 절에 맡겨져 자랐다.

그 당시에 나는 눈에 보이는 모든 사람을 적으로 인식했었다. 왜냐하면 인간의 마음이 보인다는 것은, 인간의 추악한 부분이 보인다는 뜻이니까.

사춘기에 누구에게도 사랑받지 못했던 아이가 철저히 인간의 악의에만 노출되었으니 삐뚤어지는 게 당연했다.

"이봐, 꼬맹이. 너덜너덜해졌구나. 너 또 싸워서 졌냐?"

"시끄러워. 영감님."

나를 돌봐주던 주지 스님은 동네 개구쟁이들이나 사회에 적응하기 어려운 아이들을 모아놓고 같이 사는 괴짜 할아버지였다.

"영감님. 좀 더 가르쳐줘. 복싱."

영감님은 젊은 시절에는 막 나가는 인간이었지만 프로 복서가 되면서 그런 생활은 졸업했다고 한다. 결국 재능이 없어서 부모님의 절을 물려받게 되었지만.

거실에는 그 당시의 흑백 사진이 자랑스럽게 전시되어 있었다. 뭐, 일단 멋있어 보이기는 했다.

"나는 강해지고 싶어. 지금보다 더."

"……강해져서 어쩌려고?"

"아니, 알잖아? 영감님도. 밋쵸을 괴롭히는 놈들 말이야. 말로는 '놀린다'고 하지만 실제로는 책가방을 쓰레기장에 버리기도 하고, 급식에 분필을 섞기도 하고. 완전 저질이야. 밋총이 말을 못 한다고 그러는 거잖아?"

"그런가."

"말은 못 해도 운단 말이야. 진짜로. 계속 울어."

밋총은 나보다 세 살 어린 여자아이였다. 나보다 조금 뒤에 이 절에 맡겨졌다. 말을 제대로 못 하는 밋총은 남들한테 웃음거리가 될까 봐 무서워서 언제나 입을 꾹 다물고 있었다. 실은 매우 착한 아이인데. 길가에서 딴 뱀딸기를 나한테 주기도 하는 여자애인데.

"좋다. 꼬맹아. 사람을 때리는 방법 정도는 얼마든지 가르쳐주마."

"……! 좋아."

"하지만 네가 정말로 알고 싶어 하는 것은……."

영감님은 내 머리를 쓰다듬었다. 글러브처럼 두툼한 손바닥이었다.

《애들아. 너희가 행복해질 수만 있다면 나는 뭐든지 다 할 테다.》

《신이시여. 제발 부탁이니까. 더 이상 이 녀석들한테서 아무것도 빼앗지 말아줘.》

──언제나 영감님은 너무나 커다란 슬픔을 등에 지고 우리를 바라보고 있었다. 거짓말은 안 하는 사람이었다. 그런 어른은 처음 봤다.

"꼬맹아. 너는 앞으로 고생할 거다. 보통 사람보다 훨씬 더 고생할 거야."

"……그래서. 뭐 어쨌다고?"

"그러니까 네가 강해지는 것은 찬성이다. 하지만 언젠가는 네가 아무리 주먹을 갈고닦아도 이길 수 없는 경악스러운 괴물이 네 앞길을 가로막는 날이 올 거야."

그 말은 전혀 이해할 수 없었다.

왜냐하면 내가 아는 세계에서는 영감님이 제일 강한 사람이었으니까.

"그러니까…… 그때는……."

영감님은 싱긋 웃었다. 주름살투성이 웃는 얼굴이었다.

"――꼭, 좋은 녀석으로 있어야 한다."

"……뭔 소리야?"

"사람은 괴롭고 힘들 때 저절로 나쁜 녀석이 되어버리거든. 자기가 힘든 만큼 상대도 괴롭히려고 하거나, 남 때문에 자기가 괴로워진 거라고 믿으면서 아무나 다 공격하고 다니는 거야."

"……응."

"하지만 너는. 꼭 좋은 녀석이어야 한다."

너무하다. 왜 나만? 하고 생각했다. 영감님이 웃었다.

"왜냐하면 누군가는 그 연쇄를 멈춰야 하니까…… 안 그러면 끝이 안 나잖아?"

"오셀로처럼?"

"그렇지. 아무리 흑돌 사이에 끼어도 꿋꿋하게 백돌로 남아 있어야 해. 나나 너 같은 녀석은."

어째서 영감님은 그렇게 생각하는 걸까. 하지만 나는 영감님과 같은 종류로 분류된 것이 왠지 좀 자랑스러워서 나도 모르게 고개를 끄덕이고 말았다.

"알았어. 잘 모르겠지만. 응. 알았어."

그렇구나, 하고 영감님은 웃었다. 나는 이 사람처럼 되고 싶다고 생각했다. 좋은 녀석이 되고 싶다.

되고 싶다고 생각했다. 분명히 생각했을 텐데.

버림받고, 얻어맞고, 채찍질을 당하고, 바닥에 내버려진 채 며칠씩이나 방치된 끝에.

나는 더 이상 좋은 녀석이 아니게 되어버렸다.

빌어먹을 마피아의 편리한 도구가 되어버렸다.

나 때문에 많은 사람이 괴로워하고 상처를 받았다.

틀림없이 그중에는 밋총 같은 어린아이들도 있었을 텐데.

이봐, 영감님. 내가 지옥에 떨어지면 당신은 어떤 표정을 지을까.

미안. 나. 약속을 지키지 못해서. 미안해.

■

"⋯⋯어나."

누군가가 내 몸을 흔들고 있었다.

"일어나."

나는 바다에 빠져 죽었을 것이다. 그렇다면 나를 부르는 것은 지옥의 악마일 테지.

"일어나. 코토요로즈 코토하 군."

──나풀나풀한 프릴 형태의 머리띠. 눈을 떴을 때 시야에 확 들어온 것은 그거였다.

"앗. 안녕히─ 주무─셨어요─?"

잠자던 나를 내려다보면서 웃고 있던 사람. 그것은 헐렁한 하늘색 체육복 위에 새하얀 앞치마를 두르고 머리에는 나풀나풀한 프릴 머리띠를 착용한 연상의 누님이었다.

"코토요로즈 군. 몸 상태는 어떠─십니까─?"

묘하게 나른한 시선. 눈가를 연한 붉은색으로 칠한 화장. 귀에 주렁주렁 달린 피어싱. 내가 멀쩡한 상태였다면 무서워서 말도 못 붙일 것 같은 타입의 여성이었다.

아니, 잠깐만. 내 머리로는 이 사태를 이해할 수 없었다.

'여긴 어디지⋯⋯? 적어도 지옥은 아닌 것 같은데. 오히려⋯⋯ 천국인가?'

나는 주위를 둘러봤다. 그곳은 장엄한 신전이었다. 본 적도 없는 종교의 그림이 천장을 뒤덮고 있었다. 그리고 야쿠 삼나무처럼 거대한 유백색 기둥이 천장을 받치고 있었다.

"어머—…… 다행이다. 건강한 것 같아서 안심이에요—."

체육복을 입은 메이드 씨는 프릴을 팔랑거리면서 휴 하고 숨을 내쉬었다.

《어휴—. 피곤해. 일단 소생에 성공해서 다행이야.》

《이래저래 트집 잡히면 귀찮으니까—.》

뭔가 사정이 있나 보다. 그런 생각이 들었지만, 솔직히 말하자면 지금 나는 이 여자의 속마음에 신경 쓸 정도의 여유는 없었다.

"……여기는, 어디죠?"

"여기는…… 어, 뭐더라? 음, 아마도 『운명과 전생(轉生)의 여신 페르시오네 님의 신전』이라고 했던가? 나 바보라서 잘 모르겠는데요. 당신은 어, 그, 페르시오네 님에게 불려 와서 알현하는 영예를 갖게 되었다든가 뭐 그런 거예요."

"여신이라니……."

그건 뭐랄까, 상당히 엉뚱한 이야기 같은데. 나는 하마터면 웃음을 터뜨릴 뻔했다.

"——눈을 뜬 것 같군요. 인간이여."

배 속까지 찌르르 울리는 오페라 가수 같은 목소리였다.

'우와…… 진짜야?'

시선을 신전 안쪽으로 돌렸다. 에메랄드빛 머리카락을

지닌 여신이 서 있었다. 여신? 아니, 그건 모르겠지만. 아마도 저게 그거겠지 하고 추측할 정도로는 박력 있는 인물이었다.

“놀라게 해서 미안해요. 저희는 당신을 보고 있었습니다.”

“보고 있었다……?”

“배가 뒤집힌 것은 안타까운 일이었습니다. 하지만 당신은 착한 일을 했어요.”

그건 라파를 구한 걸 말하는 건가?

“당신은 분명히 죽었습니다. 그때 그 영혼을 제가 소환한 겁니다. 간곡히 부탁드립니다. 그 눈부신 용기로 이 세계에 구원의 손길을 내밀어 주실 수 없을까요?”

그러더니 여신은 손가락을 휘저었다. 그러자 천장에서 석판 하나가 쑥 내려왔다. 거기에는 묘하게 선명한 어떤 세계의 모습이 비치고 있었다. 그것은 중세 같은 광경이었는데 사람들 속에 수인(獸人), 엘프, 마법사 같은 모험가 등이 섞여 있었다.

“드, 들어본 적은 있는 것 같아요. 이거 혹시…… 이세계 전생이라는 건가요?”

“요즘 젊은이들은 이해력이 좋아서 다행이네요.”

“중학교 때 많이 읽어서…….”

옆 반의 사타케 군이 자주 괜찮은 웹소설을 추천해 줬었다. 나는 라이트 노벨이나 러브 코미디를 좋아하는 편이었지만, 아무튼 즐겁게 대화를 나눴던 기억이 났다.

잠깐만. 정말로? 정말로 그런 게 존재해? 그런 라이트 노벨 같은 일이?

"그럼 멋진 스킬을 선물하겠습니다."

"맙소사, 그런 라이트 노벨 같은 일이!"

"뭐든지 가능하답니다. 초경험(超經驗) 획득·불로불사·육체 강화·무한 마력. 스킬 흡수·진화 적응. 시간 조작이나 모든 속성 마법·치유의 손·강화 융합·회화 번역·무적의 방패·몬스터 테이밍이나 영역 지배·만능 연금술·소환의 달인. 아, 스킬 복제 같은 것도 괜찮겠네요. 공간 이동? 투명화? 야한 것을 좋아한다면 최면은 어떤가요? 중력 제어도 편리한데……."

"……잠깐만요, 좀 생각할 시간을 주세요."

나는 살짝 심호흡하고 나서 말했다.

"이건 꿈인가? 아니면 주마등의 아종 같은 거?"

체육복 메이드 씨에게 물어봤다.

"뺨이라도 꼬집어줄까요?"

"부탁드립니다."

"쭈욱~."

체육복 메이드 씨가 내 뺨을 꼬집어줬다.

"후후, 재미있는 얼굴이네요. 귀여워."

"……."

코앞에서 누님이 나를 보고 웃자, 나는 부끄러워서 얼굴이 새빨개졌다.

아니, 잠깐만. 뺨이 아파. 중요한 건 그거잖아. 집중해라, 바보야. 아무래도 이 상황은 꿈이 아닌 것 같다. 실제로 주변의 질감이나 존재감은 묘하게 현실적이었다.

'……다시 한번 기회를 얻은 건가? 이세계 전생으로?'

——나는 예전에 라파가 나에게 했던 말을 떠올렸다.

『사막에 떨어져 있는 보물에는 뱀이 숨어 있는 법이야.』

맞아. 이 녀석이 하는 이야기는 너무 보기 좋게 번드르르해.

'여신의 마음을 엿봐야겠구나.'

나는 자기 심장 부근에 집중했다. 깊이 파고들어 상대의 마음을 읽으려고 할 때 떠올리는 이미지다. 여신의 내면이 내는 소리를, 색깔을, 몰래 엿보듯이 관찰한다.

"……."

여신의 마음은—— 다정함과 자애로 가득했다.

진심으로 나를 걱정하고, 행복하게 하려는 것 같았다.

빌어먹게 끔찍했던 나의 처지를 알고, 다음 생에서는 즐겁게 살아갈 수 있도록 진심으로 마음 써주고 있었다.

"어때요, 만족하셨나요?"

여신은 다정하게 웃었다. 내가 마음을 훔쳐보리란 것도 다 알고 있었나 보다.

나는 무의식중에 자기 자신을 부끄러워했다.

"……죄송합니다. 좀 더 자세히 가르쳐주시겠어요? 저, 그, 이세계 전생? 에 대해. 스킬이란 것에 대해서도 이것저것.”

여신은 웃었다. 그리고 나에게 많은 이야기를 들려줬다.

■

여신의 이야기를 다 들은 나는 머릿속을 정리하기 위해 신전 밖을 거닐고 있었다.

‘……내 생각보다 훨씬 더 세계는 복잡한 것 같구나.’

고개를 위로 젖혀보니 하늘에는 본 적도 없는 형태의 은하가 펼쳐져 있었다. 여신의 말로는 현재 내가 서 있는 반경 5km 정도밖에 안 되는 행성은 지구에서 19만 200광년이나 떨어진 은하계에 있는 별인데, 다차원을 이어주는 기지국 중 하나라고 한다.

그리고 『눈부신 용기』를 가지고 죽은 사람의 좋은 영혼을 재활용하기 위해 활동하고 있다고 했다.

‘눈부신 용기라……’

“아, 코토하 군. 찾았다.”

“어…… 당신은.”

“……응? 나? Luna. 말하자면 고용인이라고나 할까, 메이드라고나 할까, 노예라고나 할까…… 아무튼 여기서 일하는 사람 같은 건데.”

체육복 메이드 씨가 요염한 눈빛으로 웃었다. 응, 역시 무서운 사람이구나, 하고 생각했다. 마치 뱀이나 맹금류처럼 강한 생물의 풍격을 지니고 있었다.

"자, 여기—. 배고프지 않아요오?"

"⋯⋯! 잘 먹겠습니다."

Luna 씨가 건네준 것은 매실 주먹밥이었다. 설마 오랜만에 먹는 일식을 천국에서 먹게 될 줄이야. 뭐, 실은 죽을 때까지 못 먹을 거라고 웬만큼 각오도 하고 있었지만.

"맛있어?"

"맛있어요."

상대는 웃었다. 그리고 담배에 불을 붙였다. 피우는 담배는 세븐스타. 옛날에 어머니가 피웠던 것과 같은 담배다. 나른한 눈빛의 체육복 메이드 씨한테는 묵직한 담배가 묘하게 잘 어울렸다.

"이 신전에는 사람이 자주 오나요?"

내가 묻자 Luna 씨는 잠시 생각에 잠겼다.

《어이쿠, 어쩌지? 그런 거에 관심 있는 타입인가? 아니, 순수한 잡담인가.》

《아, 맞다. 속마음. 무심해져야 해. 이 아이는 마음을 엿본다고 했던가.》

담배 연기를 뿜어내면서 중얼거렸다.

"글쎄요오. 한 달에 네다섯 명쯤 오던가. 저 여신님은 저래 봬도 꽤— 깐깐하게 사람을 고르는 편이라서. 『눈부신 용기』란 것을 가진 인간이 그렇게— 흔한 것도 아니고."

"하하. 나도. 그런 게 자신에게 있다고 생각하진 않아요."

저도 모르게 메마른 웃음이 흘러나왔다. 아니, 그렇잖아? 나는 마피아에 몸담은 채 한 번도 용기를 내어 싸우려고 해본 적이 없었던 인간이다. 그놈들한테 얻어맞기 싫어서 필사적으로 복종했던 인간이다.

"나는 사람의 마음을 볼 수 있어요. 그러니까…… 그 뭐냐, 심문 같은 걸 엄청나게 잘하거든요. 하하. 그래서. 그…… 거짓말을 폭로하는……. 그런 역할을, 자주 맡아야 했어요."

"응."

"조직의 정보를 경찰한테 흘리고 있는 간부를 찾으라고 해서. 그래서 나는, 폭로했어요. ……그 사람의 딸, 생일이었는데. 다섯 살이었거든요? 다섯 살…… 생일날이었는데…… 그, 그걸 몰라서."

Luna 씨가 두 번째 담배에 불을 붙였다.

"내가…… 내가 거짓말을 폭로하는 바람에……. 그, 그놈들은…… 무장한 차를 타고…… 파티장에……. 다른, 아이들도…… 있었는데. 피에로도…… 어머니들도…… 그냥 다, 한꺼번에. ……뉴스를 통해 그 현장을 봤어요. 그, 그건…… 진짜로…… 참혹…… 참혹해서…………."

속삭임꾼(Susurador). 얻어맞는 게 무서워서 필사적으로 누군가를 계속 팔았던 남자. 자기가 이런 지옥에서 계속 살아간다는 걸 믿을 수가 없어서, 필사적으로 애니메이션을 보면서 현실 도피를 했던 남자.

"그러니까 나는, 눈부신 용기 같은 것은 없어요. 착한 일을 했으니까 구원받는다는 말을 들어도 전혀 납득이 안 가요. 진짜로 이 세상에 신이 존재한다면, 나는 틀림없이 지옥에 갈 테니까. 안 그래요?"

그러니까 왠지 좀. 행복해지면 안 되지 않을까? 하는 생각도 들었다.

"어쩔 수 없어. 왜냐하면 어린애잖아."

Luna 씨는 내 머리에 손바닥을 얹더니── 다정하게 쓰다듬었다.

"너무 슬픈 일만 자꾸 생각하면 안 돼."

헐렁헐렁한 체육복 소매가 내 이마에 닿았다. 나는 조금 눈물이 나올 뻔했다.

나는 영감님의 쭈글쭈글한 웃는 얼굴을 떠올리고 있었다. Luna 씨 같은 미인과는 전혀 닮지 않았지만. 그래도 어쩐지 그리운 느낌이 들었다.

《……슬픈 아이구나. 아직 어른의 품속에서 보호받아야 할 나이인데.》

《아아…… 나는, 이런 어린아이를…… 아니, 안 돼. 생각하지 마.》

그녀의 마음속은 어쩐지 묘하게 슬픈 느낌이었다. 나와 비슷하거나 그 이상으로.

나는 왠지 더 이상 그녀가 슬퍼지지 않았으면 좋겠다고 생각했다. 그래서 긍정적인 화제를 던졌다.

"이세계 전생…… 나, 실은 엄청나게 기대돼요."

"그래—요? 후후, 왜 기대되는데?"

"그거야 뭐, 다음에는 진짜로 좋은 녀석이 될 기회가 있는 거잖아요……? 나는 좋은 녀석이 되고 싶어요. 그냥 평범하게 좋은 녀석. 우는 아이를 웃게 할 수 있는 녀석이……. 그동안 잔혹한 짓을 했던 만큼…… 최대한 많이, 좋은 일을 하고 싶어요……."

그런 게 좋겠어. 그렇게 누구 앞에서나 당당하게 가슴을 펼 수 있는 청춘을 맛본다면 좋겠어.

나도 이세계에서 열심히 노력하면 조금은 그런 녀석이 될 수 있으려나?

"……후유—……."

상대는 담배 연기를 토해냈다.

"잔혹한 짓을 한 게 아니야. 남이 시켜서 억지로 한 거잖아?"

"별반 다르지 않아요."

"전혀 달라! 전혀 다르다고……!"

그녀의 표정은 일그러져 있었다. 울 것 같은 표정으로 나를 가만히 쳐다보고 있었다.

"너는…… 너는……."

Luna 씨는 무슨 말을 하려다가 필사적으로 말을 삼켰다.

"……쿡쿡. 넌 진짜 어린애구나."

"너무해요!"

Luna 씨는 담배를 꽉 밟았다.

《생각하지 마, 생각하지 마, 생각하지 마, 생각하지 마, 생각하지 마, 생각하지 마, 생각하지 마, 생각하지 마, 생각하지 마.》

그녀는 필사적으로 뭔가를 숨기고 있었다. 당장이라도 울음을 터뜨릴 것 같은 소녀처럼.

■

"신세를 졌습니다. 여신님."
나는 신전으로 돌아가 여신님과 자세한 이야기를 했다.
"……정말 그래도 되겠어요?"
나는 여신에게서 아무 능력도 받지 않기로 했다. 다음 생에서는 자신의 특수성에 전혀 좌우되지 않고 평범한 인간으로서, 평범하게 좋은 녀석으로서——.
"저는 그저 평범한 청춘을 즐기고 싶거든요."
나의 『속삭임꾼』이란 능력도 이세계에 가면 사라진다고 한다. 고마운 일이다.
"네, 그럼. ……——문이여!"
여신님이 그렇게 말하자 신전 안쪽에 거대한 『문』이 나타났다. 현란한 조각과 신비로운 빛으로 뒤덮인 문이었다.

저기 묘사된 것은 과거에 존재했던 용사의 이야기일까?

"저건 뭐죠?"

"차원의 문!"

저 문은 수많은 다른 차원으로 연결되는 지혜와 윤회의 문이라고 한다. 그래, 저것은 확실히 이질적이고 완전히 인간에 반하는 존재일 것이다. 본능적으로 그렇게 이해했다.

"자, 다녀오세요. 코토요로즈 코토하 씨. ——멋진 제2의 인생을 누리시길!"

문이 열리자 푸른 비단 같은 빛이 실내로 흘러 들어왔다. 나는 강한『희망』의 기운을 느꼈다.

——그보다 더 강한『죄책감』의 기운과 더불어.

《아아, 또 가버리는구나.》

《나는…… 아무것도 할 수 없어.》

울 것 같은 감정의 빛깔. 감정의 주인은 Luna 씨였다. 그녀는 필사적으로 나를 외면하듯이 서서 진땀을 흘리고 있었다. 좀 전까지의 그 다정한 미소는 조금도 띠지 못한 채.

"저기요."

나는 걸음을 멈추고 여신님을 쳐다봤다.

"다시 한번 물어봐도 될까요. 이 문 앞에는 뭐가 있나요?"

"이 앞에서 당신은 왕국의 용사로서 다시 태어날 겁니다. 아름다운 대자연에 둘러싸인 드넓은 토지에 있는 나라입니다. 수풀이 무성한 숲과, 평화로운 마을과, 웅대한 산으로 구성된 곳이죠. 당신이 무엇을 선택하고 무엇을 추구할지는 당신 마음에 달려 있습니다.”

“……그런가요.”

나는 Luna 씨를 응시했다. 그녀는 움찔, 몸을 떨었다.

《이 앞에 있는 것은, 경계 영역 상회(商會)의…….》

“경계 영역 상회?”

“……윽.”

Luna 씨는 새파래진 얼굴로 입을 꾹 다물었다.

“코토요로즈 씨. 사생활은 지켜줘야 하는 거예요.”

“……여신님. 경계 영역 상회라는 게 뭔가요?”

“뭐든지 상관없잖아요.”

그럴 리 없다.

“한 가지 약속을 해드릴게요. 당신은 이 문을 통과하면 틀림없이 멋진 미래에 도달할 겁니다. 물론 어느 정도 시련이나 고난이 기다리고 있을지도 모르지만, 마지막에는 반드시 행복한 결말을 맞이할 겁니다. 그것이 세계의 법칙이에요. 저는 진심에서 우러난 선의로 당신에게 저 문을 통과하는 것을 권합니다.”

──그것은 여신의 본심이었다. 거짓은 전혀 없었다.

나는 메이드 씨를── Luna 씨를 응시했다.

“나는…… 어떻게 하면 좋을까요……?”

“나, 나는…… 나는…… 아무것도, 몰라요…….”

그녀의 마음속이 강한 공포의 이미지로 뒤덮인다.

《어차피 아무것도 안 변해. 고통스러운 상처가 더 늘어

날 뿐.》

《그렇다면 분명히 이 아이도. 그냥 아무것도 모르는 채로——.》

그녀의 강한 공포에 압도되어 저절로 구역질이 날 뻔했다. 나는 필사적으로 꾹 참고 그녀를 봤다.

"……아무것도 모르는 것은, 싫어요."

"앗——."

"나는 더 이상…… 운명에 의해 고통받으면서, 실실 웃으면서 살려 달라고 빌고 싶지 않아요……."

Luna 씨의 눈동자가 흔들렸다. 얼굴이 점점 파랗게 변해갔다. 땀도 났다.

겁먹은 것이었다. 울음을 터뜨릴 것 같았다. 몸은 덜덜 떨리고 있었다.

"저기……."

Luna 씨는 주먹을 꽉 쥐고 심호흡했다.

"……코토하 군. 나는, 아직. 너에 대해. 거의 아무것도 모르지만."

"네."

"좋은 녀석이 되고 싶다는 것은, 멋진 일이잖아. 나도 그런 녀석이 되고 싶어."

"네?"

"네 말이 맞아. 억지로 시켜서 하든, 스스로 하든. 결국 다 똑같은 거야……."

그녀가 가진 마음의 형태에 순간적으로 무척 다정한 빛이 섞였다.

《이 아이는 역시, 어린애인걸. 어른이 지켜줘야 해…….》

《이렇게 아무것도 없는 아이를…… 누군가는 구해줘야지…… 그래, 나 같은 피라미 한 마리라도.》

그녀는 입술을 꾹 다물더니──집게손가락으로 내 등 뒤를 가리켰다.

"빨리. ……도망……쳐……."

거대한 석판이 Luna 씨를 **짓뭉갰다**.

"……………………어?"

그것은 천장에서 돌연 뚝 떨어진 석판이었다.

"어휴, Luna도 참. 몇 번이나 되풀이해도 학습할 줄 모르는 아이구나. 뭐, 그게 유쾌해서 곁에 두고 있는 거지만."

질퍽. 불쾌한 소리가 났다. 그녀는 허리 아래쪽이 짓뭉개져 있었다. 코를 찌르는 기름 냄새가 주위에 충만했다. 그녀의 입에서 고통스런 신음 소리가 희미하게 새어 나왔다. 사람이 죽을 때의 불쾌한 기척.

"코토요로즈 씨."

여신이 웃었다.

"──저를 **믿어**주세요."

나는 전력으로 달리기 시작했다. ──아아, 나는 왜 이렇게 멍청할까.

‘그녀는 나와 같았던 거야.’

Luna 씨는 뭔가를 몹시 두려워하고 있었다. 그것은 여신의 힘을 두려워한 것이었다. Luna 씨는—— 자신이 여신에게 복종하지 않으면 즉시 제거될 정도로 약한 존재임을 알고 있었다.

‘그 사람도 나와 **같은 처지**였는데!’

Luna 씨가 내 머리를 쓰다듬어줬던 것이 생각났다.

작은 손이었다. 그 글러브처럼 큼직한 손과는 하나도 안 닮았는데, 그래도 무척 닮았었다.

“어디든 도망칠 곳은 없어요. 코토요로즈 씨.”

질척.

질척, 질척, 질척, 질척. 질척, 질척, 질척, 질척.

고깃덩이가 기어 오는 듯한 소리. 소리가 나는 방향에 있는 것은 아까 그 전생의 문이었다.

“저…… 저게, 뭐야…….”

——『고깃덩이』가 거기에 있었다.

《아하하. 아하하. 아하하. 아하하.》

여신이 운명의 문이라고 불렀던 문 안쪽에서 거대한 **고깃덩이**가 팽창하고 있었다.

《즐거워. 기뻐. 무서워. 즐거워.》

고기 표면에는 인간의 얼굴이 여러 개 붙어 있었다. 그것들은 전부 다 웃는 얼굴이었다.

『그들』은 정말로 **행복**했다. 나는 그 누구보다도 그걸 확실하게 알 수 있었다.

《행복해.》

고깃덩이의 정체를 눈치챈 순간 소름이 끼쳤다.

'저것은 수백, 수천이나 되는 사람들이 하나로 뭉쳐진 살덩이다!'

저 녀석은 기다리고 있었던 것이다. 내가 『이세계 전생의 문』을 통과하기를.

저 문으로 들어갔더라면, 나는 저 살덩이와 하나로 합쳐졌을 것이다.

오직 영혼만 살아남은 채. 『이세계에서 모험을 한다』는 꿈을 영원히 꾸면서.

《너도 같이.》

반동으로—— 뛰었다.

《우리와 같이 행복해지자.》

고깃덩이가 공중에서 고속으로 쭉 뻗어 나왔다. 그것은 전력질주하는 나의 다리를 순식간에 낚아챘다.

"끄악!!"

붙잡힌 순간 내 살이 녹았다. 그뿐만이 아니었다. 녹은 살이 차츰 동화되었다. 저놈들은 나를 저 고깃덩이 속으로 **흡수하려는** 것이다.

"이거 놔! 놔——!!"

왼발 복사뼈까지 녹아가는 와중에 나는 문 쪽으로 끌려가고 있었다.

"괜찮아. 나를 믿어. 인간에게는 평등하게 행복해질 권리가 있으니까요."

여신은 다정하게 웃고 있었다. 진심으로 나를 행복하게 할 생각이다.

"크으……으……윽!!"

문 안쪽에는 고기와 얼굴이 꽉 차 있었다. 그것들이 전부 다 행복한 것처럼 생글생글 웃으면서 끝없는 꿈을 실컷 꾸고 있었다. 영원히 이어지는 해피엔드를 향유하고 있었다.

나는 필사적으로 발버둥 쳤다. 때렸다. 찼다. 물어뜯었다. 내가 이런 괴물이 될까 보냐!

"마지막으로 좋은 것을 가르쳐줄게요."

여신은 너무나 필사적인 나의 비참한 모습을 보다가 안타까워졌는지 이렇게 말했다.

"운명이란 것은 말이죠——**결코 바꿀 수 없기** 때문에 운명이라고 부르는 겁니다."

만약에 그렇다면.

나는 그저 괴로워하면서 울기 위해 태어났단 말이야?

"——라이트! 카메라! 액션!!"

그렇기 때문에.

운명이 강대한 괴물이기 때문에.

필사적으로 저항하고 있는 보잘것없는 사람들이 있었다.

분수에 맞지 않은 희망을 위해, 웃으면서 열심히 노력하는 전사들이 있었다.

지금부터 시작되는 것은 그런 녀석들의 이야기.

아무리 강한 괴물이 적이어도, 늘 다 죽어가면서도 깔깔 웃는.

터무니없이 엄청난 **바보 녀석**들의 이야기.

"운명은 바로 나! 나 자신이 우주의 법칙! 천상천하 유아독존!"

──총성.

"……어?"

총알이 내 발에 들러붙어 있던 고깃덩이를 찢어발기자, 나는 관성에 의해 휙 날아가 벽에 부딪쳤다.

"자, 쇼 머스트 고 온(Show Must Go On). 가볼까요!"

나는 저절로 어안이 벙벙해졌다. 왜냐하면 그 벚꽃색 소녀는 스포트라이트를 받고 있었기 때문이다. 그건 비유도 아니고 환각도 아니었다. 아무것도 없어야 할 하늘에서 빛이 내려와 소녀를 비추고 있었다.

"뮤직!"

둥당둥당 요란한 로큰롤 음악이 울려 퍼졌다. 그것은 10년 전의 울트라 메가 히트곡이었다. 시끄러운 폭음. 매끄러운 베이스 라인. 바보 같은 가사의 나열.

"춤은 잘 춰? 못 추면 그냥 시원하게 날아가 버려!"

벚꽃 소녀가 높이 휘둘러 치켜든 것은 기타였다. 물론 평범한 기타는 아니었다. 대형 제트엔진이 달린 어처구니없게 생긴 레스폴. 그것은 붉은 화염을 시원하게 뿜어내면서 마하 3의 속도로 여신을 쾅 때렸다.

"……어머나, 인간아. 싸구려 같은 음악을 좋아하는구나?"

여신은 흠집 하나 나지 않았다. 벚꽃색 소녀는 다른 각도에서 뻗어 나온 고깃덩이한테 발을 잡혔다.

"꺅!"

"──엄호합니다."

다시 한번 총성이 울렸다. 총알은 벚꽃색 소녀의 발에 달라붙은 고깃덩이를 꿰뚫었다.

"리데르(대장). 혼자 돌격하지 마세요. 진짜 바보 같네요."

"어우, 미안…… 잠깐만, 방금 대장한테 바보라고 했어?"

신전 안의 머나먼 저쪽에 검은 머리 갈색 피부의 소녀가 서 있었다. 그녀는 소형 공룡처럼 커다란 총기를 가지고 있었는데, 그걸 가볍게 휘두르더니 벚꽃색 소녀를 엄호하기 시작했다.

"대장님. 색소 식별 · Category-PURPLE(인위적 반현실). 잠재력은 성장(Crescita)."

"오케이. 요컨대 저게 영혼 어큐뮬레이터™이란 말이지?! 고고고고(GoGoGoGo)! 섬멸 개시!"

그 호령과 더불어 화려한 총을 든 소녀들이 신전으로 돌입했다. 인원수는 약 열 명에서 스무 명 정도일까? 그들은 잘 훈련된 동작으로 고깃덩이와 여신을 저격하기 시작했다.

'도대체…… 뭐지……? 저 녀석들은——.'

"거기 민간인! 다친 곳은 없어요?"

라일락색 머리카락을 양 갈래로 높이 묶은 소녀가 나를 내려다보고 있었다. 작고 귀여운 소형 반려동물 계열의 여자애였다. 나는 몹시 아픈 내 발을 힐끔 봤다.

"꺅! 발이! 녹았잖아요! 끔찍해! 부글부글부글부글……."

소형 반려동물 타입의 여자는 거품을 물면서도 발목을 치료하기 시작했다.

"당신들은 대체, 누구야……?"

소녀는 웃었다.

"——**종말 정체 위원회.** 끝장난 세계를 계속 지키고 있는 멍청한 괴짜들의 모임입니다!"

여기는 종말정체 위원회!

디자인 : 타레메

영혼 어큐뮬레이터™

반현실 조직 『경계 영역 상회』가 판매·유통하는 종말.
인간의 혼백 유동체를 모아 보존하기 위한 도구.
여신이 교묘한 말솜씨로 인류를 유혹해 『문』으로 유도하면, 『문』은 인류의 살을 녹이고 혼백 유동체만을 보전한다.
혼백 유동체를 활성화하기 위해서 포획한 인간에게 『이세계에서 모험하는』 꿈을 보여주고 있다.

This is the End Stagnation Committee.

제1화 『여기는 종말 정체 위원회』

'이 녀석, 의외로 튼튼하고 귀찮은 놈이잖아?'

나—— 코이토 히카리는 제트엔진의 G를 처리하면서 『여신』을 쏘아봤다.

【No.3922 『영혼 어큐뮬레이터™』】

○성질 : 네크로맨시(사령 조종)·반현실 기계공학

○상세 : 『경계 영역 상회』가 제작·판매하고 있는 상품. 여신이 교묘한 말솜씨로 영혼을 빼앗아 문 안쪽에 보전한다. 영혼(혼백 유동체)은 육체에서 분리되면 약 5분 만에 열화가 되므로, 문 안쪽에서 『원하는 세계에서 계속 활동하게 해줌』으로써 신선도를 유지한다.

1950년 영국에서 처음으로 확인됐다. 현재까지 284대가 확인됐다.

영혼 어큐뮬레이터™—— 즉, 여신이 나를 보더니 몹시 다정한 미소를 지었다.

"다 알아요. 당신도 행복해지고 싶은 거죠?"

그것은 마치 어머니처럼 진심에서 우러난 자애의 미소였다.

"이리 와요! 당신도 모두와 함께 멋진 세계로 가는 거예요!"

"아니, 사양할게!"

나는 소리를 질렀다. 그리고 기타 헤드를 상공으로 치켜들었다.

"나는 나! 완벽한 최강 미소녀! 멋진 세계라고? 흥! 이 현실보다 더 아름다운 곳 따윈 존재하지 않아! 왜냐하면 바로 내가 존재하는 세계니까!"

고깃덩이가 수십 미터나 되는 창처럼 쑥 뻗어 나오면서, 허공을 달리는 나를 쫓아온다. 어휴, **하품이 나오는** 속도구나! 나는 가볍게 피하면서—— 여신의 머리 위까지 날아갔다.

"리데르! 그 녀석은 물리 내성이——."

내 귀여운 갈색 부관, 메흐리자 제인베코바가 외쳤다. 물론 그 정도는 알고 있지!

"냐오! 메흐! 모두를 지켜줘!"

"헉? 대자——."

라일락색 머리카락을 양 갈래로 묶은 소녀, 코시바 냐오. 그 작은 소녀는 당황하여 얼이 빠진 것 같았지만, 형형하게 빛나는 내 시선을 눈치챘는지 허둥지둥 권총을 꺼냈다.

"리데르! 이 바보야!"

메흐가 소리쳤다. 나는 속으로 "미안!" 하고 혀를 쏙 내밀면서 여신을 향해 급강하하기 시작했다.

"——어서 오렴. 내 곁으로."

여신이 웃었다. 나도 웃었다.

"시끄러워어어어어!! 죽어라아아아아아아아아아!!"

기타를 움켜쥐고 온 힘을 다해 내리쳤다. 굉음과 더불어 대지가 흔들렸다. 무시무시할 정도의 충격파가 신전의 내부 장식을 파열시켰다. 그런데도 여신의 몸은 약간 흠집이 났을 뿐이었다.

"인간의 힘으로 신을 해치는 것은 불가능합니다."

기타를 힘껏 쥐고 계속해서 밑으로 내리쳤다.

"나는 인간을 초월한 최강 미소녀, 코이토 히카리! 감히 신 따위가 시건방지게 구는구나!"

부서져라.

"……윽, 이건."

부서져라. 부서져라부서져라부서져라부서져라부서져라부서져라.

"크…… 악, 그, 그만……! 뭐야? 이건. 이건. 뭐야?!"

"으랴아아아아아아아아아아아아아아아아아아아아!"

부서져라부서져라부서져라부서져라부서져라부서져라부서져라부서져라부서져라부서져라부서져라!

"──부서져버려라. 하늘의 별가루처럼."

깡! 하고 기타가 한층 더 높은 소리를 냈다. 그 어마어마한 에너지의 양 때문에 한순간 중력이 뒤틀렸다.

마치 초신성 같은 폭발이 주위를 순간적으로 새하얗게 물들였다.

"……꺅!"

아야. 착지에 실패했네. 끝까지 아름답게 잘 마무리하고 싶었는데.

"——뭐, 어쨌든 이로써 한 건 해결!"

나는 등 뒤를 돌아봤다. 상반신이 부서져 가루가 되어버린 여신상을. 내가 봐도 참 잘 부숴났구나.

"어— 저기. 다들? 괜찮아?"

신전은 이미 완전히 무너져 있었다. 다들 무사하면 좋을 텐데.

"………………."

어? 대답이 하나도 없잖아.

"꺅. 뭐야, 설마 내가 사고 친 거야?!"

"이 바보야!"

돌연 누가 뒤에서 내 머리를 때렸다. 탁! 하고.

"메흐! 다행이다, 살아 있었구나!"

"이 바보 대장이! 멍청이 대장! 생각 없는 대장! 뇌가 텅 빈 대장! 바보바보바보바보."

메흐의 등 뒤에는 냐오가 서서 울먹거리고 있었다. 바들바들 떨면서 자신의 권총——『*샴실*』을 손에 쥐고 있었다. 아마도 냐오가 모두를 지켜준 거겠지.

"대장님. 이번 작전은 어디까지나 포획 작전이지, 반현실 실체의 불필요한 손괴는——."

"어쩔 수 없었잖아. 이번에는 민간인도 있었고."

"그 민간인까지 휘말릴 정도의 위력으로 돌격한 이유를

여쭈어도 되겠습니까?"

"승부의 세계에서는 언제나 전력을 다해야 해!"

메흐는 무슨 말을 하고 싶은 것처럼 입을 뻐끔거렸다. 그러나 곧 더 이상의 말싸움은 소용없다고 판단했는지 커다란(진짜 커다란!) 한숨을 내쉬더니 어깨를 축 늘어뜨렸다.

'메흐는 우수한 부관이지만 좀 과하게 신중하다니까. 이번 작전은 난이도가 낮은 편이었고 대원들도 여유가 있었으니까, 이참에 협동 실전 훈련이라도 한다고 생각하면 됐을 텐데. 게다가 포획 작전이라니, 연구소 놈들을 기쁘게 해줘봤자 아무 의미도 없는데 말이지.'

진짜 위험한 녀석들과 싸울 때는 이 정도 충격으로는 끝나지 않을 텐데. 이번에는 신입이 많아서 좋은 자극이 되지 않았을까. 아니, 뭐, 조금 지나쳤던 면도 없진 않지만.

"아─, 너무너무 기분 좋았다─!"

내가 태평하게 웃자, 메흐가 한 번 더 내 머리를 손날로 탁 쳤다. 울먹이던 냐오도 그걸 보고 살짝 웃어줬으므로 나도 일단 조금 안심했다.

"자, 그럼 메흐. 뒤처리는 부탁할게! 난 저쪽에서 홍차라도 마시고 있어야겠다."

"……………………알겠습니다."

이런 처리에 관해서는 나는 가능한 한 참견하지 않는 게 좋을 것이다. 나는 전투. 메흐는 그 외의 일. 그렇게 역할을 분담함으로써 우리 팀은 아슬아슬하게 운용되고 있다.

‘그나저나 저 아이.’

나는『그』를 쳐다봤다. 검은 마왕의 마음에 들었고, 또 목숨 걸고 친구를 구하려고 했던 소년을.

“다, 당신들, 대체 정체가 뭐야?!”

소년이 소리를 질렀다. 몹시 혼란스러운 것 같았다. 우리 입장에서는 저 소년이야말로 대체 정체가 뭘까? 싶었지만 말이다. 우리 조직의 민간인 대처법은 기본적으로 하나였다.

“냐오.”

메흐가 냐오를 부르자, 냐오는 기다렸다는 듯이 주사기를 들어 올렸다.

“네, 네!”

냐오는 소년의 목덜미에—— 즉효성 마취약을 가차 없이 투입했다.

■

눈을 떴다. 그 사실에 깜짝 놀랐다.

‘……어라?’

나는 여신의 신전에서 죽어가고 있었을 텐데. 분명히 주사를 맞아서…….

‘여긴…… 어디지?’

그곳은 청결한 공간이었다. 새하얀 실내. 여기는 틀림없이 병실일 거다.

"……머리…… 아파……."

나는 비틀비틀 몸을 일으키면서 병실 창문을 열었다.

"이게 뭐야……——엄청 파랗잖아."

그곳에 있는 것은—— 온통 파랑이었다. 즉, 푸른 하늘이었다. 위에서부터 아래까지 전부 다 파랑이었다. 마치 비행기 창문을 통해 하늘을 내다볼 때처럼.

"꿈인가? 그, 그래, 이건 말이 안 돼!"

나는 병실에서 몸을 쑥 내밀고 지면을 내려다봤다. 그러나 지면조차 없었다. 다만 점점이 흩어져서 허공에 둥둥 떠 있는 새하얀 구름만 있을 뿐이었다. 아니, 구름이 창문보다 훨씬 낮은 곳에 있다고?

"와아. 벌써 일어났네!"

등 뒤에 있는 문에서 라일락색 머리카락을 지닌—— 분명 냐오라고 불렸던 소형 반려동물 같은 소녀가 나타났다.

"아직은 심하게 움직이면 안 돼요!"

소녀는 허둥지둥 내 곁으로 다가오더니 신경 써주는 것처럼 내 등을 쓰다듬으면서 침대로 유도했다. 은은하게 좋은 향기가 났다. 아니, 그게 아니라.

"……미안. 진짜로 모르겠거든? 여기는 어디야? 이거는 뭔데? 나는 제정신이야?"

"그건 '제정신'이란 단어의 정의에 따라 달라지겠네요. 코시바는 다양성을 존중하거든요!"

응, 훌륭하지만 지금 나는 그런 거 따질 여유가 없어. 그리고 코시바가 누군데. 이 아이의 성인가?

"여기는 천공도시 플루크투스의 제12지구에 있는『푸른 학교』의 보건실입니다."

"처, 천공……?"

"네. 하늘에 떠 있습니다. 아하하, 지상의 인간들은 깜짝 놀랄 테죠."

깜짝 놀랐다. 그 정도가 아니다. 믿을 수 없었다. 아니, 믿을 수밖에 없나? 적어도 그리 간단히 받아들일 수 없는 것은 확실했다.

"죄송해요. 우리 규정상 재난 피해자 및 포로를 데리고 돌아오는 경우에는 진정제를 투여해 의식을 잃게 해야만 하거든요. 네, 혼란스러운 것도 당연하죠."

아마도 나는 여신의 신전에서 진정제를 투여당해 기절한 상태로 이 하늘을 나는『푸른 학교』로 옮겨진 모양이다. ……하하. 뭘까? 오늘 하루는. 이벤트가 많아도 너무 많잖아.

"몸 상태는 어때요? 코토요로즈 씨가 회복되는 대로 데려 오라고 하던데."

"……어디로?"

"어, 뭐더라. 회의실? 같은 곳? 어, 그러니까 동그란 방에 의자가 잔뜩 있고, 다 같이 수다를 떠는 곳인데요. 으음, 이름은 잊어버렸어요."

이 아이는 좀 헐렁한 성격일지도 모른다.

“뭐예요? 그 눈빛은.”

“아니…… 코시바 씨는 좀, 헐렁한 성격인 것 같아서.”

“뭐예요. 싸우자는 거예요?”

코시바 씨는 두 손을 모아 제로게임 형태를 취했다. 왜지? IQ 대결을 해보자는 건가?

“아, 아니. 지금은 됐어. 그보다도 꼭 가야 하는 곳이 있다며? 그쪽에 가보자.”

“후후후……. 그럼 부전승으로 코시바가 이긴 겁니다.”

이겼다고 의기양양해하고 있다. 왠지 좀 분했다.

『푸른 학교』라고 불리는 건물 내부는 언뜻 보면 평범하게 멋진 학교 건물처럼 보였다. 그러나 내가 잘 아는 일본식 건축물은 아니었다. 묘하게 지중해 느낌이 나는 하얀색과 파란색 중심의 인테리어였다.

“여기예요. 자, 들어가세요. 코시바는 오면 안 된다는 말을 들었어요.”

냐오 씨는 생글생글 웃으며 멈춰 섰다.

새하얀 복도의 막다른 곳에 유난히 장엄한 문이 있었다. 그 문 옆에는 천칭과 네발 달린 괴물이 묘사된 놋쇠 문패가 붙어 있었는데, 거기에 『이단심문실』이라고 적혀 있었다.

“──들었던 설명이랑…… 다르잖아?”

"뭐가요?"

"『회의실』이라며! 다 같이 수다를 떠는 곳이라며!"

『이단심문실』이라니, 아무리 봐도 전혀 다른 뉘앙스잖아? 이거 봐, 대놓고 '이단'이라고 말하고 있는데. 이단을 심문하는 방이란 거지? 난 이미 이단자 취급을 당하고 있잖아. 이게 마녀사냥이라면 내가 아무리 발버둥을 쳐봤자 살해될 게 뻔한데요? 와. 이단심문실? 단어의 울림 자체가 너무너무 무섭다.

'아, 아니. 이름은 옛날 이름을 그냥 남겨뒀을 뿐이고, 실은 코시바의 말대로 따뜻한 가정적 분위기인 장소일지도 몰라. 아직 겁먹기에는 좀 이르지 않아?'

나는 잠깐 심호흡을 했다. 그리고 코시바에게 안내해 줘서 고맙다고 인사한 뒤 이단심문실의 문을 열었다.

묘하게 중후한 문이었다. 끼기긱, 경첩에서 소리가 났다. 이게 뭐야. 이런 건 바이ㅇ하자드의 문밖에 몰라.

"──그럼 판결을 내리겠다."

문 안쪽에는 둥그런 방이 있었다. 벽에는 계단 형태로 의자가 쭉 배치되어 있었다.

거기 앉아 있는 것은 수십 명이나 되는 사람들이었다. 본 적도 없는 뿔, 이빨, 거대한 눈이 달린 목제 가면을 쓴 사람들. 그들은 입실한 나에게 일제히 시선을 돌렸다.

'──너무 무서워.'

이건 내가 모르는 종류의 공포였다. 너무 무섭다고요.

저 가면은 뭔데. 일단 아시아 스타일이란 것은 알겠는데. 수십 개나 되는 나무 조각들의 시선과 고요한 정적 앞에서 나는 무의식중에 뻣뻣하게 굳어버렸다.

"어라? 저 아이는."

정적을 깬 것은 더없이 태평한 목소리였다.

"야호~ 안녕?"

팔랑팔랑 이쪽을 향해 손을 흔드는 것은 원형 심문실 중앙의 안쪽, 한층 더 높고 눈에 띄는 장소에 앉아 있는 벚꽃색 머리카락의 소녀였다. 기타를 들고 있던 그 소녀.

실은 말 한마디 나눠본 적도 없으니까 아는 사람인 척하기도 뭐했지만, 일단 조금이라도 아는 얼굴이 있어서 나는 약간이나마 안도했다. ——아니, 그런데 그게 다가 아니었다.

"어험. 그럼 정식으로 판결을—— 이 학생회장 엘리프 아나톨리아가 선고하겠다."

벚꽃색 소녀 옆에는 두 사람이 앉아 있었다.

한 명은 키 크고 마른 체형의 소심해 보이는 남성이었다. 긴 머리카락은 머리 뒤로 모아 묶었다.

한 명은『학생회장』이라고 신분을 밝힌 작은 소녀였다. 색채가 선명한 모자를 썼고, 손목과 목 주변에는 짤랑짤랑 요란하게 아름다운 보석을 두르고 있었다. 벚꽃색 소녀와 키 큰 남자 사이에서 잘난 척하면서 앉아 있었다. 마치 이 자리의 결정권은 온전히 자기가 가지고 있다고 주장하는 것처럼.

"이단자—— Luna여."

그때 나는 비로소 깨달았다. 이 둥그런 방 안에서 누가 심문을 받고 있는지. 목제 가면을 쓴 사람들은 누구의 죄를 묻고 있는지. 나는 그것을 제일 먼저 눈치챘어야 했다.

"……네."

연한 하늘색 체육복을 입은 메이드 차림의 누님—— Luna 씨가 고개 숙이고 있었다. 그녀는 이 이단심문실 한가운데에 있었다. 누가 봐도 이 자리의 중심적 인물이었다.

"Luna 씨……!"

——살아 있었구나.

나는 무심코 울음을 터뜨릴 뻔했다. 그때 누군가가 내 소매를 잡아당겼다.

"조용히 하세요. 이곳은 신성한 심문실입니다."

낯선 소녀의 목소리였다. 눈을 크게 부릅뜬 도깨비 같은 가면을 쓰고 있었다. 나는 무의식중에 입을 다물었다. 하지만 입 다물고 있을 수 있었던 시간은 짧았다.

"——자네에게 즉각 **폐기 처분**을 선고한다."

학생회장 엘리프 아나톨리아가 말했다. 그 순간, 나무 가면을 쓴 사람들이 일어나면서 환호성이 터져 나왔다. 법정 드라마에서 자주 봤던 광경처럼.

'……폐기…… 처분……?'

잠깐만. 그거. 뭐가? 뭐를? 처분한다고, 하는 거야?

《당연하지. 『상회』의 저런 구형 장난감은 이제 와서 연구할 가치도 없어.》

《저 정도 반현실성(反現實性)이라면 연구소의 파쇄기만 써도 충분할 테지. 문제없이 콩가루로 만들 수 있을 거야.》

주변 사람들의 마음을 읽었다. 그들이 무슨 말을 하고 있는지 나는 절반도 이해하지 못했다. 하지만 애매한 감정의 형태 그 자체만 봐도, 그들이 Luna 씨를 어떻게 하려고 하는지는 명백했다.

'이 녀석들…… Luna 씨를 죽일 작정이야!'

어쩌지? 하는 생각조차 들지 않았다. 그보다 먼저 몸이 움직이고 있었다.

"……어?"

나는 계단을 뛰어넘어서 Luna 씨 앞을 가로막고 섰다.

"호오."

재미있다는 듯이 학생회장이 중얼거렸다.

"어머나?"

조금 놀란 것처럼 벚꽃색 소녀가 고개를 갸웃거렸다.

"……."

키 큰 남자는 나를 보지도 않고, 손에 든 서류를 바쁘게 넘기고 있었다.

"그래, 자네는 코토요로즈 코토하 군이지? Luna 군의 조서에서 그 이름은 들었다. 영혼 어큐뮬레이터™의 피해

자라던데. 고생이 많았겠어. 하지만 지금은 바쁘니까 물러
가주겠나?”

작은 소녀—— 엘리프가 말했다. 묘하게 거들먹거리는
듯하면서도 그녀에게는 너무 잘 어울리는 그 음색에서는
왠지 오만함을 전혀 느낄 수가 없었다. 덩치는 작은데도
라파의 숙부에게 지지 않을 정도의 박력이었다.

“지금…… 당신…… Luna 씨에게 뭘 한다고 했어?”

“부술 거야. 파쇄기에 넣어 분쇄한다. 형태나 흔적 하나
남지 않도록.”

마치 점심 메뉴를 말하는 것처럼 평탄한 어조.

나는 눈앞이 새빨개지는 것을 느꼈다.

“너희들…… 뭐가 그렇게 잘났는데……. 목숨을…… 우
리를…… 대체 뭐라고…….”

“응?”

“……왜? 도대체 왜, Luna 씨를 부수려고 하는 거야?”

귀찮다는 듯이 엘리프가 대답하려고 했다. 그러나 그보
다 먼저. 등 뒤에서 늠름한 소녀의 목소리가 울려 퍼졌다.

“——우리가 종말을 정체시키는 존재이기 때문이다.”

좀 전에 내 소매를 잡아당겼던 도깨비 가면을 쓴 소녀였
다. 놀랄 만큼 또랑또랑한 기사 같은 음색으로 그녀는 말
을 이었다.

“저 여자—— Luna는 블랙리스트에 올라 있는 『경계 영
역 상회』에서 만든 반현실 실체다. 차원의 종말을 일으킬

가능성인『종말 잠재력』은 Stage3:『성장(Crescita)』. 우리는 차원을 안정시키기 위해 저것을 조속히 파괴할 필요가 있다.”

또박또박 이야기를 마친 후 그녀는 역할을 다했다는 듯이 자기 의자에 다시 앉았다.

“그래, 말하자면…….”

엘리프가 입을 열었다.

“그 메이드 씨는 **괴물**이란 거야. 그러니까 죽인다. 간단한 이야기지.”

괴물. 그 단어가 묘하게 가슴속에서 무겁게 울려 퍼졌다.

‘괴물이라고? ──그건 **나**다.’

내가 어렸을 때, 마치 세상의 유일한 진리인 양 남들한테 지겹게 들었던 단어다. 괴물이니까 죽인다고? 웃기지 마. 그렇게 생각했다. 강하게 꽉 주먹을 쥐었다.

“게다가 그 메이드 씨는 영혼 어큐뮬레이터™…… 그 여신에게 협력해서 지금까지 수백 명의 혼백을 수집했다더군. 그것만으로도 충분히 중죄가 아닌가.”

“Luna 씨는 여신에게 협박당했던 거야. 실제로는 나를 구해주려고 했었어!”

심문실이 갑자기 술렁술렁 시끄러워졌다. 엘리프가 좀 흥미가 생긴 것처럼 눈을 크게 떴다.

“호ー, 그랬었나.”

“그래. 그러니까──.”

“그럼 어째서 그 말을 하지 않는 거지?”

“뭐?”

“자네에게 묻는 거다. Luna 씨.”

엘리프가 날카로운 시선을 Luna 씨에게 던졌다. Luna 씨는 관심 없다는 듯이 시선을 피하더니 한숨을 쉬고 나서 담담한 말투로 말하기 시작했다.

“……그런 건 아무래도 상관없으니까.”

Luna 씨는 나와 시선을 맞추더니 문득 조금 다정한 미소를 지었다.

“고마워. 코토요로즈 군. 하지만 이제 됐어―. 난 말이지. 이제는― 질렸거든. 그, 뭐랄까―, 그러니까. 이것저것. 너라면 이해하겠지? 너만은 이해할 테지?”

“……!”

이해해. 왜냐하면 Luna 씨는 나에게 도망치라고 했을 때 울고 있었으니까.

이 사람은 더 이상 살고 싶지 않은 거야. 완전히 지쳐버린 거야. 다 끝내고 싶은 거야.

이해해. 난 그런 것을 진심으로 이해해. 하지만.

“하지만, 그래도 안 돼…….”

“뭐?”

“왜냐하면 Luna 씨가 말했잖아…… ‘너무 슬픈 일만 자꾸 생각하면 안 돼’라고. 나한테, 당신이 그런 말을 해줬었 잖아…….”

Luna 씨는 딱 한순간 얼빠진 표정을 지었지만 금방 또 웃었다.

“미안. 난 역시 바보인가 봐.”

담담한 음색으로. 하지만 목구멍 속에 맺힌 울음기를 숨기지 못한 채.

그때 휴 하고 키 큰 남자가 한숨을 내쉬었다.

“자, 조용, 조용히 하세요—. 이미 결론은 나왔어. 이제 와서 뭘 어떻게 해봤자 소용없어. 자, 기사단 여러분. 빨리 이 아이를 데려가——.”

“허락할 수 없어.”

목제 가면을 쓴 녀석들이 일어나서 Luna 씨를 포위하려고 했다. 나는 두 팔 벌려 그것을 막았다.

“안 돼! 그만둬! 그런 짓은 허락할 수 없어! 절대로 허락할 수 없어!”

“허락할 수 없다고……? 그래, 됐어. 다들 이 아이를 퇴실시켜——.”

목제 가면을 쓴 기사가 내 어깨를 잡으려고 했다.

나는 그 동작을 **파악하고** 있었다.

“쉭.”

상대의 팔을 피하고 명치를 세게 때렸다. 가면 쓴 기사는 방심했는지 한 대 맞고 무릎을 꿇었다.

“한번 해봐.”

나는 주먹을 쥐고 슬쩍 옆구리에 팔을 붙였다. 영감님한테 배운 업라이트 스타일이다.

"진심이냐?"

엘리프가 웃었다.

"이렇게 많은 사람을 상대로, 맨손으로 어떻게든 대처할 수 있다고 생각하는 건가?"

그런 것은 상관없어. 틀림없이 당신들 같은 녀석들은 이해하지 못할 테지만.

"나는 이제. ──포기하는 것은, 포기했어."

나보다 강한 녀석이 시키는 대로 행동하면서 소중한 무언가를 잃는 것은 이제 질색이다.

단지 그뿐이다. 그것만은 절대로 양보하면 안 되는 것이다. 설령 다른 모든 것을 잃어버리더라도.

"그만해."

Luna 씨가 떨리는 목소리로 내 소매를 잡으면서 말했다.

"간다."

가면 기사들은 냉정하게 길쭉한 나무 막대기를 들고 나를 포위했다.

'알고 있어. 너희들의 움직임은. 너희들보다도 더 너희들을 잘 이해하고 있어──.'

마음을 본다. 마음을 안다. 나는 나를 유체로 만든다. 영혼을 동화시킨다.

"으라아아아아아아앗!"

기사가 막대기를 아래로 휘두른다. 나는 그 광경을 알고 있다. 막대기를 피하고, 그 품속에 파고들어 가면 밑의 턱을 후려친다. 낮은 자세를 유지하면서 가장 가까운 기사의 발을 걸어 넘어뜨린다. 팔꿈치로 목을 강타한다.

그와 동시에 막대기가 내 어깨를 세게 때렸다. 쇄골이 부러졌을 것이다. 상관없다. 나는 그 대신 기사의 품속에서 권총 한 자루를 훔쳤다.

"──……."

길이 보였다. 사람의 흐름의 길. 나는 벽의 계단을 박차고 높이 뛰어올랐다. 목적지는 단 하나. 싸움의 기본. 싸울 때는 머리를 노려라. 그것도 영감님한테 배운 것이었다.

"호오."

총구를 겨누자, 그 대상이 된 학생회장 엘리프 아나톨리아는 감탄한 것처럼 웃었다.

"그것이 자네의 종말인가."

"……뭐?"

"필시 **미래 예지** 같은 것이겠구나."

그 말을 듣고 놀란 것은 내가 아니라 엘리프 양옆에 앉아 있는 두 사람이었다.

"엘리 짱, 그 말 진심이야?"

벚꽃색 소녀는 눈을 동그랗게 뜨고 있었다.

"……회장님. 그런 것을 왜 숨기는 겁니까……? 아아, 또 서류가 늘어나잖아."

키 큰 남자는 울상을 지으며 중얼거렸다.

"그, 그게 무슨 말씀입니까?!"

그리고 나무 가면을 쓴 또랑또랑한 목소리의 소녀 기사
가 그렇게 외쳤다.

엘리프 아나톨리아는 유쾌하다는 듯이 웃고 나서 말했다.

"이 아이의 이름은 코토요로즈 코토하. 종말 잠재력은
Stage4:『활성화(Excitatio)』."

"스테이지 4?!"

기사들이 동요하여 술렁거리기 시작했다.

'뭐, 뭐야……?'

나로선 상황을 이해할 수 없었다. 내가, 종말이라고? 무
슨 소리야?

"코토요로즈 군. 너는 이대로 가다간 언젠가는 세계를
멸망시킬 거래."

벚꽃색 소녀가 왠지 미안해하는 것처럼 웃었다.

"그러니까 우리는 너도 파괴해야 할 것 같아."

"……뭐?"

분명 Luna 씨는 Stage3이라고 했다. 나는 Stage4. 설마
위험도만 따진다면 내가 더 높은 건가? 나 같은 놈은 기껏
해야 남의 마음을 훔쳐보는 추잡한 짓밖에 못 하는데?

"전원. 발포를 허가합니다."

늠름한 목소리가 울려 퍼졌다. 아마 여기에 중요한 인물
이 있어서 그동안 발포는 금지되어 있었던 것이리라. 하지
만 나의 위험도가 판명됐으므로 지금부터는 진심으로 싸
우겠다는 뜻인가 보다.

‘젠장. 총은 어떻게 쓰는 건지 모르는데——!’

어떻게든 하는 수밖에 없다. 나는 주먹에 힘을 줬다.

“그건 아니지.”

휭! 하고 뭔가가 바람을 갈랐다. 그것은 은빛 금속 실이었다.

“어?!”

은빛 금속 실은 총알 같은 속도로 허공을 달리더니 벌새처럼 우아한 궤도로 둥글게 휘어졌다. 그것은 순식간에 목제 가면 기사들을 한꺼번에 확 묶어버렸다.

“……Luna…… 씨?”

하늘색 체육복을 입은 하늘하늘한 메이드 씨는 내 등을 지켜주려는 것처럼 금속 실을 펼치고 있었다.

“그건 좀 아니잖아.”

금속 실은 Luna 씨의 오른쪽 손목에서 뻗어 나와 있었다. 아니, 그게 아니다. 그녀 자체가 금속 실이었다. 그녀의 몸은 강철 실로 만들어져 있었다.

“——나 혼자만이라면 뭐— 괜찮아. 아—, 응— 그래. 그만한 짓을 했었으니까. 미래의 앞날 따윈 캄캄하고, 희망의 등불 하나 보이지 않으니까 말이지. 그러니 나를 부수는 것은 괜찮아.”

그녀의 왼쪽 손목에서도 실이 뻗어 나왔다. 그것은 빙글

빙글 비틀리더니 눈 깜짝할 사이에 은색 레이피어로 변했다. 나는 등 너머로 무시무시한 노기를 느꼈다.

"하지만 이 아이는 달라. 그냥 어린아이야. 지금까지 엄청나게 고생만 해왔어. 앞으로 행복해져야만 해. 그걸 방해한다면, 용서하지 않을 거야."

눈시울이 뜨거워져서 이를 악물었다. ……누군가가 나를 걱정하는 게 도대체 얼마 만인가? 마지막으로 어린애 취급을 당했던 게 대체 언제였지?

나는 정말로, 진심으로 이 사람을 좋아하게 되어버렸다.

"아하하하하하!"

갑자기 울려 퍼지는 태평한 웃음소리. 그것이 긴장된 신경을 때렸다.

"둘 다 멋져. 나이스한 투지야."

벚꽃색 머리카락과 반짝반짝 빛나는 눈을 지닌 소녀였다. 그녀는 아이처럼 깔깔 웃었다.

"그것은 다시 말해."

그 순간, 압력이.

"——나와 싸우겠다는 거야? 상당히 기합이 들어갔는데."

쿵. 공기가 무거워졌다. 마치 거대한 쇠공이 몸을 짓누르는 듯한 중압감. 벚꽃색 머리카락의 소녀는 살짝 속삭였을 뿐이다. 그런데도 똑바로 서 있기 어려울 정도의 공포를 느꼈다.

'뭐야? 이 녀석은!'

인간에게 남아 있는 약간의 야생적 본능이 열심히 경고를 발하고 있었다. 이 소녀는 격이 다르다. 온갖 어중이떠중이들의 백귀야행과는 비교가 안 되는 존재. 그야말로 진정한 괴물이다.

"자, 잠깐 기다려! 이런 데서 네가 날뛰면 천문학적 손해가 발생한단 말이야!"

키 큰 남자가 식은땀을 흘리며 외쳤다.

"에이, 그렇게 재미없는 말 하지 마—♡"

"이건 중대한 규약 위반이다!"

"어머나♪"

벚꽃색 소녀는 곱게 자란 아가씨처럼 아름다운 미소를 지었다.

"——그래서, 뭐? **누가** 나한테 벌을 줄 건데?"

키 큰 남자는 저도 모르게 입을 다물었다. 틀림없이 그들은 그녀를 막을 수단이 하나도 없는 것이리라. 저 소녀는 너무 강해서, 이 조직 내에서도 양날의 칼 같은 존재인 것이다.

《똑똑하게 처신해라.》

누군가가 강하게 마음의 벡터로 나를 겨누고 있었다.

그것은 학생회장 엘리프 아나톨리아의 마음이었다.

《완전히 다 사용해라. 자네의 종말을. 자네의 절망을. 자

네의 지향성을.》

이게 무슨 일이지? 어째서 눈앞에 있는 적인 그녀가 나에게 조언하는 거지? 하지만 적어도 그건 확실했다. 나와 Luna 씨 둘이서는 저 벚꽃색 소녀를 당해내지 못하리란 것.

'그래. 생각하자. 살아남을 방법을. Luna 씨를 지킬 방법을——.'

지금까지 보고 들었던 정보 중에서 중요한 것은 없었나? 틀림없이 뭔가 있을 거다. 끝까지 포기하지 않을 거다. 모든 것을 다 써서, 반드시——.

'앗.'

——있었다. 딱 하나 위화감이 있었다. 그런가, 어쩌면. 엘리프 아나톨리아는…….

"……하나만 묻자."

"응, 뭔데?"

벚꽃색 소녀는 웃었다. 나는 그녀에게 제시했다. 그들이 품고 있는 모순을.

"너희는 세계를 지키기 위해『종말』과 싸우는 조직이지?"

"응, 맞아."

"……이상하지 않아?"

그러자 소녀는 작은 동물처럼 귀엽게 고개를 갸웃거렸다.

"생각해 봐, 그렇다면……——네가 사용하던 그 기타는 뭔데?"

"!"

놀란 것은 벚꽃색 소녀가 아니라 키 큰 남자였다. 그는 명백하게 동요했다.

“내 기타? 그건 괜찮아. 나쁜 것이 아니니까.”

“그것도『종말』인 거 아냐? 정상이 아닌 것은 확실한데.”

그렇다. 내『속삭임꾼』같은 이상(異常)을 종말이라고 부른다면, 이 소녀가 가진『하늘을 나는 기타』도 훌륭한 이상이다. 과학으로는 설명할 수 없는 것이다. 종말이란 것은 그런 게 아닐까?

“뭐? 난 그런 거 잘 몰라. 관심 없으니까. 그런 거야? 폰.”

“읔. 아니, 갑자기 나한테 말 걸지 마.”

키 큰 남자는 어휴 하고 한숨을 쉬었다.

“뭐, 그래. 그것은 종말──『총흔(銃痕)의 천사』가 준 기프트야. 그것은 파괴 방법이 아직 밝혀지지 않았고, 또 우리에게 많은 이익을 가져다주기 때문에 파괴 명령은 내려지지 않았어.”

“아──. 그렇구나?”

“……왜 이런 일반 상식조차 모르는 녀석이 조직의 이인자인 걸까?”

그렇구나. 그럼 이야기는 간단하다.

“그러면── 나도, 그렇게 되겠습니다.”

“으음?”

이 녀석들은 종말에 맞서 인류를 지키는 조직이다. 필요하다면 종말을 사용해서라도.

“내가 당신들에게 협력할게. 그 대신 우리의 생명을 보
장해.”

키 큰 남자—— 폰이라고 불린 남자는 어안이 벙벙해졌
다. 벚꽃색 소녀는 킥킥 웃었다. 학생회장은 고요한 눈빛
으로 가만히 우리를 바라보고 있었다.
“코, 코토요로즈 군. 무슨——.”
“……Luna 씨. 이 방법밖에 없어요.”
각오할 수밖에 없다. 그렇게 결의를 다지는 나를 보면서
벚꽃색 소녀가 입을 열었다.
“당신이 뭘 할 수 있는데? 평범한 민간인 A 주제에——.”
“나를 이용했던 마피아는 몇 년 만에 마약 루트를 급속
히 확대해서 1년에 2,000억 달러를 벌어들였어.”
“우리한테 꼭 필요한 인재잖아!”
벚꽃색 소녀의 눈동자가 달러 마크로 변했다. 의외로 배
금주의자인가 보다.
“응, 그래서? 구체적으로는 뭘 할 수 있어?”
나는 입을 열었다.
《마음을 엿볼 수 있다는 것은 비밀로 해라.》
강한 사념. 그건 역시나 학생회장이 보낸 것이었다.
《비장의 수단은 끝까지 간직하는 거다.》
어째서? 구체적인 것까진 알 수 없었다. 하지만 여기서

는 그 말에 따르는 게 좋을 것 같았다.

"나는…… 미래를 예지할 수 있어."

"뭐어—? 그런 편리한 종말이 있다고? 그야 뭐, 확실히 그런 강력한 능력이 있다면, 우리한테도 천금의 값어치는 있을 테지만. ……진짜야? 종말 주제에?"

의심하는 소녀를 보고 학생회장이 조용히 입을 열었다.

"미래 예지. 모든 미지를 기지로 바꾸는 것. 즉, 마음의 평온이구나. 지향성으로서는 상당히 올바른 부류에 속한다고 생각한다만."

역시 이 사람은 나를 도와주고 있었다. 어째서? 내 아군인가……?

"으음— 그런가—……?"

하지만 벚꽃색 소녀는 아직도 의심하고 있는 것 같았다.

"아, 그래! 가위 바위 보를 해보자! 미래를 예지할 수 있다면 전부 다 이길 거 아냐?"

그녀의 제안에 키 큰 남자가 미간을 찌푸렸다.

"잠깐. 그의 종말이 구체적으로 뭔지는 밝혀지지 않았잖아. 미래 예지가 아니라 정신 오염이나 육체 조작형 종말일 가능성도 있다. 그런 방법으로는——."

벚꽃색 소녀는 웃었다.

"——어머나. 그런 게 나한테 통할 것 같아?"

안 통하나. 설마 물리 공격 최강인 데다가 우회적인 수법조차 무효인가? 그건 너무 최강이잖아…….

“신에게 너무나 사랑받은 이 최강 미소녀 코이토 히카리를 과연 이길 수 있을까? 자, 가위— 바위— 보!”

나는 순식간에 6연승을 달성했다.

“으악! 진짜 못 이기겠어! 소셜 게임에서 SSR을 뽑을 확률만큼이나 못 이기겠어!”

“……이걸로 아셨나요?”

“잠깐만, 다음엔 꼭 이길 거야! 미래는 이 손으로 개척한다! 앞으로 딱 100번! 100번만 더 해보자!”

진짜로 100연승을 했다.

“크흑…… 훌쩍…… 제, 제법이네? 난 분하지 않아. 훌쩍.”

최강 미소녀는 패배에 익숙하지 않은지 분한 마음을 참지 못하고 울먹이고 있었다.

오케이, 작은 학생회장이 숨을 내쉬었다.

“나의 양날개. 나는 어떻게 해야 한다고 생각하나?”

먼저 대답한 것은 벚꽃 소녀였다.

“물론 무조건 채용할 수밖에 없지! 이건 최고야!”

폰은 찌푸린 표정으로 대답했다.

“물론 반대하겠습니다. 인간형 종말은 불안정하고 예측하기 어려워요. 그들을 신뢰할 이유는 없습니다.”

시시한 녀석. 그렇게 벚꽃색 소녀가 중얼거렸다. 폰은 무시했다.

“흠. 의견은 알았다. 그럼 최종 결정을 내리마.”

학생회장은 짤랑짤랑 손목의 보석을 울리면서 우리를

손가락으로 가리켰다.

"──자네들을 푸른 학교의 체험 입학이란 형태로 받아들이도록 하겠다."

학생회장의 결단을 듣고 기뻐한 것은 벚꽃색 소녀. 머리를 싸쥔 것은 폰 시몬. 그리고 노기를 품은 것은 목제 가면을 쓴 기사들이었다.
《또 종말을 동료로 맞이하다니.》
《세 학교의 긴장이 고조된 것은 알지만.》
《종말 정체 위원회란 이름이 유명무실해지는군.》
학생회장이 말을 이었다.
"폰. 자네가 그들을 감시해."
폰은 뭐라고 대꾸하려고 입을 뻐끔거렸다. 그러나 곧 한숨을 내쉬고 고개를 끄덕였다.
"이단심문을 종료한다. 더 이상 이의가 있는 자는 지옥에서 악마에게 속삭이도록."
학생회장이 딱! 하고 손가락을 튕겼다. 그 순간 빛은 의미를 잃고 세계는 어둠에 의해 지배되었다.

다시 한번 딱! 소리가 나자, 눈앞에 빛이 되돌아왔다.

“어, 여긴…… 어디……?!”

좀 전까지 내가 있었던 이단심문실은 흔적도 없이 사라졌다. 그곳은 묘하게 잘 정돈된 대량의 책과 바인더에 의해 점령된 좁은 사무실이었다.

“……휴.”

내 눈앞의 큼직한 책상에 앉아 있는 키 큰 남자—— 폰 시몬이 한숨을 내쉬었다.

“방금 그건 종말『이단심문실』의 성질이야. 심문을 개시하면 학교 내에 있는 심문회 멤버들을 소집하고, 종료를 선언하면 각자 있어야 할 장소로 돌려보내는 거지.”

“……방금 그것도……종말……?”

종말은 그렇게 편리한 건가? 듣기만 해도 무서운 이름으로 불리고 있는데도?

“그런 거지. 종말 정체 위원회라고 말은 하지만, 실제로 우리는 다양한 방면에서 종말을 이용하고 있어—— 뭐, 악습이라고 할 수도 있고, 합리적이라고 할 수도 있지.”

그럼 정식으로 인사해볼까? 하고 눈앞에 있는 남자는 이렇게 고했다.

“만나서 반가워. 내 이름은 폰 시몬. 이 푸른 학교에서『일루미나티』의 지배인 역할을 하고 있어. 앞으로 잘 부탁해.”

■

푸른 학교 밖으로 나왔더니 어느새 하늘은 완전히 어두워져 있었다.

"으응—!"

내 옆에서 Luna 씨가 늘어지게 기지개를 켜고 있었다. 헐렁한 체육복이 세로로 쫙 펴지면서 의외로 큰 그녀의 가슴이 강조됐다. 나는 무심코 시선을 피하고 말았다.

"어, 뭔가, 그거지? 일단은 생환? 축하해—란 느낌?"

폰 시몬은 극히 사무적인 서류 처리만 해줬다. 나와 Luna 씨는 『푸른 학교』에 협력한다는 조건으로 이곳에서의 최소한의 삶은 보장받게 되었다.

"……살아 있다는 기분이 안 들던데요."

내 말을 들은 Luna 씨는 헤실헤실 웃었다.

"그런데 말이지. 그러면 안 돼. ——나 같은 녀석을 구하다니."

그녀는 희미한 미소를 지으면서 나를 물끄러미 바라봤다.

"자기 자신을 최우선으로 여겨야 해. 나 같은 녀석은 한낱 기계에 불과하거든. 진짜 인간이 아니야. 악당이긴 하지만. 자, 이거 봐. 실—— 이 실로 만들어진 존재야."

그러더니 그녀는 자기 손목에서 실을 꺼냈다.

"나는 경계 영역 상회가 만든 기계인형. 그러니까 구해 주지 않아도 돼. 알았니?"

Luna 씨는 내 뺨을 두 손으로 꽉 누르듯이 감싸면서 살짝 웃었다.

"……그럴 수 없어요. 나는."

"왜?"

"왜냐하면 기계라서 그렇다든가. 악당이라서 그렇다든가. 그런 이유로 은인을 저버리는 녀석은……『좋은 녀석』이 아니잖아요? 난 그렇게 될 수 없어요."

Luna 씨는 한순간 눈을 동그랗게 뜨더니.

"그러네. 넌 그런 아이였지."

서글프게 웃었다. 그 이유가 뭔지는 알 수 없었다.

"일단 당장은 운명공동체인 것 같으니까 앞으로 잘 부탁해. 뭐, 죽으면 어쩔 수 없다~ 하는 가벼운 마음으로. 푸하아. 뭐— 한번 해보자고."

그녀는 담배를 피우더니 역시나 웃었다. 나는 그 모습을 보기만 해도 '노력한 보람이 있구나'라고 느꼈다.

"자, 그럼 갈게."

"네?"

폰 씨는 우리의 임시 숙소를 지정해줬다. 그래서 Luna 씨도 같이 갈 줄 알았는데.

"으—음. 그 녀석들은 별로 신용할 수 없는걸. 그러니까 대충 근처에서 적당한 잠자리를 찾아보려고."

"괜찮겠어요?"

"이 정도는 완전히 별것도 아니지—. 나는 세계를 구한 적도 있거든?"

게임 속 이야기인가? 이상한 농담이구나 하고 생각하면

서 나도 모르게 웃었다.

《……게다가.》

《더 이상 같이 있으면 괜히 정 붙을 것 같으니까.》

순간적으로 Luna 씨의 마음을 강한 슬픔이 덮었다. 그것을 느낀 나는 무심코 얼굴을 찡그리고 말았다. 내 상태를 눈치챘는지 그녀는 입술을 삐죽거렸다.

"또 훔쳐봤구나? 엉큼하긴."

"으악. 아, 아니, 죄송해요. 일부러 그런 건……."

그녀는 웃었다. 그리고 옆에 있는 난간에 발을 걸쳤다.

"내일 또 보자. 잘됐구나. 아슬아슬하게 학원물이 될 것 같으니 말이야."

Luna 씨는 손목에서 실을 쭉 뽑아내서 가까운 고층빌딩에 척 걸치더니 시계추같이 휙 날아가 사라졌다. 마치 할리우드의 거미 히어로처럼.

"……."

밤거리를 봤다. 제12지구라고 불리는 이곳은 하얀 건물과 푸른 지붕으로 통일된 아름다운 곳이었다. 지금은 밤의 검정에 푹 젖어 있었지만, 푸른 하늘 아래에서 보면 이보다 더 아름다울 것이다.

"하하……."

혼자다. 밤거리에서, 나 혼자.

"……자유다."

아니, 그건 아니다. 나는 현재 『푸른 학교』에 맡겨진 상태다. 그놈들에게 불이익을 준다고 판단되면 금방 죽임을 당할지도 모른다.

"하늘이다…… 혼자다…… 나는…… 나는, 드디어…… 자유가 된 거야……."

감시인도 없다. 좁은 천장도 없고, 손발을 구속하는 족쇄도 없다.

"크…… 으…… 크흑…… 훌쩍……."

스스로도 어이없을 정도로 눈물을 흘렸다. 분명히 양동이 한 개 분량만큼은 울고 또 울었을 것이다. 그러다 겨우 진정했을 때 나는 마침내 앞을 바라봤다.

"힘내자."

──청춘을 즐기는 거야. 라이트 노벨 주인공처럼. 그때까지는.

"힘내자!"

나는 주먹을 불끈 쥐고 혼자 걷기 시작했다.

제12지구 동쪽. 이미 인적이 없어진 시장을 통과한 뒤, 희미한 전등 불빛 아래 추레한 함석지붕 폐가들이 늘어서 있는 길을 빠져나갔다. 그리고 넓은 산길을 20분쯤 걸었다.

'……──멀다!'

이 안쪽에 폰이 소개한 학생 기숙사가 있을 것이다. 그렇긴 한데 멀다. 멀고 어둡다. 또 무서웠다. 멀리서 들개 울음소리 같은 것이 선명하게 들려왔다.

"여기가…… 학생 기숙사인가?"

그것은 작은 단독주택 한 채였다. 창문에서 어렴풋한 불빛이 흘러나오고 있었다. 어두워서 확실하진 않지만 일단 큼직한 닭장과 트랙터가 있었다. 아, 염소도 있네.

"시, 실례합니다―."

학생 기숙사 안으로 들어갔다. 아무렇게나 벗어둔 신발들이 널려 있는 현관이 기숙사다운 느낌을 자아냈다.

《다음 작전에서는 쓸모없는 방해물이 되지 않게 조심해야지.》

《리데르는 언제쯤 돌아오려나.》

마음의 목소리가 들렸다. 역시 누가 있는 것 같았다. 신참으로서 지켜야 할 도리는 지키고 싶었다. 우선 예의 바르게 인사부터 하는 게 기본이겠지. 나는 마음의 소리가 들린 곳의 문을 열었다.

"실례합니다. 오늘부터 신세지게 된 코토요로즈 코―."

――키 큰 갈색 소녀가 실오라기 하나 걸치지 않은 모습으로 거기에 있었다.

맑은 카페라테 같은 색깔의 잡티 하나 없는 피부가 뜨거운 샤워기의 물을 방울방울 튕겨내고 있었다. 싱싱한 과일

처럼 탐스러운 큼직한 두 가슴에는 벚꽃색 봉오리가 수줍게 자리 잡고 있었다. 눈꼬리가 위로 올라간 늠름한 눈이 휘둥그렇게 변해서 내 얼굴을 바라보고 있었다.

"……어?"

"……엇."

어안이 벙벙해졌던 그녀는 금방 이성을 되찾고 담담하게 해야 할 일을 하기 시작했다.

"──침입자와 인카운트(조우). 전투태세로 이행."

"자, 잠깐만, 나는──."

갈색 소녀는 두 팔을 벌렸다.

"오너라. 팔각마(차르크이르크)!"

그 순간, 아무것도 없었던 그녀의 손안에 소형 공룡만큼 커다란 라이플이 나타났다.

『──간다, 메흐. 정의 · 집행!』

굵직한 무사 같은 음색으로 라이플이 소리를 질렀다.

"나는, 여기서 신세 지게 된──."

라이플은 거대한 빛을 발했다.

"장해를 제거합니다."

방아쇠가 내려간다. 총구가 포효한다. 어마어마한 충격이 주위를 덮쳤다.

"끄아아아아아아아아아아아아아아악!!!!"

'이거 좀 라이트 노벨 같은데.'

나는 집게손가락·새끼손가락·엄지손가락을 곧게 세우면서 하늘 멀리 날아갔다.

제2화『일루미나티에 온 것을 환영해』

"아니, 그건 라이트 노벨이 아니라 80년대 러브 코미디 주인공의 리액션 아냐?"

다음 날 아침. 나와 Luna 씨는 푸른 학교 앞에서 집합했다. 어쩐지 산뜻해 보이는 Luna 씨와는 달리, 나는 공격을 피해 도망쳐서 염소와 함께 노숙했으므로 상당히 피폐해진 상태였다.

"Luna 씨는 어제 어떻게 했어요? 노숙한 것처럼 보이진 않는데."

"으응—? 아, 그냥 몸을 좀 썼지."

"네?!"

"응, 그럼 폰 씨랬나? 그 사람한테 가볼까—."

Luna 씨는 거침없이 걸음을 뗐다. 나는 무의식중에 굳어버렸다.

'몸을 썼다고—— 뭘 썼는데?'

그건 그러니까 여자의 무기인가 뭔가 하는 건가? 그 뭐냐, 잠자리를 제공받는 대신에 흐물흐물 어쩌고 이러쿵저러쿵하는 그거. 너무 성숙한 어른의 세계라서 어린애인 나로서는 잘 모르겠지만.

'……아, 아니, 왜 내가 충격을 받은 거지……?'

팔랑팔랑 흔들리는 큰 리본을 바라보면서 나는 순간적으로 우두커니 멈춰 서고 말았다.

"일루미나티에 온 것을 환영해."

푸른 학교 복도를 걸으면서 폰 시몬이 엷은 미소를 지었다. 여전히 키가 크고 묘하게 자신 없어 보이는 미소를 짓는 청년이었다. 그의 눈가에 생긴 다크서클은 날마다 격무에 시달리고 있음을 보여주는 듯했다.

"일루미나티라니…… 저, 혹시 그 일루미나티?"

내가 묻자 폰은 쓴웃음을 지으며 고개를 끄덕였다.

일루미나티—— 그것은 지상 세계에서도 유명한 조직. 음모론 등에 등장하는 비밀결사다. 세계를 뒤에서 좌지우지한다느니, 사람들을 조종한다느니 하는 황당무계한 소문이 끊이지 않는 조직이다.

'그런 것은 존재하지 않는다고 생각했는데——.'

폰의 말로는 일루미나티는 푸른 학교가 보유한 조직 중 하나로서 그가 관리하고 있다고 한다.

"푸른 학교의 활동이 지상을 혼란스럽게 만들면 안 되니까. 우리는 주로 목격자나 피해자의 기억을 관리하고, 실전부대가 움직이기 쉽도록 정치적인 처리를 하고 있어."

푸른 학교의 복도를 걷다가 나는 뭔가를 발견했다. 커다란 통유리로 된 방 안에서 낯익은 인물이 회의를 하고 있었다.

"자, 잠깐만. 저건 리처드 대통령이잖아?! 현재 미국 대통령——."

리처드 대통령의 양옆에는 백의를 입은 남자들이 있었다. 그들은 대통령의 머리를 떼어내더니 플러그를 꽂고 수리하기 시작했다. 나는 입을 떡 벌렸다.

"아, 그래. 경제적 주요국의 80% 정도는 우리의 휴머노이드에 의해 국가 원수가 교체되어 있어."

"아…… 어…… 아…… 응?"

"남들한테 떠벌리고 다니면 안 된다, 알았지?"

폰은 피식 웃었다. 아니, 그렇게 웃을 수 있는 상황인가?

"안녕하세요. 관리인. 좋은 하루 보내세요!"

그러면서 폰을 향해 손을 흔든 것은 어디로 보나 인간이 아닌 존재—— 아무리 다시 봐도 머리가 도마뱀인데 몸에는 양복을 입고 있는 괴물이었다. 폰은 그 인사에 가볍게 응했다.

"바, 바, 바, 방금 그건……."

"그렇게 남을 보고 노골적으로 반응하는 것은 좋지 않다고 생각해."

"아니, 하지만 도마뱀 인간이잖아요?!"

"차별적인 발언은 삼가줘. 그들은 렙틸리언이야."

그래, 들은 적이 있다. 렙틸리언(파충류 인간)들은 인간 사회에 녹아들어 뒤에서 몰래 인간들을 조종하고 있다는 음모론을.

“어버버버버버.”

응, 그야 물론 보통은 아닐 거라고 생각했어. 『푸른 학교』라는 거. 여신을 확 날려 버리고, 하늘 위에서 살고 있는 녀석들이니까. 하지만 아무리 그래도 그렇지, 보통은 한도란 게 있지 않나?!

『경고—! 경고—! A-923 연구실에서 대규모 타임 패러독스 이상 발생! 블랭크메이커(제거자)는 즉시 A-923 연구실로 직행하세요!』

요란한 경고음이 깜빡거리는 붉은 빛과 함께 울려 퍼지기 시작했다. 폰은 좀 지친 얼굴로 “아, 또?” 하고 중얼거렸다. ……또라니?! 지금 타임 패러독스에 대해 ‘또’라고 한 거야?!

“여기 있으면 조금 위험할 것 같네. 서둘러서 학생회실로 가자.”

위험한 거구나. 우리 등 뒤에서 으악————!! 하고 비명이 들려왔다. 계단 밑에서 핏방울 같은 붉은 액체(현실을 직시할 수 없다)가 터져 나오고 있는 듯한 느낌이 들었다.

“괘, 괜찮은 거예요?”

나는 완전히 겁먹은 채 물어봤다. 폰은 안심시키려는 것처럼 웃었다.

“응, 아마도.”

아마도구나.

“어때, 잘 지냈어? 코토요로즈 코토하 군. Luna 군.”

학생회실── 거대한 텅 빈 공간과 거대한 창문이 있는 방이었다. 창문을 통해서는 아름다운 푸른 도시── 제12지구가 한가득 펼쳐져 있었다.

“……안녕하세요.”

──학생회장. 엘리프 아나톨리아. 개인적으로 이 사람에게는 이것저것 묻고 싶은 것이 있었다. 아니, 사실 지금의 나는 알고 싶은 것이 너무나 많았다. 그런 사정을 눈치챘는지 그녀는 흠 하고 고개를 끄덕였다.

“여기는 어디? 나는 누구? 하는 표정을 짓고 있군.”

“……네, 실은 정확히 그렇습니다.”

엘리프 회장은 가볍게 웃었다.

“그럼 이야기해 주마. 이 도시와 이 학교에 대해. 세계에 대해. 그리고 자네에 대해.”

그리하여 그녀는 이야기를 시작했다. 우주에 관한 원대한 이야기를.

──이 우주의 끝이 다가오고 있다.

그것은 다양한 현실과 싸우는 조직에는 명확한 사실이

었다.

이유는 단순했다. 『수명』이다.

우주는 너무나 오랜 시간을 보내온 것이다.

규칙적이고 아름다운 과학이라는 법칙이 느슨해질 정도로.

느슨하게 벌어진 그 빈틈. 그것이 『종말』이다.

"종말?"

내가 묻자 엘리프 회장은 살짝 고개를 끄덕였다.

"과학의 빈틈. 강한 지향성의 발로. 우주와 대립하는 것. 그렇게 불러도 좋다."

"강한…… 지향성…….''

지향성—— 다시 말해 강한 『소원』이란 거다. 강한 『갈망』이란 거다.

"처음에는 작은 빈틈이야. 아주 조금 우주의 형태를 바꿔버릴 정도로 작은 것. 하지만 모든 종말은 다 똑같은 성질을 지니고 있어. 그것은——『진화』다."

"진화…….''

"단순한 자연의 법칙이지. 일단 태어난 것은, 계속 존재해야만 한다는 가장 강력한 지향성에 의해 지배된다. 계속 존재하기 위해서 계속 진화하는 거지."

그런 자연의 섭리가 자연이 아닌 것에도 적용된다.

"아무리 작은 요정이라도 언젠가는 거대한 괴물로 진화하는 거야."

"……얼마나 거대해지는데요?"

"우주의 법칙조차 잡아먹을 정도로."

그것이 바로 우주의 끝. 세계의 끝. 작은 회장은 그렇게 단언했다.

"예를 들면 자네가 가지고 있는 종말『속삭임꾼』도 그래. 지금은 단순히 미래를 읽기만 하는 능력이지. 하지만 몇 년 후에는 그 능력은 천 단위의 군대도 해치울 정도가 될 거야. 수십 년 후에는 틀림없이 만 단위의 사람들을 죽일 거다. 수백 년 후에는 우주조차 파멸시킬 테고."

"그, 그럴 리는…….."

"그렇게 되는 거야. 이것은 정해진 일이야. 우울한 이야기지."

종말. 그것은—— 가까운 미래에 세계를 멸망시키는 우주의 빈틈.

내가 그거고, Luna 씨도 그거다. 그리고 이 학교는 그것과 싸우고 있다.

"안심해라. 코토요로즈 군. 자네의 종말은 Stage4:『활성화』. 지금 당장 세계를 멸망시키진 않을 거야. 더구나 인간형 종말은 파괴 내성이 없는 경우가 많거든. 스테이지가 급격히 상승하더라도 결코 처리하기 어렵진 않을 거야."

"아니, 그렇게 대충대충 해도 괜찮은 거예요?"

엘리프 회장은 웃음을 터뜨렸다. 몹시 우스운 농담이라도 들은 것처럼.

“괜찮을 리가 있겠느냐!”

“……네?”

“하지만 그런 걸로 주저할 수도 없는 상황이다. ——폰.”

회장이 부르자, 폰 시몬은 여전히 곤란한 표정으로 홀로그램을 띄운 단말기를 책상 위에 올려놨다. “우와, SF다” 하고 가장 SF 같은 존재인 Luna 씨가 중얼거렸다.

“올해 들어 확인된 종말의 수는『12,897건』이다.”

홀로그램으로 표시된 것은 전 세계에서 확인된 종말의 분포도였다.

“그중에서 해결된 종말이 2,180건.”

아, 그렇구나. 나는 엘리프 회장이 웃은 이유를 알아버렸다. 그래, 이건 진짜 웃음밖에 안 나오는 상황이구나.

“요컨대 인류는 이미 상당히 궁지에 몰려있다. 해마다 종말 건수는 계속 늘어나고만 있어. 빛이 닿지 않는 어둠 속에서, 수백만이나 되는 사람들이 종말을 접하고 소멸한다. 끝이라고.”

“……혹시…… 그래서…….”

“그래. 우리는——『종말 정체 위원회』인 거다. 종말은 반드시 찾아올 거야. 이렇게 셀 수 없이 많은 빌어먹을 반현실에 의해서 말이지. 우리는 그것을『정체』시키느라 필사적으로 애를 쓰고 있는 거지.”

종말을 정지시키지도 않고, 근절시키지도 않는다.『정체』. 그것이 최선이란 거다.

“뭐, 저는 그렇게까지 비관적인 상황은 아니라고 생각하지만요. 실제로 지금까지 확인된 종말 중에 Stage6 이상의 종말은 수백 개 정도밖에 안 되잖아요.”

“세 자릿수면 충분하고도 남지.”

폰은 의외로 긍정적인 성격인가 보다. 그는 미덥지 않게 웃고 있었다.

“흠, 슬슬 신입에게 겁을 줘볼까. 아직 해결되지 않은 종말 중에서도 특히 위험한 놈을 가르쳐주마.”

신나게 말을 꺼낸 엘리프 회장이 홀로그램 화면을 슬라이드시켰다.

“우선은 이거. No.017──『하얀 날개』. 주로 빈부 격차가 심각한 나라에서 발견되는 인간형 종말이다.『랜덤으로 인간 앞에 나타나 소원을 하나 들어준다』는 성질을 가지고 있지.”

“음, 그 말만 들으면 좋은 사람 같은데요. 램프의 요정 같은…….”

“좋은 사람이야. 틀림없이 악의는 없을 테지. 하지만 그녀는 온갖 소원을 다 들어준다. 아무리 황당무계한 것이라도, 아무리 잔혹하고 차별적인 내용이어도.”

“앗.”

그러니까『하얀 날개』에게 “세상이 멸망하면 좋겠어!”라고 빌면 즉시 그 소원이 실행된다는 뜻이다. 단 한 사람의 경솔한 소원에 의해 우주는 끝나버리는 것이다.

“그, 그건 너무 위험하지 않아요?!”

“맞아, 위험해. 일단 지난 5년 사이에는 목격 정보가 없지만.”

엘리프 회장은 웃더니 홀로그램을 슬라이드시켰다.

“다음은 No.5674——『에펠탑의 달팽이』. 현재 파리의 상징 에펠탑에는 몸길이가 189m나 되는 거대한 달팽이가 달라붙어 있어.”

“네……? 그게 뭐예요. 들어본 적도 없는데요?”

그런 괴수 영화 같은 상황이라니. 뉴스에 안 나오는 게 이상하잖아?

“강력한 정보 재밍 성질을 가지고 있거든. 누구나 그 달팽이를 본 순간, 그 기억을 잃어버리게 돼.”

정보 재밍? 정보 전달을 방해하고 저해한다는 뜻일까?

“그래서…… 그 달팽이는 무슨 짓을 하는데요……?”

“에펠탑 안에 들어온 사람들의 인격·정보·영혼을 랜덤으로 뒤바꾼다.”

“네……——?”

“예를 들어 3인 가족이 에펠탑에 들어갔다면, 나올 때는 전혀 다른 가족이 되어 나온다는 거다. 완벽한 타인과 자기 자신의 정보가 뒤바뀌는 거야. 일흔두 살 노인이 젊은 부부가 미는 유모차에 타고 있기도 하고, 열두 살 난 소녀가 엄청난 대기업의 CEO가 되기도 하는 거야.”

“그, 그걸 아무도 눈치채지 못해요?!”

“그래. 아무도 눈치채지 못해. 그것이 그놈의 고약한 점이지.”

확실히 무서운 성질이다. 내가 에펠탑에 들어가면 나는 전혀 다른 사람으로 육체와 경력이 교체된다는 거다. 나는 전혀 다른 사람인데도 그것을 눈치채지도 못한다.

“아니, 하지만…… 그럼 에펠탑 전체를 출입 금지 구역으로 지정하면 되잖아요……?”

엘리프 회장이 고개를 살래살래 흔들었다.

“그놈은 자신의 성질을 발휘하지 못하는 동안에는 한층 더 거대하게 성장한다.”

“네?!”

“에펠탑의 달팽이가 처음 발견됐을 때는 크기가 15cm 정도밖에 안 되었다고 하더군. 고작 한 달쯤 밀실에 보관했을 뿐인데 3m가 넘는 크기가 되었다고 해.”

“그럼…… 에펠탑에, 아무도 안 오면…….”

“더더욱 커질 테지. 달팽이가 영향을 미치는 범위가 점점 넓어져서 최종적으로는 지구 전체에 대해 그 성질을 발휘할 것이다. 사람들은 단 한 순간도 자신이 자신이란 것을 믿지 못하게 되어버릴 거야. ……아니, 그런 사실조차 눈치채지 못하려나?”

그건 확실히——사실상 끝장이다. 사람들은 계속해서 변하는 자신의 상황을 눈치채지도 못하고, 사회는 혼란에 빠져 마비되고. 그러다 언젠가 세계는 멸망할 것이다. 에펠탑을 봉쇄하지 못하는 것도 이해가 갔다.

“파괴할 수 없나요? 달팽이는.”

“글쎄, 어떨까. 내 한쪽 날개——코이토 군이 혹시 진심으로 싸워준다면 파괴할 수 있을지도 모르지.”

역시 그 사람은 그 정도로 강하구나.

“하지만 폰. 그럴 경우의 예측은?”

“파리 시가지가 괴멸될 겁니다. ……운이 좋으면 말이죠.”

운이 나쁘면 어디까지 난리가 나는데?

“그 달팽이는 미시적 관점…… 개개인의 관점에서 본다면 심각한 문제지만, 거시적인 관점에서 본다면 사회에 미치는 영향은 적은 편이야. 그래서 방치되고 있는 거다.”

“네, 네에…….”

참고로 『하얀 날개』는 Stage8:『대화재(Conflagratio)』. 『에펠탑의 달팽이』는 Stage7:『파괴(Devastatio)』 단계라고 한다. 그에 비하면 나는 귀여운 수준이라는 거다.

“말하자면 우리는 지금 발등에 불이 떨어진 상태란 거야. 유용하고 스테이지가 낮은 종말은 잘 활용해야지, 안 그러면 당장 내일이라도 우주가 멸망할 정도로 심각한 상태야.”

그렇게 말한 것은 폰 시몬이었다. 나는 저절로 깜짝 놀랐다.

“아니, 당신은 나를 사용하는 것에 반대했을 텐데……?”

“응, 표면적으로는. 종말을 사용하는 것에 반대하는 세

력은 꽤 크거든. 양날개의 의견이 한쪽으로 쏠리면 아랫사
람들의 불만이 계속 쌓여갈 거야. 나는 온건파. 코이토가
급진파로서 서로 균형을 맞추고 있는 거지."

하기야 코이토는 그런 것을 생각할 정도로 머리가 좋진
않지만. 폰은 비웃거나 험담하는 게 아니라 진심으로 그렇
게 생각하는 것처럼 자연스럽게 그런 말을 했다. 의외로
독설가일지도 모른다.

"그것이 이 세계의 현재 상황. 자네의 정체야."

그런가. 나도 『종말』이니까. 언젠가는 나도 세계를 멸망
시킬 정도로…….

"자, 그럼 마지막으로 이 도시──『천공도시·플루크투
스』에 대해서인데."

"네."

"그건── 아무도 몰라."

"네?"

엘리프 회장은 팔랑팔랑 손을 내저었다.

"언제부터인가 하늘 위── 차원의 틈새에 이 공간이 존
재하고 있었어. 아마도 지구의 다섯 배도 넘는 면적을 보
유하고 있는 듯한데. 인간이 거주할 수 있는 공간은 그중
1% 정도밖에 안 돼. 대부분은 출입 자체가 불가능하고 연
구도 전혀 진행되지 않았어."

"어떻게 생겨났는지, 그 과정 같은 걸 아무도 몰라요?"

"아마도 정보 재밍 탓이겠지. 아무도 이 도시의 역사를

모른다. 내가 태어났을 무렵에는 이미 이 푸른 학교가 존재하면서 세계를 연명시키고 있었어."

그것참 이상한 이야기다. 저절로 현기증이 났다.

뭐, 일단 이야기해야 할 것은 이 정도겠지. 그녀는 그렇게 중얼거렸다.

"뭔가 질문하고 싶은 거라도 있나?"

엘리프 회장이 우리에게 물었다. 하지만 나는 방금 얻은 정보를 정리하느라 바빴다.

"——경계 영역 상회에 대해."

그 대신 질문한 것은 내가 아니라 Luna 씨였다.

"……그놈들은 대체 뭐야?"

그녀는 주먹이 떨릴 정도의 분노를 담아 중얼거렸다.

"천공도시 어딘가에 있는, 다른 차원에서 온 방문자일 테지. 아마도. 소위 반현실 조직 중 하나야. 종말을 가진 물품을 유통하면서 경제활동을 하는 웃기는 놈들이야. 종말 정체 위원회의 감시 대상 블랙리스트에도 올라 있어."

"그렇구나."

"왜 그런 걸 묻는 거지?"

"그냥. 나는 혹시 자유로워진다면—— 그놈들을 전부 다 죽여 버리겠다고 결심했었거든."

그 말을 들은 엘리프 회장은 웃었다. 그거 다행이구나 하고 말하고 싶은 것처럼.

"자, 일단 이야기는 이걸로 끝인가. 목이 마르구나. 너희는 이제부터 푸른 학교에 입학할 텐데…… Luna 군. 폰.
두 사람은 잠깐 나가주겠나?”

“네?”

“나는……――이 친구와 할 이야기가 좀 있어서.”

엘리프 회장은 나를 가리켰다. 저도 모르게 마른침을
꿀꺽 삼켰다. 폰은 순순히 알겠습니다 하고 수긍하더니
Luna 씨와 함께 학생회실에서 나갔다. Luna 씨는 걱정스
럽게 나를 보고 있었다.

“자, 그러면――.”

엘리프 회장은 중얼거리더니 가볍게 책상 위에 뛰어 올
라갔다.

“――코토요로즈 군. 지금 당장 여기에 무릎 꿇고 앉아
서 내 발끝에 키스해.”

펑크 직전이었던 내 뇌는 그 순간 완전히 확 날아가 버
렸다.

■

――그 아이는 괜찮을까.

“신경 쓰여요? Luna 씨.”

“……어? 아, 아니. 별로.”

신경 쓰지 않는다……고 하면 당연히 거짓말일 것이다. 그 남자아이—— 코토요로즈 코토하 군은 솔직히 말해서 믿을 수가 없었다. 아니, 믿을 수 있지만. 불안해서 눈을 뗄 수 없었다.

"괜찮아요. 회장님은 이 학교에서 유일하게 신뢰해도 되는 사람입니다."

비밀결사·일루미나티의 지배인이 그렇게 말하니 설득력이 있었다. 아니, 과연 그럴까?

"으악! 그만해! 나를 늘리는 짓은 그만하라고!"

왜냐하면 지금 시야 가장자리에서는 스피커가 장착된 두뇌 배양기가, 어느 거대한 기계 속에서 자기 육체가 대량 생산되고 있는 모습을 보고 비명을 지르고 있으니 말이다. 저게 대체 무슨 연구인지는 도무지 알 수 없지만 적어도 비윤리적인 것은 확실한데, 그 연구를 지시한 것이 이 폰 시몬이란 사람일 테니까.

"아, 드디어 찾았다. ……폰 선배님."

갑자기 아름다운 여자 목소리가 우리의 고막을 때렸다. 나는 목소리가 좀 낮은 편이라서 그런 목소리를 동경했다. 그쪽을 돌아보자 그곳에는 키 큰 갈색 여자애가 있었다.

"메흐리자 제인베코바 군. 무슨 용건이라도 있나?"

폰은 온화한 미소를 지은 채 물어봤다. 메흐리자라고 불린 소녀는 아무리 봐도 기분이 안 좋아 보였다. 철저히 불만을 드러내면서 폰을 쏘아보고 있었다. 미인이 화내는 모습은 박력이 있구나.

"용건이 뭔지 물을 것도 없잖아요. 학생 기숙사에 새로 입주한 사람 말이에요."

"아, 그래. 사전에 알려줬잖아. 어제. 신입을 맡기겠다고."

"그건 들었습니다. 하지만 그게 남자란 말은 못 들었습니다!"

아― 그렇구나. 나는 눈치챘다. 이 여자가 바로 코토요로즈 군이 말했던 라이트 노벨 같은 '행운의 변태' 이벤트로 그를 날려 버린 여자애구나.

"……무슨 문제라도 있나?"

폰은 진심으로 어리둥절한 표정으로 물어봤다.

"거기는 여자만 살잖아요."

"응."

"남자가 동거한다는 것은 이상하잖아요?"

"……서류상 특별한 문제는 없을 텐데?"

"이, 이 벽창호 같으니……."

아하하…… 하고 작은 쓴웃음 소리가 들려서 시선을 아래로 내렸다. 그랬더니 작고 귀여운 여자애가 메흐리자 씨 옆에서 난처한 듯이 웃고 있었다.

"앗. 인사가 늦었습니다! 중등부 1학년생! 코시바 냐오라고 합니다!"

코시바 짱은 내 시선을 눈치채자마자 야무지게 경례를 해줬다.

"코시바(小柴)의 코(小)는 코이누(小犬, 강아지)의 코. 코시바의 시바(柴)는 시바견(柴犬)의 시바입니다!"

"그런가. 상당히 개 타입이구나."

실제로 마메시바* 같은 여자애이긴 했다. 나는 왠지 마음이 훈훈해졌다.

"남자와 동거하다니, 그런 것은 도의적으로 문제가 있습니다. 무슨 짓을 당할지도 모르잖아요."

"그런가? 그의 전투 능력은 상대적으로 꽤 낮은 편이라고 생각하는데."

"그런! 문제가! 아닙니다!"

냉정하게 몰아붙이는 메흐리자 씨와, 뭐가 문제인지 전혀 모르고 있는 폰 씨. 그 옆에서 나는 코시바 짱과 대화하기 시작했다.

"저기, 혹시 폰 씨는 좀 문제가 있는 사람이니?"

"많—이 문제가 있죠."

그렇구나. 표정만 보면 왠지 믿음직하지 못한 순한 남자처럼 보이는데.

"서류 귀신이에요. 하여간 사무의 효율화·처리 능력 면에서는 푸른 학교에서 최고라고 할 수 있죠. 폰 선배님이 5일만 쉬어도 이 학교는 붕괴할 거라고 해요……."

냐오 짱이 덜덜 떨었다. 실제로 과거에 어지간히 끔찍한 사건이 있었나 보다.

"그 대신 진—짜로 남의 마음을 모르는 사람이에요. 서

____
*시바견을 애완용으로 교배시킨 종

류 이외의 모든 일에서는 바보나 마찬가지예요. 그래서 부하들한테는 꽤 미움받아서 상당히 고립된 상태예요. 하지만 고립되어도 혼자서 비정상적인 분량의 일을 처리하기 때문에 모두 선배님에게 의지하지 않을 수 없어요.”

“듣기만 해도 문제 있는 인재구나.”

학생회장은 폰과 코이토 씨를 『양날개』라고 불렀다. 아마 두 사람이 이 학교의 이인자일 것이다. 코이토 씨도 겉보기에는 통솔력이나 인재 육성 능력 같은 것은 전혀 없어 보였는데. 괜찮은 걸까? 이 조직은.

“메흐리자 군. 코토요로즈 군을 감시하는 일에는 자네와 코시바 군 페어보다 더 나은 적임자는 없어.”

“그건…… 확실히, 그렇지만.”

“현재 우리로서는 자네의 감정론에 귀 기울여 비효율적인 수단을 선택할 만한 여유는 없어. 미안하다. 기숙사도 이 시기는 어디나 꽉 차 있고. 재정난이고.”

폰은 “으음……” 하고 좀 고민하면서 턱에 손을 댔다.

“그래, 딱 하나 효율적인 수단이 있긴 있지.”

“아! 뭔데요?”

“코토요로즈 군을 처분하는 거다. ……아하하, 가능하면 나는 그러고 싶지 않지만.”

이 사람 뭐야, 너무 무섭다. 나는 반사적으로 냐오 짱과 부둥켜안고 덜덜 떨었다. 농담일 테지만, 농담처럼 들리지 않았다. 진짜로 그렇게 할 것 같은 박력이 있었다.

“아무튼 그걸로 끝이라면 대화는 종료다. 내가 얼마나 바쁜지는 이제 와서 굳이 논할 필요가 있나?”

“……~~~~!”

도망치듯이 떠나가는 폰의 뒷모습을 당장이라도 쏴버릴 듯한 표정으로 노려보는 메흐 씨.

‘그런데 코토요로즈 군, 여자 기숙사에 머물게 되었구나. 이야~. 제법인데?’

그의 꿈——라이트 노벨의 주인공이 된 것 같잖아. 누나로서 응원하지 않을 수 없지.

‘지원 사격을 해둘까.’

“저…… 메흐 씨.”

“……왜요? 어, 음. Luna 씨라고 했나요.”

그녀는 새삼스레 나를 바라봤다. 정면에서 똑바로 보니 정말 무서울 정도로 아름다운 소녀였다. 나이에 비해 나보다 훨씬 더 야무진 것 같고. 이렇게 무서운 아이를 보면 본능적으로 도망치고 싶어지지만.

“코토요로즈 군을 잘 부탁하고 싶은데. 괜찮을까?”

“네? 아니, 왜 저한테…….”

“그 애는 큰일을 당한 남자애야.”

“……무슨 뜻이죠?”

너무 자세히 이야기하는 것은 규칙 위반이려나. 영리하게 말을 잘해야겠다.

“손바닥, 봤어?”

"손……이라고요? 아뇨…….”

"아하하. 굉장하거든. 흉터가. 손가락이 몇 개는 안 구부
러지는 것 같아.”

"네——?”

코토요로즈 군을 볼 때마다 굉장하다고 생각한다. 그토
록 온몸이 상처투성이인데도 아직도 남에게 신경 써줄 여
유가 있다니. 아니, 어쩌면 남에게 신경 써줌으로써 아슬
아슬하게 자기 몸을 지탱하고 있는 걸지도 모르지만.

"나도 자세한 것은 몰라. 하지만 그 아이는 실은 이미 너
덜너덜해진 상태야. 간신히 서 있는 게 고작이야. 그런데
도 나를 감싸주는 바보야. 그 아이는 행복해졌으면 좋겠
어. ……그 아이 같은 아이가 행복해지지 않는다는 것은
이상해.”

실실 웃으며 그렇게 고했다. 메흐 씨는 그런 나를 고요
한 시선으로 바라보고 있었다.

"그럼—— 왜 당신이 직접 돌봐주지 않는 거죠?”

메흐 씨가 대놓고 물어봤다. 그야말로 논리 정연한 지적
이었다.

'왜냐하면, 그건 어쩔 수 없잖아.'

그 아이—— 코토요로즈 군을 보고 있으면 저절로 옛날
생각이 날 것 같으니까.

그렇게 괴로운 일이 또 한 번 일어난다면 나는 정말로
망가질 거란 생각도 들었다.

죽는 것은 괜찮다. 하지만 망가지는 것은 무서웠다.

"쿡쿡. 나 말이지. 머리가 나빠. 남을 돌봐줄 수 있을 정도로 잘난 녀석이 아니야. 굳이 따지자면…… 모든 것을 다 망쳐버리는 타입이지."

메흐 씨가 유리알 같은 눈으로 나를 물끄러미 응시했다.

'아, 곤란하네. 상대하기 거북할지도. 이 아이.'

이렇게 올곧은 인간은 거북하다. 자신이 몹시 꼴사나워 보이기 때문이다.

"당신의 의견은 기억해두겠습니다. 정황상 그를 받아들일 수밖에 없을 것 같고요."

"응. 잘 부탁해~."

가볍게 윙크한 후 나는 도망친 폰을 쫓아가려고 빠르게 걷기 시작했다. 등 뒤에서 메흐 씨는 뭔가 생각에 잠긴 것처럼 턱에 손을 대고 있었다.

'저렇게 성실한 타입은 무조건 정에 호소하면서 공략해야 해.'

왠지 모르게 나와 저 소녀는 천적이 될 것 같다는 예감이 들었다. 그냥 직감적으로.

폰 시몬은 위쪽이 뻥 뚫린 안뜰에 서 있었다. 그 앞에는 부서진 하얀 석상이 있었다.

‘괴상한 석상이네!’

좌반신과 허리까지만 남아 있는 여성을 조각한 석상이었다. 손에는 총을 쥐고 있었다.

“이게 뭐야?”

“『총흔의 천사』. Stage6:『동요(Perturbatio)』의 종말이야.”

아, 그래. 이단심문회에서 이야기했던 종말인가. 코이토 씨의 기타는 이 녀석한테 받은 거라고 했나?

“『총흔의 천사』는 푸른 학교 학생들 모두에게 총을——『총흔』을 나눠준다. 당신이 학교에 본격적으로 입학하면 언젠가 그것을 받게 될 테지.”

“……총흔?”

“소유자의 지향성을 구현화한 특수한 총이야.”

오—, 굉장한데. 능력 배틀물 같은 건가. 그러고 보니 코시바 짱과 메흐 짱도 이상한 무기를 사용했던가. 폰은 묘하게 무상한 눈빛으로 총흔의 천사를 쳐다보고 있었다.

“이 녀석 덕분에 우리는 많은 종말과 대등하게 싸울 수 있게 되었어. ……하지만.”

폰이 가볍게 손을 흔들었다. 그 순간, 아무것도 없었던 그의 손에 긴 탄창의 소총이 나타났다.

“이놈 때문에 전사가 늘어나고 있어. 무한히. 특별한 힘을 가진 전사들이.”

“뭐?”

“나는 이놈을 좋아하지 않아.”

『총흔의 천사』의 발치에는 많은 꽃과 과자가 바쳐져 있었다. 틀림없이 이 학교에서는 수호신처럼 여겨지고 있는 것이리라. 하지만 폰이 그 석상을 바라보는 눈에는 증오가 깃들어 있었다.

"Luna 씨. 아니——인공 봉사자(신세틱 서번트) L-200B형."

"……아하. 사전에 나를 조사했구나. 사이코 느낌이 나~."

"물론이지. 그 실로 했던 공격은 훌륭했어. 과연 정가가 4만 달러나 될 만해."

나는 무심코 웃었다. 4만 달러. 그것은 분명히 내가 유통됐을 때의 가격이었다. 제조된 개수만큼 팔렸고, 지금은 프리미엄이 붙었다는 소문도 들었다.

"인터넷에 올라온 조작 방법은 봤어. 현재 자네의 유저는 누구로 되어 있지?"

"……누구도 아냐."

"뭐? 누구와도 계약하지 않았단 말인가?"

"나는 투기 목적이었나 봐. 유저 등록을 하면 가치가 떨어지잖아?"

나는 3,000대 한정으로 발매된 휴머노이드 로봇 중 하나였다. 무서우리만치 복잡한 기적론과 다차원 네크로맨시(사령 조종술)로 구성되어 있었다.

"인공 봉사자는 유저가 없으면 스트레스를 받지 않나?"

그래, 물론 스트레스를 받지. 어마어마한 스트레스. 내 전용 유저가 없다는 것만으로도 이 우주에서 외톨이가 된 듯한 기분이 든다. 매일 밤 고독이 무서워서 울기도 했다.

"나는 평범한 인공 봉사자가 아니거든. ——과거에는 인간이었어."

"……뭐라고?"

"어떤 인간의 신경계를 복제해서 만들어졌거든. 나는 각 가정에 판매되기 위해 3,000명으로 복제되어 물품으로서 팔렸던 거야."

과거에 나는 어리석었다. 최선을 다하면 세계도 구할 수 있을 거라고 믿었다. 그래서 솔직히 말하자면 이 종말 정체 위원회란 사람들의 활동은 멍청해 보였다.

"그것은…….."

"비인도적이라고?"

"비합리적이네."

나는 무심코 웃음을 터뜨렸다. 그것은 이 키 큰 청년이 네크로맨시에 대해 잘 공부했다는 뜻이었기 때문이다. 상당수의 휴머노이드는 단조로운 프로그래밍과 기계의 자유의지를 통해 의식이 형성된다. 왜냐하면 살아 있는 인간의 의지는 무서울 정도로 강하므로 명령이나 기적론적 주박(呪縛)을 타파할 위험성이 있기 때문이다.

"하지만 그렇다면…… 자네는 상당히 유명한 사람이었겠군."

"뭐, 그렇지. 여기와는 전혀 다른 우울한 동네에서."

과거의 일은 별로 이야기하고 싶지 않다. 울고 싶어지고,

죽고 싶어지니까.

"아니, 그나저나 내가 지금부터 학교에 입학한다는 게 진짜야? 나 전혀 그런 나이가 아닌데."

"나이는 문제가 안 돼. 중요한 것은—— 의지(의사)다."

"……세계를 지키겠다는 의지?"

"그런 의지는 나도 없어……. 그렇게 훌륭한 인간이 아니거든. 나를 움직이게 하는 것은 전혀 다른 의지와 각오다. 그걸 위해서라면 모든 것을 바칠 각오가 되어 있어."

그렇구나. 이 키 큰 남자의 의지는 무엇에서 기인한 걸까? 이야기해 줄 마음은 없어 보이고, 나도 별로 듣고 싶진 않지만.

"의지란 말이지. ……그런 것은 나한테는 없어."

나 같은 녀석은 그저 담배 연기처럼 목적도 없이 이리저리 흔들리다가 어느새 흐릿하게 사라지면 되는 거다.

그 요령 없는 남자애가 들으면 틀림없이 슬퍼할 테지만. 살짝 그런 생각이 들었다.

■

"——코토요로즈 군. 지금 당장 여기에 무릎 꿇고 앉아서 내 발끝에 키스해."

엘리프 회장은 발끝을 쑥 내밀었다. 그러다가 내가 완전히 어안이 벙벙해졌다는 것을 눈치챘는지, 약간 난처해하는 것처럼 고개를 갸웃거렸다.

"어? 뭐야, 내 개그. 실패했어?"

"아니, 실패했다기보다는……."

무슨 뜻인지 전혀 모르겠다.

"――코토요로즈 코토하 군. 자네에 대해서는 상세히 조사해 봤어."

"네?"

"가나가와현 마나즈루마치 출생. 17세. 어린 시절에는 절에 맡겨져서 자랐지? 열네 살 때 멕시칸 마피아『상그레 오쿠르타』한테 납치되어…… 뭐, 이 사건에는 몇 개의 폭력단 조직이 얽혀 있는 모양인데. 그때부터 감금된 상태로 살아왔다."

"……."

"고생했구나."

그렇게 한마디로 정리되니 왠지 웃음이 나올 것 같았다. 고생했다. 그건 확실히 그랬다.

"――자네의 경력은 도움이 된다."

"……네?"

"왜냐하면 자네는 너덜너덜해지고 궁지에 몰린 상태니까. 그래서 신뢰할 수 있는 거다. 미안해. 난 지금부터 그 빈틈을 공략할 거야."

묘하게 솔직한 사람이구나. 빈틈 공략이라니, 그런 것은 말하지 않고 하는 편이 훨씬 더 나을 텐데.

“──내 사냥개가 되어주지 않겠나?”

학생회장 엘리프 아나톨리아는 녹색 보석을 흔들면서 웃었다.

“……사냥개?”

“신용할 수 있고, 암약할 수 있는 인재가 필요하거든. 자네보다 더 나은 인재를 찾기는 어려울 거야.”

“폰 씨는?”

“그는 인간의 마음을 몰라. 내가 원하는 것은, 사소한 인간의 낌새에 대응할 수 있는 인간이다.”

『인간의 마음을 안다』. 확실히 그 점에 관해서만은 나보다 더 나은 인재는 별로 없을 것이다.

“아하. 그래서 이단심문을 할 때 나의 종말을 숨기라고 했던 거군요.”

이 독심술 능력에는 회피 방법이 몇 개 있다. 엘리프 회장은 내 능력이 불특정 다수에게 노출되는 것을 피한 것이다.

“나의『속삭임꾼』능력이 필요하다는 것은──.”

생각해볼 수 있는 패턴은 적었다.

“──이 조직에『배신자』가 있다는 거군요.”

나는 엘리프 회장의 얼굴을 가만히 응시했다. 그녀는 웃었다.

“아─니 ♪”

“…….”

“어휴, 그러니까. 자네한테는 거짓말을 할 수 없겠구나.

이래 봬도 나는 본심이 무엇인지 알 수 없는 신비로움이 매력 포인트라고 여겨지고 있는데 말이야.”

내 눈앞에서 엘리프 회장이 마음을 가라앉히고 가능한 한 무심한 상태가 되려고 노력하는 게 느껴졌다. 나에게 정보를 주지 않기 위해서였다. 하지만 희미한 마음의 잔물결을 통해서 발언이 거짓말인지 아닌지 정도는 알 수 있었다.

“확신은 없어. 다만 우리는 적이 많거든. 언제 그런 상황이 터져 나올지 몰라. 문제가 생기고 나서 움직여봤자 너무 늦잖아?”

“……그렇군요.”

“『만약』의 사태가 벌어졌을 때, 자네는 무서울 정도로 강력한 비장의 카드가 될 거야. 심리전이나 탐색전 같은 싸움에서 자네보다 더 나은 존재는 거의 없을 거다.”

“그리고” 하고 그녀는 말을 이었다. 무섭도록 날카로운 눈동자로 허공을 보면서.

“——조커의 가장 현명한 사용법은, 소매 속에 감춰두는 것이다.”

아하. 그녀가 하고 싶은 말이 뭔지 이해했다. 요컨대 나한테 밀정이 되라고 하는 거다.

“사냥개에게 필요한 것은 충성심. 그렇잖은가?”

“……그래서 나한테 발끝에 키스하라고 한 거군요.”

하지만 그것은, 다시 말해.

“나더러 노예가 되라는 겁니까.”

여기는
종말정체 위원회.
This is the End
Stagnation Committee

S NOVEL
©Aiencien 2024
Illustration: Ogipote
KADOKAWA CORPORATION
[NOT FOR SALE]

　마피아 놈들이 그랬던 것처럼 억지로 복종시키려는 건가? 이 사람들이라면 틀림없이 그놈들보다 훨씬 능숙하게 그것을 해낼 것이다. 그러나 엘리프 회장은 고개를 옆으로 흔들었다.

　"나는 인간을 믿어."

　"네?"

　"자유의지. 필요한 것은 그거야. 자유롭고 한계가 없기 때문에 인간은 사랑과 용기의 힘으로 분발할 수 있는 거다. 무서운 공포에 맞서 싸울 수 있는 거다. 강제나 명령 같은 것은 때로는 그것을 퇴색되게 만들지."

　아니, 하지만 그렇다면 어떻게 하려고? 나는 시선으로 물어봤다.

　"인간을 조종하는 것은 동물을 상대하는 것보다 훨씬 간단해. ——만족시켜주면 되는 거다. 나에게 충성을 맹세하는 것이 가장 합리적인 판단이고, 배신해봤자 좋을 게 없다고 생각하게끔 만들면 돼."

　매우 합리적이고 단순 명쾌한 생각이다. 그건 그렇다. 하지만 나는…….

　"——자네의 소원을 말해봐라. 나를 따르는 동안에는 그 소원을 이루어주마."

　예를 들어 돈은? ——아니, 그런 것은 별로 필요 없다.

　그렇다면 권력은? ——그런 것이 있어도 고생만 할 거다.

　"나는…… 없어요. 그런 거."

“⋯⋯뭐라고?”

“그냥 평범하게 살고 싶어요. 평범한 어린애처럼. 굳이 말하자면 그 정도밖에 없어요.”

그것이 얼마나 얻기 힘든 것인지. 나는 이미 뼈저리게 깨달았으니까.

“──그건 곤란한데. 그것은 유일하게 내가 줄 수 없는 것이다.”

유일한 거구나. 이 마법 같은 학교를 통치하는 소녀는 램프의 요정보다 훨씬 더 강대한 힘을 가지고 있을지도 모른다. 그녀는 으─음 하고 머리를 싸쥐더니 이렇게 말했다.

“굳이 말해보자면, 뭔가 없나?”

“굳이 말해보자면⋯⋯ 으─음.”

있긴 있지만, 가슴을 펴고 당당하게 남에게 말하기는 부끄러웠다. 하지만 거짓 없이 솔직하게 나를 자기편으로 끌어들이려고 하는 이 소녀 앞에서 나도 솔직해지고 싶었다.

“청춘을, 즐기고 싶어요.”

“⋯⋯처, 청춘? ⋯⋯흠. 유감스럽지만 나도 전문가는 아니구나. 좀 더 구체적으로 이야기해 봐라.”

구체적으로 이야기하라고 하셔도 좀 어려운데요. 예를 들면 친구와 방과 후에 모여서 논다든가. 뭔가에 열정적으로 몰두한다든가. 새콤달콤한 연애를 해본다든가. 그렇게 이야기했더니 엘리프 회장은 아하 그렇구나 하고 중얼거렸다.

“그거라면 가능하지 않은가!”

“――네?”

“친구와 같이 놀거나 뭔가에 몰두하는 것은 어려워. 왜냐하면 우리 둘 이외의 타인을 끌어들일 마음은 없으니까. 하지만 연애―― 그거라면 할 수 있잖은가.”

그것은 다시 말해 무슨 뜻일까. 알 것 같았지만, 알고 싶지 않았다.

“――그럼 나랑 그 연애란 것을 해보자꾸나.”

엘리프 회장이 책상에서 가볍게 내려오더니 내 셔츠 가슴팍을 움켜쥐었다. 그 순간 눈앞의 풍경이 바뀌었다. 나는 학생회실의 가죽 소파에 앉아 있었다. 그리고 회장은 내 무릎 위에 있었다.

“으악?!”

“마침 잘된 일이 아니겠느냐! 사랑은 그 무엇보다도 강하고 튼튼한 족쇄니까. 자네가 나를 사랑하게 된다면, 나는 자네를 완전히 신뢰하고 운용할 수 있다는 뜻이잖아.”

“그그그, 그건 지나치게 합리적인데요!”

“합리성? 그뿐만이 아니지.”

그녀는 내 가슴에 몸을 붙이더니 손가락으로 심장 부근을 스윽 간질였다.

“히익!”

"나도 슬슬 경험의 일환으로서 연애 하나쯤은 해볼까 생각 중이었다. 허, 이거 참—. 그야말로 횡재. 호박이 넝쿨째 굴러들어 왔구나. 아무래도 나는 자네에게 생리적 혐오감은 느끼지 않는 것 같으니. 어떠냐? 자네에게도 나쁘진 않은 이야기일 텐데."

그녀의 얇고 가느다란 몸의 감각이 직접적으로 전해져 왔다. 그것만으로도 여성에 대한 내성이 거의 없는 나는 머릿속이 새하얘질 것 같았다. 아니, 그뿐만이 아니었다.

'엘리프 회장님—— 무지무지 부끄러워하고 있잖아!'

표정만 보면 여유로운 듯했지만, 그녀의 속마음은 순진한 소녀처럼 당황하여 어쩔 줄 모르고 있었다.

《뭐, 뭐지? 이 느낌은. 좀 밀착하는 것쯤은 별것도 아닐 거라고 생각했는데.》

《내 심장. 바보같이 시끄럽게 두근거리고 있잖아.》

《남자애의 가슴판은 두껍구나…… 이건 작전 실수인가? 에라, 모르겠다!》

아마 이 소녀도 이런 경험은 전혀 없는 모양이다. 그런데도 태연한 얼굴로 내 얼굴을 쳐다보고 있으니, 그게 묘하게 애처롭고 사랑스러워 보였다.

"쿡쿡. 자네도 싫지는 않은 것 같구나."

"네?!"

엘리프 회장과는 대조적으로 나는 새빨개진 얼굴로 땀을 뻘뻘 흘리고 있었다.

“뭐, 일단 뭐든지 시도해 보라는 말도 있으니까.”

그녀는 내 턱을 붙잡더니 입술을 엄지로 건드렸다.

“──내 포로로 삼아서 귀여운 강아지로 만들어주마.”

그녀의 연분홍색 입술이 내 입으로 가까이 다가온다. 그녀의 머리카락에서 우유처럼 달콤한 향기가 났다. 손에 가느다란 손가락이 얽힌다. 따뜻한 입김이 코끝에 닿았다.

“자자자, 잠깐만요!!”

“으음? 나는 자네의 취향이 아닌가? 하긴, 몸매는 별로 좋진 않지만.”

“아뇨, 완전히 제 취향이에요! 솔직히 말하자면 엄청나게 귀엽다고 생각하거든요!”

“귀엽……!”

태연한 표정을 짓고 있던 그녀의 뺨이 한순간 붉게 물들었다. 그러나 그녀는 금방 여유를 되찾고 살짝 웃었다.

“그럼 이유가 무엇이냐?”

“왜왜, 왜냐하면. 이런 것은 서로에 대해 충분히 잘 알고 나서……! 서로, 그, 서로 좋아하게 된 다음에 해야 하니까……!”

나는 엘리프 회장의 너무나 가냘픈 어깨를 붙잡아 확 떼어냈다. 그녀는 풋 하고 웃음을 터뜨렸다.

“아하하하하! 그게 뭐야? 킥킥. 그건. 후후. 너무 어린애 같잖아.”

“으……!”

아니, 그건 나도 잘 알아요. 왜냐하면 나는 중학교 때부터 여자랑 얽혀본 적이 없으니까! 정서 쪽으로는 아마도 전혀 성장하지 못했을 테니까! 나는 부끄러워서 얼굴이 확 뜨거워지는 것을 느꼈다.

"쿡쿡. ……아아—. 그래, 미안, 미안. 내가 잘못했어. 이런 것은 단순히 계약서 쓰듯이 할 수 있는 게 아니지. 연애란 것은. 아— 이런. 차여버린 건가."

"……죄송해요…… 잘은 모르겠지만……."

"아니, 괜찮다. 전혀 문제없어. 아—…… 킥킥…… 이렇게 웃어본 게 얼마 만인지."

아무래도 무척 재미있다고 느껴주신 것 같았다. 그녀는 내 무릎 위에 앉은 채 동그랗고 큰 눈으로 나를 쳐다보고 있었다. 좀 전까지와는 전혀 다르게 무척 다정한 미소를 짓고 있었다.

"좋아, 그럼 우리—— 친구부터 시작할까."

손바닥에서 그녀의 손가락이 떨어져 나갔다. 그 대신 내 뺨을 다정하게 쓰다듬었다.

"그러다가 서로 좋아하게 되면, 언젠가 다시 이걸 이어서 하자. 어때?"

"……!"

"쿡쿡. 너무 부끄러워서 말도 못 하게 되었구나."

진심으로 즐거워하는 것처럼 웃더니 그녀는 폴짝 내 무릎에서 내려갔다.

《어휴―, 긴장했다―.》

《이 정도는 별것도 아닐 거라고 생각했는데 말이지.》

《……아직도 심장이 두근거리네.》

엘리프 회장은 약간 수줍어하면서 웃었다.

"사냥개가 어쩌고저쩌고했던 이야기는 일단 잊어 다오. 아무래도 내가 자네에게 줄 수 있는 것은 아무것도 없는 것 같구나."

"그, 그런가요……?"

"하지만 반드시 언젠가는 충성을 맹세하게 만들어주마. 그때는 무릎 꿇고 키스하는 거야, 알았나?"

그것은 공평한 제안처럼 여겨졌다. 나는 앞으로 이 소녀가 운영하는 조직에 몸담고 살아갈 거니까. 지금은 상상할 수 없지만, 정말로 충성심을 품게 된다면 그때 나는 정식으로 그녀 앞에 무릎 꿇을 것이다.

"그때까지는 친구로 지내자."

"네, 기꺼이 그럴게요."

난감하네. 나는 벌써 이 사람을 꽤 좋아하게 된 것 같았다. 공정하고 멋진 사람이니까. 연애란 것은 아직은 생각하거나 할 여유가 전혀 없지만.

"……흠. 그런데 친구라도 이 정도는 하지 않을까?"

그녀는 다시 한번 내 셔츠 옷깃을 붙잡더니 강한 힘으로 끌어당겼다.

"쪽♡"

보드라운 감촉이 뺨에 닿았다.

"다음에 또 봐!"

태연한 미소를 더 이상 유지하지 못할 정도로 얼굴을 새빨갛게 붉히면서 그녀는 팔랑팔랑 손을 흔들었다.

"……………."

동요한 나는 로봇처럼 뻣뻣한 움직임으로 간신히 학생회실에서 빠져나왔다.

제3화 『갑시다, 시장으로!』

내가 푸른 학교에서 나왔을 때는 해가 중천에 있었다.

"앗, 코토요로즈 군. 어땠어── 어, 표정이 왜 그래?"

정문 앞에서 기다리던 Luna 씨를 발견했다.

"왜 그렇게 뺨의 근육이 흐물흐물해졌어?"

"……헛."

엘리프 회장님이 내 뺨에 뽀뽀해줘서 완전히 마음이 풀어진 모양이다. 아니, 솔직히 말하자면 머릿속은 온통 그 생각으로 가득 차 있었다.

"학생회장님이 뭐라고 했어?"

"아뇨. 별로, 깊은 이야기는 안 했고요. 그냥 좀 잡담만 했어요."

"그렇구나. 무서운 일을 당하진 않았니?"

"………………."

"그 침묵은 뭐지?"

무서운 사람이었어. 엘리프 아나톨리아 학생회장…….

나는 오늘이란 날을 평생 잊지 못할 것이다.

"응, 아무튼 이 애가 우리한테 볼일이 있대."

Luna 씨가 가리킨 곳에는 라일락색 머리카락을 지닌 반려동물처럼 귀여운 소녀가 있었다.

"네, 코시바 냐오가 왔습니다!"

"앗, 코시바 씨."

“코시바는 그냥 냐오라고 편하게 불러주시면 됩니다!”

“……코시바.”

“그냥 냐오라고 해도 되는데요?”

여자 이름을 편하게 부른다는 것은 실은 너무 어려운 일이었다.

그걸 알고 있는지 Luna 씨는 싱글싱글 웃고 있었다.

“지금부터 혹시 괜찮으시다면── 두 분의 환영회를 하고 싶은데, 어때요?”

“환영회?”

“네, 그래 봤자 우리 집에서 가볍게 밥이나 먹는 거지만요.”

밥. 그 말을 들은 순간 저절로 배에서 꼬르륵 소리가 났다. 그러고 보니 꽤 오랫동안 제대로 음식을 먹지 못했다. 아마 병실에서 링거를 맞은 게 마지막이 아니었을까.

코시바 씨는 킥킥 웃었다.

“와─, 배가 참 솔직하네요. 나약하기도 하지─ㅋ”

“뭐라고?”

그녀는 작은 동물처럼 날렵한 동작으로 우리의 선두에 섰다.

“자, 그럼 집에 돌아가기 전에 장을 보러 갑시다!”

아마도 코시바 씨의 마음속에서는 우리는 이미 환영회에 참가하는 것으로 결정됐나 보다. 나와 Luna 씨는 잠깐 얼굴을 마주 보고 가볍게 웃었다. 그리고 코시바 씨의 뒤를 따라갔다.

"갑시다! ──시장으로!"

■

이 천공도시 플루크투스의 제12지구는 거대한 시장을 중심으로 발전한 도시였다. 나도 어제 방문했지만, 그때는 밤늦은 시각이라 사람은 전혀 없었다.

"우와!"

그러나 오늘은 달랐다.

"여기서 제일 신선한 가게가 우리 가게야! 파파야는 여기가 최고!"

"자, 자, 여러분! 기념품으로 사기 딱 좋은 부적입니다!"

공기는 향신료 향으로 가득 차 있었고, 빛깔이 선명한 채소들과 과일들이 진열되어 있었다. 저쪽에서 파는 것은 살아 있는 동물인가? 우리는 인파를 헤치고 걸어갔다.

"자, 그럼 오늘은 뭘 만들까요. 두 분은 싫어하는 음식이 있나요?"

코시바가 나와 Luna 씨를 번갈아 쳐다봤다.

"아, 아니. 난 뭐든지 잘 먹어."

그거 다행이네요♪ 하고 코시바가 웃었다.

"글쎄. 나는 음식이란 것을 거의 먹어본 적이 없어서."

코시바는 얼어붙었다. 냄새 나는 양말에 코를 댄 고양이 같은 표정을 지었다.

"코시바, 열심히 해볼게요!"

Luna 씨의 농담은 이해하기 어려웠다.

"으윽……. 이 냄새를 맡으니까, 배가 고파……."

큰 냄비에서 풍겨 나오는 고기 냄새. 그리고 기름이 탁탁 튀는 소리! 배고픔을 참고 있는 나에게 Luna 씨가 털이 북슬북슬한 과일을 내밀었다.

"이게 뭐예요?"

"몰라. 저기서 팔던데?"

"돈은?"

"아, 폰 씨한테 받았어. 당장 필요한 생활비. 자, 반씩 나누자."

Luna 씨는 주머니 속에서 아무렇게나 동전과 지폐 몇 개를 꺼내 나에게 건네줬다. 전부 다 처음 보는 디자인이었다. 이 도시의 독자적인 화폐인가 보다.

"이거…… 어떻게 먹는 거지?"

"아, 그건 람부탄이에요. 이렇―게 껍질을 까서 먹으면 돼요."

"오, 그렇구나…… 맛있어!"

"쯧쯧쯧. 그런 것도 몰라요―? 시장 경험이 부족한 사람은 이래서 문제라니까."

"뭐라고?"

그렇게 코시바에게 항의하면서 람부탄을 다 먹어치웠다.

싱싱하고 탱탱한 식감. 맛은 리치와 비슷한가.

"코토요로즈 군. 저건 뭘까? 이상한 것을 팔고 있는데."

Luna 씨가 손가락으로 가리킨 것은 반짝반짝 요란할 정도로 네온사인이 번쩍이는 시장 한구석의 텐트였다.

"어서 오세요."

가게 안에 앉아 있는 무뚝뚝한 남자가 아마도 이 가게의 주인일 것이다. 선반이나 나무 상자 속에 아무렇게나 들어 있는 것은 용도도 알 수 없는 수수께끼의 희한한 장치들이었다.

"오, 이건…… 빔이 나왔어!"

Luna 씨가 동그란 기계의 버튼을 대충 눌렀는데 15cm 정도의 빔이 뿅— 하고 튀어나왔다. 이건 대체 어디에 쓰는 기계일까? 굉장히 SF 같은 기술인데.

"그건 레이저 식칼이야."

"식칼이구나……."

"일일이 씻을 필요가 없어서 편하다고 소문이 났어. 건전지가 필요하지만."

"건전지로 움직이는구나……."

무뚝뚝하지만 의외로 상품은 잘 설명해주는 타입의 가게 주인이었다.

"그쪽은 양자 건조기. 그건 홀로그램 디스플레이 도마. 저건 LED 전구."

"SF 주방용품점이었구나!"

과연 하늘 위의 시장이라고나 할까. 본 적도 없는 물건들이 잔뜩 있었다.

"으─음. 채소는 어쩔까요."

각양각색의 향신료들이 수북하게 쌓여 있는 텐트 옆에서 코시바는 흠, 흠 하고 채소를 들여다보고 있었다. 손에는 이미 식재료가 잔뜩 든 가방을 들고 있었다.

"들어줄까? 짐."

코시바는 눈을 동그랗게 떴다.

"얕보지 마세요! 코시바는 힘이 세요. 팔씨름할래요? 대결합시다!"

"아니, 한 손을 못 쓰는 상태로 식재료를 고르려면 힘들 것 같아서."

"……무서우면 손가락 씨름으로 바꿔줄 수도 있는데요? 대결합시다!"

아무래도 이 아이는 엄청나게 지기 싫어하는 성격인가 보다. 일단 손가락 씨름을 해봤다.

"멍멍!"

"(회피하고 꽉 누르기) 얍."

"으아아아아아앗!!"

코시바는 패배하자 절규하면서 저도 모르게 무릎을 꿇었다.

"끄응…… 이로써 코시바는 3승 1패네요……."

"어? 내가 언제 세 번이나 졌어?"

“코시바는 집에 돌아가면 재대결을 요청합니다!”

그건 물론 좋은데. 대결을 간절히 원하면서 코를 킁킁거리는 코시바를 보니 왠지 모르게 웃음이 나왔다. 작은 강아지가 최선을 다해 이기려고 애쓰는 것 같아서.

“이봐, 거기 둘. 즐거워 보이는 건 좋은데 아직 장을 덜 봤어요—.”

그렇게 말하면서 다가오는 Luna 씨는 미래 도구들을 잔뜩 양팔로 끌어안고 있었다. 어느새 그 누구보다도 시장을 만끽하고 있었던 모양이다.

■

나, 메흐리자 제인베코바는 청소기로 방을 청소하면서 사색에 잠겨 있었다.

‘……오늘 이 기숙사에 남자애가 한 명 더 들어온다.’

많은 사람이 모여 사는 것에는 익숙했다. 어린 시절에는 유르타(유목민 텐트)에 살아서 자기 방이란 것도 없었으니까.

‘나도 완전히 도시 생활에 익숙해진 것 같네요.’

남자애는 불편했다. 무슨 생각을 하는지 모르겠고. 소문을 듣자니 남자애는 야한 것도 생각한다고 한다. 나는 그런 것은 눈곱만큼도 상상한 적이 없는데.

‘야한 것이라니…… 대체 어떤 걸까…….’

나는 애초에 그런 것조차 전혀 몰랐다. 도시 사람들은

틀림없이 세련된 멋쟁이들이니까 그런 것도 많이 알고 있을 테지만. 아니, 사실 말의 교미라면 본 적이 있었다. 인간도 그런 짓을 하는 건가. 하지만 도대체 어떻게?

"아우아우아우아우아우아우."

자기 얼굴이 프라이팬처럼 뜨거워진 것을 느꼈다. 이렇게 천박한 것은 생각만 해도 몹시 나쁜 짓을 하는 듯한 기분이 든다. 아아, 이래서 남자애는 싫다니까!

'하지만 그 코토요로즈란 아이는——.'

확실히 심한 상처였다. 우선 얼굴에 큰 흉터가 남아 있었다. 손도 엉망진창. 손톱은 몇 개인가 빠져버린 상태였다. 나이는 나와 같다고 들었는데 몸은 진짜로 심하게 말랐다.

'무슨 일이 있었던 걸까…….'

몇 가지 예상은 해봤는데 전부 다 끔찍한 것이었다. 그게 아니고서야 그렇게까지 많은 상처가 날 리 없었다. 실제로 무척 끔찍한 일이 일어났던 것이리라.

'그런데, 나는…….'

상처 입고 완전히 초췌해진 소년을 억지로 집 밖으로 쫓아냈다.

'……그 아이가 내 몸을 봐버렸다는 사소한 이유로.'

아니, 사소하진 않다. 그런 것은 소중히 여겨야 한다고 나는 조모님께 배웠다. 하지만 말이지. 틀림없이 그의 아픔에 비하면 그것은 정말 별것도 아닌 일이었을 것이다.

어차피 나처럼 덩치 큰 여자의 몸 따윈 아무도 관심 없을 텐데.

"……끄──응."

나도 모르게 우울해져서 벽에 기대어버렸다. 자기혐오였다.

"다녀왔습니다─!"

달그락달그락 시끄럽게 굴면서 기숙사로 돌아온 사람은 코시바일 것이다. 나는 긴장하여 움찔! 하고 허리를 쭉 펴면서 어험 하고 헛기침했다. 시끌벅적 떠들면서 세 사람이 식당으로 들어왔다.

"앗──."

즉시 남자애와 눈이 마주쳤다. 코토요로즈 군. 나는 사과해야 한다고 생각했다. 그런데 긴장해서 목소리가 나오질 않았다. 그는 나보다 먼저 꾸벅 고개를 숙였다.

"어제는 미안했어요!"

"어?"

"……완전히 기억에서 삭제할게요. 저기. 정말 죄송했습니다."

나야말로 미안하다고 솔직하게 말하면 좋았을 텐데. 나는.

"아뇨. 문제없습니다. 저도 이미 잊었습니다."

그렇게 차가운 말을 뱉을 수밖에 없었다. 아아, 자신의 서투름 때문에 화가 난다.

"앗, 그거 좋네요! 화해는 좋은 거랍니다! 그럼 친목도

다질 겸, 마당에 두 마리 있는 닭 중 한 마리를 붙잡아 손질해 와주시겠어요?"

냐오가 태평하게 웃었다. 기본적으로 이 아이는 언제나 기운이 넘쳤다.

"……뭐?"

코토요로즈 군은 새파래진 얼굴로 되물어봤다.

"아, 깃털은 이 안에 넣어주세요."

코토요로즈 군은 까만 쓰레기봉투를 건네받았다.

역시 도시에서 온 사람인가. 동물을 죽여 손질하는 것이 무서운 거겠지. 나는 친절하게 대해줘야 한다고 생각했다. 믿음직스러운 모습을 보여줘야 한다.

"임무 확인 완료. 그럼 갈까요? 코토요로즈 군."

"……지, 진짜예요?"

그는 떨리는 음성으로 중얼거렸다. 어? 그러고 보니. 나는 문득 깨달았다.

'이 아이는 남자애인데도 나보다 키가 작구나…….'

반사적으로 무릎을 좀 구부리고 말았다.

■

저녁 무렵. 우리는 기진맥진한 상태로 기숙사 거실에 돌아와 있었다.

나는 융단 위에 놓여 있는 아라베스크 무늬의 쿠션에 앉아 한숨을 쉬었다.

"피, 피곤해……."

닭을 죽이고 깃털을 뽑는 것은 상당한 중노동이었다. 육체적으로나 정신적으로나. 아직도 손바닥에 그 감촉이 남아 있었다. 하지만 그것이 생물의 목숨을 빼앗는다는 것이겠지. 그래, 이 느낌을 잊지 말고 살아가자.

"메흐 씨도 피곤하죠? 자, 물."

"됐습니다."

"처리를 잘하던데. 익숙한 건가요?"

"네."

"……배고프죠?"

"아, 네."

대충 이런 식이랄까. 일시적으로 나의 파트너가 된 소녀 메흐리자 씨는 쌀쌀맞기 이를 데 없었다. 무슨 화제를 던져도 상대는 네 글자 이하로 무뚝뚝한 대답만 했다.

《으으, 코토요로즈 군이 무지무지 신경 써주고 있어! 나도 무슨 말을 해야 할 텐데.》

《하, 하지만, 남자애가 좋아할 만한 화제는 모르는걸…… 아우아우아우.》

……마음의 소리가 다 들리기 때문에, 이 소녀가 차가운 인간이란 생각은 전혀 안 들었지만. 오히려 내가 자꾸 곤란하게 만드는 것 같아서 미안했다.

《……야한 이야기라도 꺼내면 되나?》

《하지만 난 그런 거 전혀 모르는데!》

아마도 메흐 씨는 남자란 존재를 상당히 오해하고 있는 듯했다. 야한 이야기를 꺼내시면 내가 곤란해지는데요. 무조건 곤란해진다. 나는 어쩔 줄 몰라 시선을 피했다.

"네에, 오래 기다리셨습니다―! 특식이 완성됐어요―!"

코시바가 낮은 테이블 위에다 큰 접시를 턱! 하고 올려놨다. 향신료와 해산물, 구운 닭고기 냄새가 방 전체에 확 퍼졌다. 그것은 정말로 훌륭한 특식이었다.

"자, 잘 먹겠습니다!"

"맛있게 드세요~♪"

허겁지겁 큰 접시의 음식에 손을 댔다. 납작한 면으로 만든 볶음국수, 맵지만 어패류의 감칠맛이 진하게 우러난 수프. 전부 다 나에게는 낯설게 느껴지는 맛이었지만 기가 막힐 정도로 맛있었다.

"와, 맛있다―!"

"후훗. 이걸로 코시바의 4승 1패."

"아, 이런 식으로 쌓여가는 거구나? 나의 패배는."

하지만 이건 패배를 인정할 수밖에 없었다. 나는 정신없이 음식을 퍼먹으면서 하마터면 눈물을 흘릴 뻔했다.

'이렇게 밥을 잘 먹는 게 몇 년 만이냐.'

아아, 젠장. 살아 있다는 게 느껴진다.

나는 아직도 마음속 깊은 곳에서는 자신의 자유를 완전히 믿지 못하고 있었다. 지금 보고 있는 것은 전부 다 꿈이고, 눈을 뜨면 지하의 감금용 방에서 작은 TV 화면을 들여다보고 있을 것 같았다.

'아냐, 그래도 울지 마. 처음 만난 사이인데 밥 먹으면서 울다니. 너무 이상한 녀석이잖아.'

나는 매운 음식을 먹고 입을 닦는 척하면서, 눈가에 고여 있던 눈물을 훔쳤다.

"후후, 네네, 좋아요♪ 코시바는 요리가 특기랍니다."

득의양양하게 웃는 코시바와는 달리 표정이 어두운 사람이 있었다. Luna 씨였다.

"어? 왜 그래요?"

"아니이, 그냐앙……."

나는 좀 전까지 Luna 씨와 같이 작업하고 있었던 코시바와 눈을 맞췄다.

"Luna 씨는 말이죠. 요리를 너무 못해서 우울해진 거예요. 메이드인데도."

"아니야아! 난 요리를 못하는 게 아니야! 이 차원의 식재료가 문제가 있는 거야아!"

Luna 씨는 잘 이해가 안 가는 내용으로 한탄하면서 홀짝홀짝 맥주를 마시고 있었다.

《……손.》

문득 이쪽을 향하는 사고의 벡터를 느꼈다. 그것은 메흐 씨의 사고였다.

아무리 봐도 슈퍼모델 같은 그녀의 아몬드 형태의 눈동

자는 내 손가락을 보고 있었다.

'아차!'

나는 저절로 얼굴이 확 뜨거워지는 것을 느꼈다. 그래, 내 손가락은 감금됐을 때 자주 '교육'이란 명목으로 장난감 취급을 당했기 때문에 뒤틀려 있었다.

'징그럽다고 생각하려나?'

나는 재빨리 손가락을 숨겼다. 아까 코시바와 손가락 씨름을 했을 때도 평범한 사람의 손가락이 너무 가지런하고 예뻐서 잠시 넋 놓고 바라봤었다. 아아, 그래. 나는.

……나는 틀림없이 엄청나게 추한 모습일 것이다. 오늘까지는 필사적으로 살아남느라 바빠서 눈치채지 못했는데, 상처투성이 얼굴과 손가락은 실은 남에게 보여줄 만한 것이 아니지 않을까.

"……."

속이 뒤집힐 것같이 울렁거렸다. 나는 평범한 삶이나 청춘 같은 것을 목표로 하고 있지만, 과연 그런 게 가능한 인간일까? 꿈이 너무 큰 게 아닐까?

한낱 지저분한 속삭임꾼 주제에——.

"코토요로즈 군. 괜찮아?"

서늘한 손바닥이 내 이마를 덮었다. 그것은 Luna 씨의 손바닥이었다.

"아하하, 죄송해요…… 좀 피곤해서."

"……그야 그렇겠지."

내 사정을 가장 잘 알고 있는 Luna 씨는 어린아이 대하
듯이 다정하게 웃었다. 이 사람은 언제나 매사에 관심이
없고 아무래도 좋다는 듯이 심드렁한 표정을 짓고 있는데,
이런 때만은 진짜로 다정하게 웃었다. 신기한 사람이었다.

"아, 코시바가 방을 준비해 놓았어요. 그쪽에 가서 쉬고
와도 됩니다!"

나는 세 사람에게 고맙다고 인사한 후 혼자 방으로 향
했다.

나에게 주어진 방은 빈말로라도 크다고 할 수는 없는 방
이었다. 2평 남짓한 크기일까. 하지만 두 다리 쭉 뻗고 눕
기에는 충분했다.

"와, 어쩌지…… 진짜 피곤해……."

지난 며칠 사이에 이런저런 일들이 너무 많이 일어나서
숨 돌릴 틈도 없었다. ……좀 더 정확히 말하자면 지난 몇
년 사이에.

"네, 들어오세요."

누군가가 노크하더니 방문을 열었다. 키 크고 아름다운
갈색 소녀—— 메흐 씨가 나타났다.

"무슨 일이에요?"

내가 묻자 그녀는 고요한 시선으로 이쪽을 보면서 한마

디 중얼거렸다.

“옷, 벗어주세요.”

“……네?”

“옷…… 벗어줄래요……?”

그녀는 슬금슬금 이쪽으로 다가왔다. 나는 상황을 이해하지 못하고 몹시 당황했다. 메흐 씨도 상당히 긴장한 듯했다. 마음을 읽어봐도 멀쩡한 반응이 나오질 않았다.

“아, 아니, 메흐 씨! 우리는 이제 막 만난 사이인데! 그런 짓은——.”

“(다짜고짜 확 밀어 넘어뜨리더니 옷을 벗기기 시작)”

으악! 신체적 강함의 레벨이 너무 달라!

‘……나를 엎드리게 했잖아?!’

잠깐만! 이 자세로 뭔 짓을 당하는 건데?! 엉덩이는 좀, 어, 너무 이르지 않아요?!

“으억!”

겁먹은 나의 등에서——그녀의 커다란 몸의 감촉이 느껴졌다.

“……, ……, …….”

메흐 씨는 내 등에 올라타더니 부드럽게 마사지해 주었다.

“……어?”

나는 혼란에 빠져버렸다. 하지만 메흐 씨에게 이상한 의도가 없다는 것을 알게 되자, 그녀의 매우 정성스럽고도 기분 좋은 손의 감촉에 이끌려 점점 몸의 긴장이 풀리게 되었다.

"병원."

"네?"

"언제부터 안 갔어요?"

아름다운 목소리구나. 그렇게 생각했다. 얼음같이 투명한 음색이었다.

"그건, 왜……?"

"왜냐하면…….."

그녀가 말꼬리를 흐렸다. 그걸 깨닫고 나는 또다시 얼굴이 뜨거워지는 것을 느꼈다.

왜냐하면 내 몸은 억지로 좁은 곳에 오래 처넣어지고, 부러진 뼈도 계속 방치당하는 바람에 역시나 기괴하게 뒤틀려 있었기 때문이다. 불로 지진 화상 자국이나 살을 도려낸 자국도 셀 수 없이 많았다.

"저, 저기. 괜찮아. 이제 괜찮으니까. ……그만하지……않을래요?"

"왜요?"

"……부끄러워서. 누가 건드리지 않았으면 좋겠어. 이런…… 몸…….."

보통 사람들과는 다른 것이. 보기 흉한 외모인 것이. 상처투성이인 몸이.

"…………"

그녀의 마음이 크나큰 슬픔으로 덮이는 것을 느꼈다.

“그것은 승낙할 수 없습니다. 당신은 한시라도 빨리 치료해야 합니다.”

“그건…… 메흐 씨가 할 필요는 없잖아.”

“메흐가 해도 상관없습니다. 같은 나이니까요.”

어? 그렇구나. 상당히 어른스러워 보여서 당연히 Luna 씨와 비슷한 나이인 줄 알았는데. ……메흐는 단단하게 뭉친 나의 근육을 부드럽게 풀어줬다.

“저는 아버지가 의사라서. 자주 환자의 치료를 도왔습니다.”

“그랬구나.”

“하지만. 이렇게 상처가 많은 사람은…… 처음 봐요…….”

그녀는 슬퍼하고 있었다. 나를 보고 동정하고 있었다. 나는 그걸 괴롭다거나 비참하다고 여기지는 않았다. 왜냐하면 그런 것은 나와는 거리가 먼 것이었으니까.

“아프진 않아요? 가능한 한 살살 하고 있는데요.”

“괜찮아. 기분 좋아.”

“네. 졸리면 그냥 자도 돼요.”

그녀는 여전히 냉정한 음색으로 속삭이듯이 말했다. 고마워, 하고 중얼거렸지만, 나는 자신이 잠들 리 없다는 것을 알고 있었다. 나는 이미 누군가가 같이 있는 방에서는 한숨도 잘 수 없는 체질이 되었던 것이다.

“……후. 후. ……후우.”

메흐는 무념무상으로 열심히 마사지를 계속했다. 30분.

한 시간. 그렇게 쭉 마사지를 받았더니 내 몸은 흐물흐물하게 녹아서 힘이 다 빠져버렸다.

‘그런데 왜 이런 일을 하는 걸까?’

생각을 좀 해봤지만 답은 나오지 않았다.

“자, 그럼 마지막으로. ──손 줘봐요.”

“뭐?!”

“행동은 신속하게.”

겨우 50cm 떨어진 곳에는 마치 그림 속에서 빠져나온 것처럼 아름다운 소녀의 얼굴이 있었다. 심지어 그녀는 양손으로 내 손을 꼭 붙잡고 열심히 마사지를 계속했다.

《어젯밤 일, 사과하고 싶은데. ……타이밍을 모르겠어.》

나는 무심코 웃음을 흘렸다. 이 소녀는 나에게 마사지를 해주는 동안 내내 ‘사과해야 해’라고 생각했던 것이다. 정말로 좋은 사람이구나.

“메흐. 넌 다정하구나.”

“네?!”

한순간 손가락을 쥔 힘이 강해졌다. 아야! 하고 손목이 비틀렸다. 그녀는 가만히 나를 바라보고 있었다.

“어딜 봐서요?”

“이렇게 마사지해 줬잖아.”

“당신은 이제 우리 팀이 돌봐주게 되었습니다. 당연히 신경을 써야지요.”

그녀는 부드럽게 마사지를 계속하면서 말을 이었다.

"이건 그냥 의무입니다. 이상한 착각은 하지 마세요."

《이건 당연한 거니까 고마워할 필요 없다고 말하고 싶은데.》

《또 이렇게 퉁명스럽게 말해버렸네……. 이, 이제 와서 정정할 수도 없고!》

얼음같이 차가운 시선과는 정반대로 마음속의 그녀는 작은 여자아이처럼 당황하여 어쩔 줄 모르고 있었다.

"……정말 다정한 사람이구나."

"헉?!"

그녀는 화들짝 놀라 손을 뗐다.

"뭐예요? 당신. 설마 나를 유혹하려는 건가요?"

"응? 아, 아니……! 그럴 마음은 전혀 없……!"

메흐가 찌릿— 하고 나를 째려봤다.

《역시 남자는 요주의인가?》

《그러고 보니 아까부터 내 가슴만 보는 것 같은데.》

그, 그런 적 없는데요!

《아니, 그럴 리 없나. 나처럼 덩치 큰 여자는.》

《남자애가 좋아할 리 없으니까.》

나는 반사적으로 그녀를 쳐다봤다.

"아냐! 메흐는 진짜 미인이라고 생각해!"

"——네?"

"하지만 유혹하려고 한 적은 없어. 아하하. 나는…… 그런 거, 아직은 잘 모르거든. 그러니까 그, 뭐냐. 어, 그냥 그렇다는 건데. 괜찮을까?”

그녀는 지그―시 나를 바라보더니 다시 한번 내 손을 잡았다.

“뭐든 괜찮습니다. 저하고는 상관없는 일이니까.”

능숙했던 메흐의 마사지는 어느새 좀 어색하게 변해 있었다.

제4화 『내장 맨션』

"자, 그러니까 지금부터 당신은 내 부하. 혹은 하인. 아침에는 반드시 설탕을 듬뿍 넣은 커피를 가져오고, 세 바퀴 돌고 멍! 하고 짖으란 명령을 받으면 기꺼이 그걸 해야 해."

아침을 맞이한 기숙사 거실에서. 이 팀의 대장—— 코이토 히카리 선배님은 콧대 높게 그런 말을 했다.

"신경 쓸 필요 없습니다. 코토요로즈 군. 우리 학교에 명확한 상하관계는 없습니다. 지시를 내리는 역할이 필요하기 때문에 편의상 대장이라고 부르고 있을 뿐이죠. 실제로는 학교 선후배 정도의 관계입니다."

메흐가 질렸다는 듯이 말하면서 아침밥인 샌드위치를 먹었다.

"맞아—. 나는 선배. 인생의 선배. 너희는 후배. 즉, 피라미. 언더스탠?"

코이토 씨는 우리보다 한 학년 위인 상급생이라고 한다. 겉모습만 보면 메흐가 훨씬 더 어른스러운데.

"휴. 인간은 첫인상이 90%이고 그 외는 쓸모없는 것. 요컨대 여기서 상하관계를 확실하게 알려주는 것이 중요해. 알았니? 신입. 자, 그럼 그 맛있어 보이는 샌드위치를 나한테 넘겨."

나는 코이토 씨에게 샌드위치를 건네줬다.

"어머나, 제법 고분고분하잖아? 착한 아이 포인트 3점을 줄게. 잘 먹겠습니다—♪"

코이토 씨는 생글생글 웃으며 아침밥을 먹기 시작했다.

"꺅——! 뭐야 이거, 맵잖아! 어흑, 어흑, 어흑. 뭐야뭐야 뭐야! 내 혀! 혀가! 혀가 아파! 아픈데! 꺄악——!! 눈물 나! 으아——앙!!"

"코토요로즈 씨가 매운맛을 좋아해서 기뻐요. 코시바는 지금까지 이 기숙사에서는 은근히 기를 못 펴고 있었거든요!"

코시바가 지옥의 매운맛 향신료 병을 들고 웃고 있었다. 코이토 씨는 단것을 좋아하는 사람인가 보다. 급하게 냉장고에서 우유를 꺼내 컵에 따르더니 혀를 우유에 담갔다.

"히—익. 왜 말흘 앙 해중 커야—? 아야. 혀가, 주거써."

코이토 씨는 재미있는 사람이구나. 엄청나게 잘난 척하고 실제로도 잘난 사람일 테지만.

"으윽…… 아무튼, 코토요로즈! 내가 세상에서 제일 잘났으니 나를 따르도록 해. 알았어?"

"알았어요. 그리고 그 우유, 유통기한 지났어요."

"어쩐지 냄새가 이상하더라—! 우웩——!"

싸울 때는 그토록 강하고 멋있었는데. 평소에는 이런 느낌이구나…….

"어, 그래서…… 오늘부터 우리는 뭐 하면 되는데요—? 대장님."

밖에서 담배를 피우고 있던 Luna 씨가 나른하게 문을 열면서 중얼거렸다. 어젯밤에는 환영회에 참가했다가 그대로 이 기숙사에 머물렀나 보다.

"푸른 학교에 체험 입학……을 한다는 것은, 수업이라도 받으란 거야?"

그러자 수돗물로 입을 헹구면서 코이토 씨가 대구했다.

"뭐, 최종적으로는 그렇게 될 테지만. 우선 몇 가지 단계는 밟아야 해."

그러더니 코이토 선배는 크레파스 그림이 그려진 모조지를 펼쳤다.

『되어보자! 푸른 학교 학생! 입학까지 가는 로드맵!』

귀여운 사자와 토끼 그림이 곁들여진 알기 쉬운 유아용 일러스트가 눈앞에 펼쳐졌다.

"일단 당신들 두 사람은 말이죠. 푸른 학교 학생이 종말을 해결하러 가는 현장을 견학할 겁니다."

코이토 선배는 어느새 안경을 쓰고 어느새 지시봉까지 들고 있었다.

"우선 푸른 학교가 어떤 곳인지 알지 못하면, 입학 수속은 밟을 수 없습니다. 나중에 '이럴 줄은 몰랐다!'라고 투덜거리면 곤란하니까요."

의외로 양심적인 제도였다. 어차피 우리는 이미 명줄 잡힌 상태니까 여지가 없지만, 일단 절차상 일반적인 흐름을 따른다. 뭐 그런 뜻인가 보다.

"그다음에『무날개』상태로 체험 입학. 푸른 학교에 공헌하면『한 날개』→『두 날개』→『세 날개』순으로 계급이 올라

가게 돼.”

Luna 씨는 우등생처럼 손을 들었다.

“질문— 있어요. 그 계급이 올라가면 뭔가 좋은 점이 있나요—?”

“월급이 올라가지. 또 푸른 학교와 제휴한 골프 클럽을 이용할 수 있게 됩니다.”

그때 어느새 안경을 쓴(게다가 그게 무척 잘 어울리는) 메흐가 보충 설명을 했다.

“물론 그뿐만이 아니라 푸른 학교의 온갖 정보에도 접근할 수 있게 됩니다. 당연히 권한도 늘어나고, 푸른 학교의 반현실적 리소스 사용·연구도 가능해집니다.”

진지한 선생님도 계셔서 다행이다.

“『무날개』는 수업도 받을 수 없습니다. 우선 두 사람은 『한 날개』를 목표로 힘내주세요.”

“흐—응…… 수업이라…… 나는 그런 거 관심 없지만.”

Luna 씨가 힐끔 이쪽을 봤다. 나는 당연히 의욕을 불태우고 있었다! 그야 그렇잖아? 수업이라고! 그런 평범한 학생 같은 일이라면, 동경할 수밖에 없잖아?!

“참고로 푸른 학교는 교육기관이기도 하니까 제대로 학교 축제나 수학여행 같은 이벤트도 있습니다.”

“우와——!!”

미친 듯이 흥분되는데……? 나 무조건 될 거야. 그『한 날개』라는 거!

“나 열심히 할게요! 오늘은 뭘 하면 되나요?!”

그러자 코이토 선배는 어른의 여유가 엿보이는 미소(안 어울림)를 짓더니.

“좀 전에도 말했잖아? 오늘은 『견학』! 코토요로즈는 오늘은 냐오를 따라다니도록 해.”

냐오…… 코시바? 내가 시선을 돌리자, 작은 반려동물 같은 중학교 1학년생은 숨을 푹 내쉬었다.

“네, 그럼 당장——.”

코시바가 손에 들고 있는 것은 어쩐지 낯익은 주사기였다.

“어?”

“갑니다, 동맥에 푹!”

——내 의식은 순식간에 새까맣게 암전되었다.

■

“흐악!”

눈을 떴더니 기분 좋은 자동차의 진동이 느껴졌다. 그리고 측두부의 부드러운 감촉.

“일어났어요?”

코시바의 커다란 눈동자. 그녀는 장난스럽게 웃으면서 나를 보고 있었다.

“아, 아니, 너! 또 나한테 기절 주사를 놨지?!”

“후후후. 이번에도 코시바가 이겼습니다.”

아니, 이건 이기고 지고의 문제가 아니잖아. 나는 마취
기운이 남아서 머리가 멍한 와중에 문득 눈치챘다.

"흐악!"

내가 베고 있는 것은——코시바의 지나치다 싶을 정도
로 가느다란 허벅지였다.

"꺄앙!"

벌떡 일어난 나의 머리가 코시바의 턱을 때렸다. 코시바
는 아파서 낑낑거리더니 내 머리를 탁탁 두들겼다.

"미안! 여자애의 무릎베개 때문에 너무 놀라서! 아니, 그
런데 여긴 어디야!"

"여중생의 다리 때문에 당황하다니. 촌뜨기 같네요. 그
리고 여기는 바르셀로나입니다."

차창을 통해 밖을 내다보니 푸른 학교의 혼돈스러운 분
위기도 아니고, ——당연히 일본처럼 익숙한 거리의 풍경
도 아니었다. 좀 더 체계적이고 알록달록한 그림 같은 도
시였다.

"바르셀로나?! 여기 스페인이야?! 좀 전까진 하늘 위의
도시에 있었는데……."

"지금 우리가 가는 곳은 바르셀로나 교외에 있는……
어, 『내장 맨션』입니다."

그것 참 대단한 이름이구나. 나는 까만 선글라스와 까만
양복으로 무장한 운전사를 보고 은근히 흠칫 놀라면서 코
시바의 손에 들린 서류로 시선을 돌렸다.

【*No.819* 『내장 맨션』】

○성질 : 네크로맨시(사령 조종)·의례 재해

○내력 : 올해 3월경 바르셀로나 교외의 맨션에서 발생한 중규모 의례 재해. 이 건축물 옥상에는 서로의 경추를 부러뜨리는 열두 쌍의 시체가 의례적으로 배치되어 있었다. 시체의 입이 실로 봉합되어 있었으므로 『영원한 침묵의 열광자(Los Devotos del Silencio Eterno)』에 의한 의례일 것으로 추측된다. 맨션 내에는 다수의 비(非)·이상성(異常性) 주민이 살고 있을 테지만 상세한 것은 불명. 건물 내에는 다수의 인간형 종말이 존재하는 것으로 보인다.

나는 잠시 말문이 막혔다가 곧 소리를 질렀다.

"이렇게 위험해 보이는 종말을 지금부터 해결하러 간다고?! 아니, 다른 팀원들은?!"

"이번에 대장님이랑 메흐 선배님은 다른 일 때문에 나갔어요. Luna 씨는 엘리프 회장님 직속부대 사람들의 현장을 견학하러 간 것 같고요. 코시바 단독 출장입니다!"

소형 반려동물 같은 여자는 없는 가슴 앞으로 주먹을 들어 올려 불끈 쥐었다.

'와. 끝장이구나──.'

여중생과 괴물들이 우글거리는 맨션으로 간다고? 너무

너무 싫었다. 무조건 죽을 거다.

"뭔가 실례되는 생각을 하는 것 같은데요……. *샴실!*"

그녀가 손바닥을 가볍게 흔들자, 아무것도 없었던 그곳에 낡은 리볼버가 나타났다.

"그건 혹시『총흔의 천사』가 준 코시바의 총이야?"

"네!"

푸른 학교의『총흔의 천사』라는 종말은 전교생에게 불가사의한 힘을 가진 총——『총흔』을 준다고——Luna 씨가 가르쳐줬다.

"이것은『*샴실*』! 이 아이가 있으면 웬만한 종말은 한 방에 해결!"

"그렇게 강력한 총이야?! 어떤 능력인데?"

코시바는 의기양양한 얼굴로 시시한 낙서가 그려진 실(seal) 스티커를 꺼냈다.

"『탄환과 표적을 맞바꾸는』능력입니다!"

"…………."

【*샴실*】[총흔]

『탄환과 표적(실 스티커)을 맞바꾸는』총흔. 주로 귀환용으로 사용된다. 특정 인물에게 미리 표적을 가지고 있게 해서, 그것과 탄환의 위치를 바꿔치기함으로써 귀환시킨다.

‘수수하잖아!’

메흐의 초대형 라이플이나 코이토 선배님의 기타에 비하면 그것은 기막히게 수수한 총흔이었다. 그런 걸로 어떻게 싸우려는 걸까?

“게다가 이번에는 코시바만 있는 게 아니라……——아, 도착한 것 같네요.”

우리는 검은색 SUV의 문을 열었다. 우리를 맞이한 것은 낡고 거대한 아파트의 고요한 시선이었다.

마치—— 먹잇감이 자발적으로 안에 들어와 주리란 것을 아주 잘 알고 있는 것 같았다.

■

“잠깐 본부에서 연락이 와서 전화하고 올게요.”

코시바가 그렇게 말하고 나무 그늘 쪽으로 떠나간 지 아직 3분도 안 지났을 것이다.

‘……무서워!’

나는 거대하고 조용한 『내장 맨션』을 앞에 두고 그늘에 숨어서 코시바를 기다리고 있었다. 그것은 괴물이 날뛰는 건물이란 말을 들어도 도저히 믿을 수 없었지만, 확실히 뭔가 오싹한 느낌은 들었다.

"──어머나? 당신은 누구죠?"

그때 갑자기 맑디맑은 목소리가 울려 퍼졌다. 방향은? 오른쪽? 왼쪽? 뒤? 아니── 위다.

"안녕하신가요."

──허공에서 여자애가 내려왔다. 양산을 쓰고 나풀나풀한 드레스를 입은 소녀. 돌돌 말린 은빛 머리카락을 지닌 귀한 아가씨 같은 소녀였다. 그녀는 사뿐히 지면에 내려서더니 고개를 갸웃거렸다.

"『푸른 학교』에서『샴실』을 가진 소녀가 도와주러 올 거란 이야기를 들었는데요."

"아, 앗. 어, 나도…… 푸른 학교 사람이야. 체험 입학? 같은 거라서. 견학하러 왔어."

"견학? 쿡쿡. 여전히 참 이상한 학교네요. 이런 사지(死地)에『총흔』도 없는 신입을 보내다니."

총흔을 안 가지고 있다는 것을 아는구나. 게다가 어떻게 위에서 나타난 거지?

"인사가 늦었네요. 저는 레아 쿠르 드 뤼미에르. 추방부대(Purgeurs) 소속. 약간 조숙하고 멋진 열여섯 살. 카우스 인스티튜트 1학년생입니다."

"카우스……? 그게 뭐야?"

"어머, 그런 것도 몰라요? 플루크투스에는 세 개의 강력한 힘을 가진 학교인『3대 학교』가 존재하거든요. 하나는 푸른 학교. 하나는 Corporations. 그리고 또 하나가——
카우스 인스티투트거든요?"

이것저것 잘 가르쳐주는구나. 현재로선 적어도 푸른 학
교 사람들보다는 멀쩡해 보였다.

"그리고 이번 일은 카우스 인스티투트가 주도하는 작전
입니다. 못 들었어요?"

"……응, 전혀."

레아 씨는 쿡쿡 웃었다. 정말로 좋은 집안의 아가씨 같
았다.

"나는 코토요로즈 코토하. 열일곱 살. 잘 부탁해."

"네♪"

레아는 흑백 모노톤 교복을 펄럭이면서 고개를 끄덕였
다. 『추방부대』라면서 뭔가 굉장히 살벌한 자기소개를 했
지만, 의외로 다정해 보이는 소녀라서 나는 좀 안심했다.

"그럼 코토요로즈 선배님도 이 작전에 참가한다……는
뜻이죠?"

"응(……선배님?!)."

"그렇다면" 하고 그녀는 날카로운 시선으로 나를 쏘아
봤다.

"같은 전장에서 등 뒤를 맡겨야 하는 상황. 그런 분에게
는 저는 언제나 똑같은 질문을 한답니다."

그녀는 양산을 접고 진지한 표정으로 말을 이었다.

“――당신의 성벽은 뭔가요?”

나는 저절로 내 귀를 의심했다. 지금 이 아가씨처럼 보이는 미소녀가 뭐라고 한 거지?

“성벽 말이에요. 당신의 삐뚤어진 성욕의 경향 말입니다. ――저는 이렇게 생각해요. 전장에서 가장 중요한 것은 신뢰라고요. 심장을 맡길 수 있다는 신뢰. 당연히 처음 보는 낯선 사람에게 줄 수 있는 것은 아니죠.”

“그렇기 때문에” 하고 그녀는 웃었다.

“자신이 가장 숨기고 싶어 하는 삐뚤어진 욕망을 드러내길 바라는 겁니다. 가장 부끄러운 치부를 공유한 사람들보다 더 신뢰할 수 있는 존재는 없으니까요.”

그녀의 마음속에는 사악한 의도는 전혀 없었다. 정말 진심으로 그렇게 믿고 있는 듯했다.

‘진짜로 별난 여자애구나. 농담이 아니라 진담으로 이런 말을 하다니!’

하지만 그렇다면 나는 그 기대에 부응해야 하지 않을까. 그런 느낌이 강하게 들었다.

“알았어. 대답할게. 내 성벽은――.”

“!”

“――줄자다.”

우르르 쾅. 형이상학적인 번개가 레아 위에 떨어졌다.

“주…… 줄자……?!”

나는 민망해 죽을 것 같은 기분으로 설명을 계속했다.

"그, 뭐랄까…… 여자애 몸의 여기저기를 말이지. 그…… 계측한다고나 할까…… 길이나 크기 같은 것을 잴 때, 왠지 흥분되거든. ……어, 비교 조사를 한다고나 할까. ……미안해. 이상한 소리를 해서. 아마 이해하지 못할 거라고 생각하지만."

"……네! 네! 전혀 모르겠어요! 그런 성벽이 존재한다고요? 저는 지금 자신의 무지함이 부끄럽습니다! 하지만 그거면 됐어요! 당신의 성벽은 전혀 이해할 수 없지만, 당신에게는 그게 소중한 성벽이란 것만은 분명히 이해했습니다!"

레아는 내 손을 두 손으로 꽉 잡았다.

"——훌륭해요. 줄자. 저 한번 경험해 볼게요."

"그럴 필요는 전혀 없지만, 아무튼 고마워……!"

《이 얼마나 정직한 사람인지! 이 질문에 이렇게 정직하게 대답해 주는 사람은 처음 봤어요!》

"아, 참고로 저의 성벽은——."

"어, 응……(여자의 성벽을 듣는 것은 아무래도 부끄러운데)."

"——탈피입니다."

"타…… 탈피……?"

"모르세요? 뱀이나 게가 하는 건데요……."

"그건 알아! 그건 아는데……!"

레아는 진심으로 부끄러운지 얼굴을 새빨갛게 물들인

채 시선을 피하면서 말을 이었다.

"저는 어린 시절부터 탈피를 좋아해서……. 저, 저절로 상상하게 돼요. 그 아이나 이 아이가 탈피하면 어떤 껍질이 생길까? 껍질이 벗겨진 직후의 피부는 마치 삶은 달걀 표면처럼 탱탱할까? 벗겨져서 건조된 껍질은 얼마나 시큼한 냄새가 날까……? 하고."

세, 세상에, 이럴 수가.

'진짜로 전혀 이해할 수 없는 성벽이다!'

하, 하지만 알겠어. 모르겠지만 알겠어! 지금 이 아이는 정말로 소중한 것을 나에게 가르쳐준 것이다. 모르겠지만, 일단 그것만은 알겠어!

"……레아 씨. 아니—— 레앗치!"

"코토요로즈 선배님…… 아니—— 콧톤!"

우리는 또다시 두 손으로 굳게 악수했다.

"저, 저희…… 어쩌면 절친이 될 수 있지 않을까요……?"

"……나도 무지무지— 그런 느낌이 들어. 이런 기분은 처음이야."

서로 뜨거운 시선을 교환하면서 확실한 우정이 생겨나는 것을 느꼈다.

"아, 진짜 징글맞다니까ㅋ 그 드러운 입. 나불대는 것을 **금지해**버릴라~."

"컥!"

레아의 가슴을 거대한 못이 꿰뚫었다.

"앗……?!"

레아의 가냘픈 몸이 무너지듯이 바닥에 쓰러졌다. 나는 당황하여 무의식중에 얼른 그녀를 받아 안았다. 등 뒤에서 들려오는 것은 발소리였다.

"레아. 내가 늘 말했잖아. 처음 만난 인간한테 징글맞은 이야기 좀 하지 말라고. 진짜로 내가 민망해서 환장하겠다고. 너 때문에 카우스 인스티투트가 불결한 단체라고 생각되잖아, 어?"

나무 그늘 속에서 누군가가 나왔다. 거대한 못을 손에 들고서 실실 쪼개고 있는 조그만 검은 머리 소녀였다. 그녀는 못 박힌 레아를 내려다보면서 다가왔다.

"레앗치! 괜찮아?!"

내가 말을 걸었지만, 레아는 창백해진 얼굴로 고개만 옆으로 흔들 뿐, 대답은 없었다.

"괜찮다, 괜찮다. 걔는 걍 말하는 것을 금지당한 거니까~."

실실 쪼개는 소녀가 손가락을 딱 튕기자, 레아를 뚫었던 못은 조용히 사라졌다.

"헉, 커헉, 커헉. 선배님, 너무해요. 저 깜짝 놀랐다고요!"

놀랐다. 확실히 레아의 몸에는 상처는 없었다. 옷도 찢어지지 않았다. 이건 혹시……

"내 참격(斬擊) 『숲의 저주(Hoia Baciu)』의 능력이지."

【숲의 저주(Hoia Baciu)】[참격]
『못을 박는』 참격. 커다란 나무못. 그 소유자── 마기나 아브람이 구두로 대상에게 금지 명령을 내리면, 특정 부위에 못이 출현해 그 행동을 억제한다. 못은 건드릴 수 없지만, 심하게 몸부림치면 못이 서서히 빠진다. 입에 담는 문장이 길면 길수록 못도 길어지고 잘 안 빠지게 된다.

"……참격?"

"콧톤은 카우스 인스티투트도 몰랐으니까요. 그런 걸 알 리가 없겠죠."

아무 일도 없었던 듯한 표정으로 레아가 일어나더니 설명을 계속했다.

"저희 카우스 인스티투트는 말이죠. 푸른 학교 학생들이 『총흔』을 가지는 것처럼, 특별한 능력을 지닌 검──『참격』을 가지고 있습니다. 『참격의 천사』에게 받은 거죠."

"『총흔의 천사』의 다른 버전 같은 건가……?"

"네. 역시 콧톤은 이해력이 좋네요."

푸른 학교 학생은 총을 가지고 카우스의 학생은 검을 가지는 건가. 그럼 또 하나의 학교는……?

"……야, 처음 만난 주제에 벌써 별명으로 부르고 자빠졌냐? 웩, 징글맞아."

실실 쪼개는 소녀—— 마기나 선배는 귀여운 외모와는 달리 독설가였다.

저 거대한 맨션『산타루시아 레지던스』가『내장 맨션』이라는 불명예스런 이름으로 변해버린 것은 지금으로부터 약 2주 전에 일어난 사건 때문이었다.

"보고에 의하면——."

레아가 맨션을 쳐다보면서 이야기를 계속했다.

"약 2주일 전에 자기 딸과 연락이 안 된다고—— 모친이 신고한 것이 사건의 발단이었어요. 그 후 경찰이 이 맨션을 방문했는데, 그들도 그대로 행방불명되었습니다."

그때부터 이 맨션에 들어간 사람들은 모두 다 돌아오지 않았다. 그 이상성을 알아차린 카우스 인스티투트가 조사에 나섰다.

"조사원이 드론으로 조사를 했는데ㅡ. 창문은 누런 액체로 덮여서 정보는 얻지도 못하고, 옥상에는 그 시체 마법진이 널려 있었다나, 뭐라나ㅡ. 아놔, 하여간 그놈의 컬트 신자 새끼들이 문제라니까ㅡ."

『영원한 침묵의 열광자』는 스페인을 거점으로 한 반현실성(……이 뭔데?) 컬트 종교라고 하는데, 카우스 인스티투트와 자주 충돌하는 것 같았다.

"그 배라먹을 컬트 새끼들은 말하자면 마술사 집단인데―. 그 뭐냐, 마술이란 건 말짱한 놈은 쓰지도 못하는 거거든. 편리성이 바닥을 기는 비효율성의 극치 같은 기술이니까―. 그러니 평범한 피라미 마술사가 그럭저럭 쓸 만한 마술사가 되려면 이런 중규모 의식이 필요하다는 거야. 인간을 수백 명 죽이고 자기 영혼을 바쳐서 광기로 변이시켜, ――괴물이 되는 거지."

……요컨대, 뭐냐? 이 맨션에서 많은 사람이 죽거나 행방불명된 것은――누군가가 『마법사』가 되기 위한 의식이라는 건가?

"……아주 불쾌한 이야기네요."

"――동감이에요."

나와 레아는 시선을 교환한 뒤 맨션을 쳐다봤다. 이런 것은 있어선 안 된다. 누군가가 막아야만 한다. 틀림없이 둘 다 강하게 그렇게 느끼고 있었다.

"처음 보는 놈들끼리 벌써 막 필이 통하냐? 어우, 징글맞아."

마기나 선배는 대놓고 질린 것 같았다. 코시바가 예의 바르게 손을 들었다.

"코시바는 질문이 있어요. 저, 내장 맨션이 위험하다는 것은 알겠는데요. 왜 우리한테 도움을 청하신 거죠? 유럽은 카우스 씨네 영역이고, 우리는 딱히『영원한 침묵의 열광자』랑 인연이 있는 것도 아닌데……."

어느새 돌아온 코시바의 발언에 마기나 선배는 좀 놀란 것 같았다.

"……어. 뭐냐, 아무것도 몰라? 아무것도? 못 들었나?"

코시바는 작은 동물처럼 귀엽게 고개를 갸웃거렸다. 마기나 선배는 크게 한숨을 내쉰 다음에 말했다.

"1년 전에 3대 학교 합동 운동회──『천공 경기제(競技祭)』가 있었잖아?"

"코시바는 작년에 초등학생이었기 때문에 잘 몰라요!"

"주, 중1을 여기 보낸 기가? 그 최강 님께선……."

마기나 선배는 힘없이 비틀거리더니 설명을 계속했다.

"갸, 걍 그런 게 있다. 거기 모의전도 있는데. 그게 거의 뭐든지 오케이거든. 어, 기술의 절차탁마가 목적인 거. 대충 감이 오지?"

나는 좀 불길한 예감이 들었다.

"너네 코이토 히카리 씨가 말이다─. 그 모의전에서 우리──『추방부대』의 대빵을 개 패듯이…… 어, 재기 불능으로 만들었어."

"……."

"그 뭐냐, 부상 같은 건 아니고. 걍『참격』을 똑! 부러뜨려서 두 번 다시 못 쓰게 만들었는데……. 그런 건 처음이었거든. 아니, 참격은 애초에 부서지질 않는데─. 다들 놀라 뒤집어져서 꽤 시끄럽게 뉴스가 됐었지ㅡ. 어, 그래서ㅡ. 코이토 씨가 보상은 해야 하지 않겠나ㅡ 해 가지고, 뭐 힘든 일이 있으면 원군을 보내준다고 약속했단 말이다.”

“죄송합니다, 죄송합니다. 우리 바보 대장님이 언제나 세상 사람들에게 폐를 끼쳐서 죄송합니다!”

마기나 선배는 울먹이면서 엎드려 절하는 코시바를 보고 재미있어졌는지 짓궂게 웃었다.

“괜찮다, 괜찮아. 그때의 대빵은 나도 별로 안 좋아했으니까ㅡ…… 또 중1이라도 코시바 짱의 소문은 우리 학교에서도 꽤 들어봤고ㅡ. 오늘은 잘 부탁한다ㅡ.”

자, 그럼 인사도 끝났고. 그러면서 마기나 선배는 코시바를 쳐다봤다.

“나의 『*숲의 저주*』와 레아의 『*제보당의 처녀*』는 둘 다 서포트 타입이라 화력이 부족해. 그러니 그쪽은 맡길게, 오케이?”

“네! 코시바, 파워에는 자신 있어요!”

나는 반사적으로 말참견을 할 뻔했다. 아니, 코시바의 『*샹실*』은 단순히 『탄환과 표적을 교환하는』 능력이잖아? 그런 총으로 대체 어떻게 화력을 발휘하겠다는 건지…….

“응, 그럼 코시바 짱. 이 맨션. 확 날려 버릴까?”

“……네?”

“힘들게 잠입하는 것도 귀찮잖아. 걍 건물을 다 날려 버리자고.”

――이 얼마나 간결하고 군더더기 없는 작전인가. 당연히 귀신의 집으로 돌격하게 될 줄 알았던 나는 당황했는데, 코시바는 기운차게 대답했다.

"네, 그럼 당장 시작하죠!"

코시바가 리볼버를 겨눴다. 마기나 선배가 약간 긴장한 눈빛으로 코시바를 봤다. 방아쇠를 당겼다. 총구에서 탄환이 튀어나왔다. 당연하다. 당연하지 않은 것은 **여기서부터였다.**

"――*샴실!*"

코시바가 소리를 지르자, 작은 총알은 **소실**됐다.

'……『표적과 위치를 교환』한 건가?'

하지만 그런다고 뭐가 어떻게 되는데? ――폭발음.

"앗……?!"

탄환의 속도는 음속에 가까웠다. 시속은 1,200km 정도일까. 그런 아음속을 유지한 상태로 탄환은 표적과 위치를 바꾸었다. 좀 더 정확히 말하자면―― 표적이 달라붙어 있던 대상까지 포함해서.

"――탱크로리냐?!"

*샴실*은 **탄환과 탱크로리의 위치를** 바꿔버렸다. 고압가스를 싣고 있는 20t 대형 차량은 아음속의 속도로 허공을 달려 『내장 맨션』의 외벽을 뚫었다.

『시속 1,200km』×『중량 20t』. 그것만으로도 충분히 엄청난 위력이었는데—— 덤으로 거대한 에너지가 가해지자 고압가스는 당연히 무시무시한 폭발을 일으켰다.

'아니, 잠깐만. 여기 있으면 우리도 다 죽는 거 아냐——? 앗. 죽었다——.'

폭발의 열기를 뺨으로 느끼면서 내 몸은 허공으로 떠올랐다.

"샤, *샴실*……!"

코시바가 나, 레아, 마기나 선배를 붙잡고 샴실을 발동시켰다. 미리 귀환용으로 근처의 언덕에 붙여뒀던 스티커와 우리의 위치를 맞바꾼 것 같았다.

고막이 터질 듯한 폭발음이 주위에 울려 퍼졌다. 내장 맨션 쪽에서는 터무니없이 커다란 미사일이 명중하기라도 한 것처럼 거대한 불길이 솟구치고 있었다.

'아까 우리가 있었던 장소가 흔적도 없이 날아가 버렸어!'

우리는 폭포수 같은 식은땀을 흘리며 그 자리에 무릎을 꿇었다.

"아, 살짝 화력 조절에 실패했나 봐요. ……에헷☆"

코시바가 장난스럽게 혀를 쏙 내밀었다.

"에헷은 뭔 에헷이야! 방금 죽었거든?! 진짜로 죽은 거나 마찬가지였어!"

"저런 짓을 할 거면 미리 말씀을 해주셔야죠?! 아아, 머리카락! 머리카락이 탔어!"

"이, 이 중학생은 멍텅구리냐! 지켜야 할 선이라는 걸 모르나, 엉?!"

베테랑인 추방부대의 두 사람도 방금 그 임사체험 앞에서는 간담이 서늘해진 모양이다.

"……하지만 결과적으로는 다들 무사하잖아요!"

코시바는 중학생처럼 삐쳐버렸다. 실제로 중학생이기도 했다.

"아악——! 이래서 푸른 학교 놈들은, 진짜! 뭐든지 적당히 대충대충 그때그때 분위기 타서 해치우려고 한다니까! 각 잡고 규칙이란 걸 명문화해라, 응?! 규율을 지켜! 상식적으로 움직여라, 좀! 항상 너무 과해, 과하다고! 아무도 브레이크를 안 거는 게 문제란 말이다!"

"마, 마기나 선배님, 안 돼요. 그렇게 주어를 크게 말하면 안 돼요. 안 그래도 우리 학교들끼리는 별로 사이도 안 좋잖아요. 차별 발언이에요."

……그렇구나.

결과적으로 말하자면 코시바의 대폭발은 심각한 사태로 발전하진 않았다.

숲이 좀 타고 지면에는 큰 구덩이가 생겨서 그 지역의 언론 기관이 취재하러 왔을 뿐이다. 카우스 인스티투트의

『직원』들이 그 기자들을 주사로 기절시킨 후 커다란 차에 태워 납치했다. 아마도 이 사건을 은폐한 거겠지. 무섭다.

"……탱크로리가 처박혔는데도 멀쩡하다니. 어휴, 이건 소름 끼치네~."

우리는 『내장 맨션』 앞으로 돌아와 있었다. 그 건물 표면에는 상처 하나조차 늘어나지 않았다.

"물리 내성, 레벨은 4 이상이다. 우리가 가진 병기로는 부수지도 못해. 그런 수준의 폭발로도 부서지지 않는다면, 외부에서는 뭔 짓을 해도 소용없어."

코시바는 흐흥! 하고 없는 가슴을 쫙 펴고 있었다. 너는 좀 반성해라.

"창문은 안 부서지고. 다른 잠입 경로도 없고. 이거는 정면 돌파할 수밖에 없겠어. 레아."

레아가 고개를 끄덕이더니 맨션의 문에 손을 댔다.

"제가 선두에 서겠습니다. 등은 맡길게요. 콧톤. ──우정!"

"응, 목숨 걸고 지킬게, 레앗치! ──우정!"

나와 레아는 뜨거운 시선을 교환하며 주먹을 맞댔다.

"오늘 만난 주제에 신뢰감이 장난 아니네, 징글맞다!"

서로 성벽을 고백한 우리 두 사람의 인연은 피보다 더 진했다.

■

레아가 선두에 서고 코시바와 마기나 선배가 옆으로 나란히 섰다. 그리고 마지막으로 내가 현관을 통과했다.

'이상하리만치 조용하네.'

그 어두운 맨션은 알록달록한 타일로 실내가 꾸며져 있었는데, 어둠 속에서 싸구려 형광등의 희미한 불빛만 받고 있으니 그것이 유독 스산하게 빛이 바래 보였다.

"의식이란 것은 보통 술식(術式)과 가장 가까운 위치에서 이루어지는 거니까. 아마── 6층일 거다."

우리는 안쪽에 있는 계단으로 발을 옮기다가 곧 멈췄다. 레아가 멈춰 섰기 때문이다.

"……선배님."

작은 목소리로 속삭이더니, 구부러진 모퉁이 저 앞을 엄지로 가리켰다.

"……우와아, 역겨워……."

그곳에는 **머리 대신 양의 자궁**이 달린── **인간**이 있었다.

'아니, 진짜로, 인간인가?'

가까스로 인간이라고 분류된 이유는 그것이 두 다리로 서서 멀쩡한 듯한 양복을 몸에 걸치고 있었기 때문이다. 어디서나 흔히 볼 수 있는 사복을 입은 여인. 목 아래쪽은 평범한 인간.

──하지만, **머리**는.

황갈색 반투명한 T자형 장기 속에서는 양의 태아가 탯줄로 연결된 채 편안하게 잠을 자고 있었다.

《……살아 있는 인간의 머리를 자궁으로 진화시킨 거냐. 마술사가 자주 쓰는 수법. 인체 개조잖아.》

《혹시 그들은 이 맨션의——.》

마기나 선배의 사고를 살펴봤더니 그녀는 이런 가설을 세우고 있었다.

① 옥상에 신자의 시체로 술식을 만들어서 이 맨션을 마술의 영향 아래에 둔다.

② 마술의 효과로 주민들의 머리를 양의 자궁으로 진화시킨다.

③ 신을 모독하는 방법으로 만들어진 양의 태아를, **뭔가 최고로 저질스런 최악의 행위**에 사용한다.

나는 자궁 인간의 마음을 읽어보려고 했다. 그것은 적어도 인간의 마음은 아니었다. 개나 고양이의 마음을 읽어보려고 했을 때처럼 몹시 반사적이고 순간적인 사고 외에는 아무것도 없었다.

"——보는 것을, 듣는 것을, 외치는 것을, 금지한다."

마기나 선배가 중얼거리자 자궁 인간의 머리에 거대한 못이 푹 꽂혔다. 자궁 인간은 갑작스러운 사태에 놀라 당황한 것 같았는데, 마기나 선배는 느긋하게 걸음을 옮겨 그놈의 앞까지 다가갔다.

"……코앞에서 보니 더 징글맞네."

"너, 너무 강한 거 아니에요? 마기나 선배님의 참격."

"그야 상대가 이 정도 생물이라면 그렇지. ……어이쿠!"

격하게 몸부림치는 자궁 인간의 움직임 때문에 벌써 못이 빠지려고 하고 있었다.

《역시 이만큼 한꺼번에 금지해버리면 지속 시간도 짧네, 짧아.》

마기나 선배가 레아에게 눈짓했다.

"——*제보당의 처녀*!"

레아가 외쳤다. 그 손안에 나타난 것은 투박한 대형 전기톱이었다. 그녀가 시동줄을 당기자, 강철 톱날은 짐승같이 포효하면서—— 그것을 베어버렸다.

"——한 건 해결!"

자궁 인간의 배가 깔끔하게 일자로 갈라졌다. 그런데 거기서는 단 한 방울의 피도 나오지 않았다. 어안이 벙벙해진 우리를 내버려둔 채, 레아는 **들어갔다.**

"자, 여러분도 어서 오세요."

"오, 오라니……."

자궁 인간의 배 속에서 레아의 손이 쑥 나왔다. ……설마 이 안에 있는 건가?

【*제보당의 처녀*】[참격]

『베고 입는』 참격. 거대한 전기톱. 대상을 벰으로써 대상을 입을 수 있다. 그 내부에 안정적인 2평 남짓한 아공간을 형성. 대상을 조종하는 것도 가능.

"무지무지 무섭지만, 절친은 믿을게. ——우정!"

레아의 손을 잡았다. 그 하얗고 가느다란 손이 나를 잡아끌었다.

"믿어줄 거라고 생각했어요. ——우정!"

『자궁 인간』의 배 속은 무척 따뜻했다. 부드러운 분홍색 고기 벽으로 뒤덮인 좁은 방 같았다. 레아는 고기 벽에 붙어 있는 패널을 통해 바깥 풍경을 보면서 조종간을 잡고 있었다.

"……아니, 그렇게 둘만 이해하는 멋진 암호 같은 거, 징그럽다고!"

"히이익. 코시바, 이런 건 처음이에요!"

코시바와 마기나 선배가 들어온 것을 보고 레아는 자궁 인간을 조종하기 시작했다. 레아가 레버를 움직이자 자궁 인간은 그대로 움직였다. 완전히 거동을 조종하는 것 같았다.

"즉시 6층으로 가겠습니다."

"오케이. 맨션 상태를 살펴보면서 가줘."

그런데 이 두 사람의 참격은——.

"인간을 상대하는 능력인 것 같네요."

은근히 예리한 코시바의 한마디. 마기나 선배는 슬쩍 그쪽으로 시선을 돌렸다.

"우리는 학교의 지식을 악용하는 놈들을 혼내주는 게 전문 분야인—— 추방부대니까."

"교내 경찰 같은 건가요?"

마기나 선배가 고개를 끄덕였다. 그렇다면 좀 이상한 것 같은데.

"그런 사람들이 왜 직접 종말을 해결하러 왔는데요?"

"후후, 그건 비밀."

마기나 선배는 웃었다. 레아를 봤더니 그녀도 애매하게 시선을 피하고 있었다. 내가 느낀 것은—— 더없이 강한 원망과 분노의 감정이었다.

《그 새끼들, 우리 귀여운 후배들을 작살내다니. 용서가 안 된다.》

《그 드럽고 비열한 마에스트로(거장)만은—— 내가 확 죽여 뿐다.》

아마도『영원한 침묵의 열광자』중 한 명이 추방부대에 잠입했던 모양이다. 마기나 선배와 레아가 눈치챘을 때는 그들의 동료는 스파이에 의해 재기 불능이 되어버렸나 보다.

'그렇군. 그래서『푸른 학교』에 도움을 요청한 건가.'

두 학교는 사이가 좋지 않다고 들었다. 그런 불편함을 무릅쓰고서라도 배신자에게 복수하고 싶은 것이리라.

"선배님."

레아가 마기나 선배를 불렀다. 자궁 인간의 시야를 통해
내다본 바깥 세계에서는 때마침 다른 자궁 인간과 스쳐 지
나가고 있었다. 그런데 그는 이쪽의 이상을 눈치채지 못한
것 같았다.

"레아. 쫓아가."

레아는 고개를 끄덕이더니 그 ——덩치 큰 남자의 육체
를 가진—— 자궁 인간을 뒤쫓았다.

"저 방이다."

남자가 들어간 208호실 문의 손잡이를 돌렸다. 문이 잠
긴 것 같지는 않았다. 그 안쪽에는 흔히 볼 수 있는 가정집
이 있었다. 그런데 좀 전의 그 남자는 없었다.

"……? 놓쳤나 봐요?"

《멋지게 성장한 태아…….》

《고르 님…… 부탁드립니다.》

"레앗치, 욕실 쪽이야. 두 명 있어."

"네?"

내 말을 들은 레아는 한순간 당황했지만 얼른 자궁 인간
을 조종해 욕실로 갔다. 문을 열어보니 두 명의 모습이 눈
에 들어왔다. 남성 자궁 인간과, 입이 봉합된 노파였다.

"……뭐 하고 있는 걸까요?"

그 욕실에는 있어야 할 욕조가 없었다.

"——낳고 있는 거야."

욕조가 있어야 할 공간에는 거대한 구멍이 뻥 뚫려 있었다.

"……세상에."

허리가 구부러진 노파의 마른 나뭇가지 같은 손가락이 남성 자궁 인간의 머리에서 양의 태아를 꺼내고 있었다. 욕실 타일 위로 대량의 양수가 흘러넘쳤다.

"………………."

노파는 양의 태아를 더없이 소중하게 끌어안더니, 손을 쑥 내밀어 거대한 구멍 위로 들어 올렸다.

"저 구멍…… 연결되어 있어. 어딘가로."

노파가 손을 뗐다. 미끈미끈한 양의 태아는 거대한 구멍으로 떨어졌다. 아무리 봐도 단순한 아파트 2층에 있는 구멍의 깊이 같지는 않았다.

태아가 바닥에 떨어지는 소리는 아무리 기다려도 들려오지 않았다.

"이건…… 인간의 영혼 가공이다."

"네?"

"인간의 영혼은 복잡하고 무서울 정도로 강한 의지를 가지고 있어. 그것은 일부 네크로맨시(사령 조종)한테는 방해가 된다. 보통은 좀 더 신중하게 시간을 들여 영혼을 에너지로 변환하는데. 이 의례에는 그런 게 필요 없는 기다. 질이 떨어져도 상관없다 이거지. 그보다는 양이 필요한 거야."

요컨대 이것은—— 영혼의 대량 가공. 컨베이어 시스템으로 인간의 의지와 긍지를 깎아내는 행위.

그건…… 그건…… 너무 심한 모독이잖아.

"제보당의 처녀!"

레아가 전기톱으로 안쪽에서부터 고기 벽을 가르고, 자궁 인간의 배 속에서 손을 쑥 내밀어 노파의 누더기 같은 옷을 확 붙잡더니 단번에 배 속으로 끌고 들어왔다.

"……!"

입이 실로 봉합된 노파는 고통의 신음을 흘릴 것처럼 눈을 부릅떴다. 노파는 금방 자신의 이상한 상황을 눈치채고, 외적인 우리를 쳐다봤다. 그 눈동자에 각오가 깃들었다.

"——네놈이 제멋대로 죽는 것을 금지한다~."

노파는 혀를 깨물려고 했다. 그러나 나무못이 그것을 금지했다.

"할머니. 대답하세요. 당신들의 목적은 뭔가요?"

레아가 물어봤지만 노파는 조용히 레아를 쳐다볼 뿐이었다. 몹시 맑은 눈빛으로.

"……말을 못 하는 거 아냐? 입이 그래서."

"아니지, 말을 못 하는 게 아니라 안 하는 거야. 『영원한 침묵의 열광자』의 하위 계급 놈들은 말하는 것을 교의에 의해 금지당했거든. 침묵이야말로 신이다. 그렇게 믿는 멍텅구리들이라."

그러니까 애초에 붙잡아봤자 소용없는 거야. 마기나 선배는 말을 이었다. 이런 광신도들은 결코 정보를 토해내지 않는다고.

"말만 안 하는 거죠?"

“──네?”

내 질문에 눈을 동그랗게 뜬 사람은 코시바였다.

“물어보고 싶은 거, 물어보세요. 나는 그 답을 알 수 있어요.”

“어째서요? 코토요로즈 씨의 종말은 『미래 예지』잖아요?”

코시바의 말을 들은 레아는 펄쩍 뛰었다.

“네에엣?! 콧톤, 인간형 종말이었어요?!”

“……미안해. 말을 안 해서.”

자신이 종말이란 사실은 가능한 한 말하지 말아 달라고 부탁했던 것은 코시바였다.

‘회장님도 가능한 한 비밀로 하라고 했지만. 지금은 사람 목숨이 달린 상황이니까.’

목숨이 제일 중요하다. 나는 그렇게 생각한다. 그러니까 여기서는 다소 억지를 써서라도 도와줘야 한다.

“……? 뭐냐, 난 이해가 안 가는데. 코토요로즈 군이 종말인 것은 됐다 치고, 그 내용이 『미래 예지』란 거냐? 그럼 지금 상황에선 전혀 쓸모가 없을 것 같은데.”

“좀 특별한 기술이 있거든요.”

물론 거짓말이었다. 하지만 두 사람은 내 애매한 표현에 숨은 뜻이 있다는 것을 눈치채줬는지 조용히 수긍하고 믿어주는 것 같았다. 그저 코시바만 아무것도 몰라서 머리 위에 물음표를 띄우고 있었다.

“──당신들의 목적은 뭔가요?”

여전히 노파는 표정을 파악할 수 없는 고요한 시선으로 이쪽을 쳐다보기만 했다.

"이것은 마술사급(Hechicero) 신자가 현자급(Sabio)으로 승격하기 위한 의식인 것 같아요."

소리 없는 노파의 목소리를 내가 대변했다.

"——그 방법은?"

"2급 천사 『아사바체(흑요석)』에게 영원한 침묵을 바치는 것."

"——영원한 침묵이란?"

"사람의 죽음. 영혼의 능욕. 신성한 양."

"——『아사바체』란?"

"무시무시한 천사. 관여할 수 없는 자. 운명의 고리를 증오하는 자. 진정한 정적을 원하는 자."

"——『현자』란?"

"상급 마술사. 불사이며, 진정한 말을 다루는 자."

"——누가 현자가 되려고 하는데?"

"열광자 고르."

"——그 녀석은 어디 있어?"

"지하실. 모든 양이 떨어지는 장소."

"——거기까진 어떻게 가면 돼?"

"엘리베이터 샤프트를 통해."

거기까지 말했을 때, 노파의 안색이 순식간에 고통으로 뒤덮였다.

"쳇. 자살을 금지한다!"

마기나 선배가 못을 박으려고 했지만 이미 늦었다. 노파는 자기 혀를 물어뜯고 죽음을 맞이했다.

"뭐— 어쩌겠냐. 아무튼 듣고 싶은 것은 거의 다 들었으니—."

"그나저나" 하고 그녀는 나에게 시선을 돌렸다.

"……코토요로즈 군. 너 좀 심하게 편리하다? 인간 레이더 겸 최강의 심문 기계냐? 어우, 무습네."

나는 애매하게 웃으면서 대충 넘겼다. 그 모습을 보고 두 사람은 어렴풋이 내 입장을 눈치채준 것 같았다. 더 이상은 추궁하지 않았다.

"그럼 지하에 가봅시다. ——이 불쾌한 의식을 빨리 중단시켜야겠어요."

레아는 자궁 인간을 조종해 지하로 향했다.

■

——열광자 고르. 본명은 마누엘 고르. 32세. 출신은 발렌시아시. 사라고사 대학교에서는 농학을 전공하고, 졸업 후 자연보호단체에서 활동하고 있었다.

고르는 스페인의 중류층 가정에서 태어나 아무런 아쉬움 없이 잘 자랐다. 형제들과도 사이가 좋았고, 부모님의 사랑도 듬뿍 받았다. 크게 다치거나 중병에 걸린 적도 없었다.

‘시시해.’

하지만 그의 마음은 어린 시절부터 심각한 권태감으로 뒤덮여 있었다.

‘모든 것이 가짜다. 내 등 뒤에 있는 이 녀석이 꾸며낸 거야.’

고르의 눈에는 이 우주의 모든 것이 하찮은 촌극처럼 보였다. 누군가가 모든 것을 뒤에서 조종하면서 비웃고 있다. 인간은 자유의지를 가지고 스스로 선택하는 것처럼 보이지만—— 실제로는 모든 것이 **정해져** 있는 것이다.

‘소년의 피나는 노력도, 사랑과 기적의 대역전도. 전부 다 하찮은 촌극이다.’

그의 등 뒤에서 언제나 세계를 지켜보고 있는 괴물 같은 무언가. 그놈이 세계를 조종하고 있다.

『청년이여, 그 절망은 옳다.』

고르의 확실한 피해망상은 그의 인생에서 딱 한 번 긍정되었다.

『그것은 우리의 교의에서는 【문지기들】이라고 불린다. 약한 인간들을 지켜주려고 노력하시는 혐오스러운 괴물들. 인간을 운명의 사슬로 묶어 길들이는 비인간이다.』

그것은 마에스트로라고 불리던 어느 작은 컬트 종교의 교조 중 한 명이었다. 똑똑한 고르는 그들을 경계했지만, 그의 말에는 강하게 끌리는 부분이 있었다.

『【문지기들】은 언어를 매개로 하여 인간을 조종하고 있다. 그래서 나는 「언어」를 죽이려고 하는 거야. 고로 우리는 영원한 침묵의 열광자인 것이다. 진정한 침묵을 원하는 자인 것이다.』

마에스트로는 청년 고르를 향해 손을 내밀었다.

『인간은 자유로워야 해. 목에 칼을 쓰고 끌려다니는 자에게는 긍지 따윈 없다. ——안 그러냐?』

——그렇다고 생각했다. 이 덩치만 큰 노인은 정의를 논하는 멍청이란 것을 눈치챘다.

혼자서도 그저 자신이 믿는 정의를 위해 끝까지 싸우는 사랑스러운 멍청이란 것을.

『같이 가자. ——열광자여.』

그래, 좋다. 고르는 웃었다. 설령 어떤 희생을 치르고 악마로 전락하더라도.

칼을 쓴 뚱뚱한 돼지로 사는 것보다는, 뒷골목의 깡마른 들개로 살고 싶었으니까.

열광자 고르가 그 이변을 눈치챈 것은 엘리베이터 샤프트 쪽에서 희미한 발소리가 울려 퍼졌을 때였다. 그것은 보통 사람이라면 알아차리지 못할 정도로 희미한 소리였다.

'흠, 왔느냐. 상대는 십중팔구 『탐정 협회』일까. 그다음

후보는『서가(書架) 만다라』의 특수부대. 아니, 어쩌면 다크호스인『카우스 인스티투트』일 수도 있지.'

이 내장 맨션의 중규모 의식은 인간들의 영혼을 가공하기 위해 반드시 3주일 동안이나 맨션을 점거하는 과정을 거쳐야만 한다.

"지금도 나는 그런 생각을 하거든요? 이렇게 눈에 띄는 방식은 집어치우고 뒷골목에서 몰래 차근차근 인간을 모으는 게 나았을 거라고. 안 그래요?"

열광자 고르가 그렇게 질문을 던졌다. 그 상대는 지하 공간의 천장에 들러붙어 있는 존재. 100개의 눈과 혀 없는 입을 가진, 1,000개의 발굽으로 딱 붙어서 꿈틀거리는 2급 천사『아사바체』였다.

【*No.2420*『*2급 천사·아사바체(흑요석)*』】

○성질 : 옛 신

○내력 :『영원한 침묵의 열광자』가 신봉하는 천사 중 하나.

○상세 : 더럽혀진 혼백 유동체를 소비하여 대상에게 반현실성을 부여한다. 마술사급 신자를 현자급으로 성장시키는 것이 목적.

『인간이여. 너희들은 참으로 마술의 재능이 없는 천박한 탄소 생명체다. **하잘것없는 합리적 사상**을 버려라. 너희가

단일 타임라인밖에 관측하지 못하는 일원적 생물이란 것은 알고 있다만.』

바위 뒷면에 들러붙어 있는 지네의 집합체 같은 천사. 그것은 대기를 흔들지 않는 목소리로 계속해서 이야기했다.

『중요한 것은 뛰어넘는 것. 지향성의 새싹이다. 너는 인간이 아닌 것이 되기 위해서 인간과 싸워야만 하는 것이다. 나태한 노력으로는 시시한 보상밖에 못 받아.』

"……네, 네. 어차피 우리는 벌레처럼 하찮은 하등 생물이죠."

다차원에 동시에 존재하는 형이상 역학의 천사는 그건 아니라고 중얼거렸다.

『하등한 것이 아니다. 너희는 **선택한** 거야. 인간으로 존재하기를 **선택했다.** 알겠느냐? 이것은 무서울 정도로 용기 있는 행동이야. 이 괴물들이 득시글거리는 우주에서 오직 너희들만이 자기 발로 걸으면서, 자기 손으로 길을 개척하는 것을 선택한 것이다. 그렇기에 너희들의 영혼은 굉장한 가치가 있는 것이지.』

고르는 이 소름 끼치는 천사가 하는 말을 반도 이해하지 못했다. 하지만 적어도 이놈은 평등한 존재일 거라고 생각은 했다. 그의 적도 아니고, 아군도 아닐 거라고.

『자, 손님이 왔구나. 열광자여. 너의 결의를 보여 다오. ──침묵을.』

발소리가 울려 퍼졌다. 그곳에 있는 것은 나무못을 가진 검은 머리 소녀였다.

열광자 고르는 자기 입을 꿰매었던 끈을 천천히 풀었다.

■

"물어볼 것이 하나 있는데—."

자그마한 검은 머리 소녀—— 마기나 아브람은 실실 쪼개면서 열광자 고르를 노려봤다.

"좋다. 뭐든지 물어봐라. 그 대신—— 너도 내 질문에 하나 대답해라."

차가 열 대쯤 들어가는 크기인 지하실에는 대량의 파이프관이 모세혈관처럼 깔려 있었다. 그리고 그것들한테 기생하는 것처럼 새까만 천사가 전체를 휘감으며 만연해 있었다.

"——마에스트로는 어디 있냐?"

"그가 어디 있는지는 아무도 몰라. 집회에는 현자 계급의 열광자까지만 나오니까. 수호자(Guardián) 계급은 물론이고 거장(Maestro)이 있는 곳 따윈 몰라."

직감적으로 마기나는 그 말을 거짓말이라고 생각하진 않았다. 뭐, 사실 어느 쪽이든 상관없다. 『영원한 침묵의 열광자』를 전원 해치우면 언젠가는 그놈도 기어 나오지 않을 수 없을 테니까.

"다음은 내 질문이다."

열광자 고르는 서늘한 시선으로 마기나를 바라봤다.

"지금 당장 돌아갈 생각은 없나? 무의미하게 사람을 다치게 하고 싶진 않아."

이제 와서 뻔뻔하게 무슨 소리람.

"──자유롭게 생각하고 행동하는 것을 금지한다."

마기나가 그렇게 중얼거린 순간, 거대한 못이 고르의 머리를 뚫었다. 마기나는 물질화된 못을 양손으로 꽉 쥐더니 민첩한 동작으로 아스팔트 지면을 박차고 달렸다.

"죽어, 썩을놈아."

마기나의 못이 고르의 심장을 꿰뚫었다. 이번에는 새빨간 선혈이 주위로 확 흩어졌다.

"……훗."

그러나 열광자 고르는 웃었다. 열기를 띤 광기의 웃음이었다.

'생각보다 의례의 진행 속도가 빠르잖아?!'

불사성 부여. 마기나는 곧바로 여섯 개의 못을 추가로 고르의 몸에 박아 넣었다. 그러나 고르의 웃음이 고통으로 일그러지는 일은 없었다. 오히려 처음 꽂았던『금지』의 못이 서서히 머리에서 빠져나가고 있었다.

"너는 차에 치여 박살 날 것이다."

열광자 고르가 중얼거렸다. 엄청난 굉음이 마기나의 귀

를 후려쳤다.

"……어?"

지하실 **벽을 뚫고 들어온** 것은 거대한 트럭이었다. ——아니, 그럴 리가 없다. 왜냐하면 이곳은 지하이고, 이 맨션의 벽은 결코 부서지지 않으니까.

"오."

——그때 가까운 도로에서 지반 침하가 발생했다. 시속 80km로 달리던 트럭은 지하로 쑥 내려감과 동시에 맨션 벽을 뚫고 들어가—— 마기나 아브람을 치어버렸다.

"*샤실!*"

숨어 있던 코시바가 고르를 향해 총구를 겨눴다.

"나에게 **총알은 맞지 않는다.**"

코시바의 탄환을 막아낸 것은 우연히 천장에서 떨어진 돌조각이었다.

"이야아아앗!"

전기톱을 든 레아가 벽 속에서 나타났다. 레아는 옆방 벽 속으로 들어간 후, 그 안쪽에서 또 하나의 구멍을 뚫어 기습을 시도한 것이다.

"불사신을 죽이려면 그 힘의 공급원을 차단해야 해! *제보당의 처녀!*"

레아는 펄쩍 뛰어오르더니, 천장에 달라붙어 있는 새까만 구체인 천사를 베었다. 그대로 천사 속으로 들어가 그 안쪽에서부터 마구 난도질할 작정이었을 것이다.

‘용감하구나. 그리고 어리석구나.’

2급 천사『아사바체(흑요석)』가 어떤 존재인지 조금이라도 알고 있었더라면 그런 결론에 다다르진 않았을 텐데. 그것은 다차원에 동시 존재하는 괴물이며, 그것에 접한다는 것은 인간이기를 포기한다는 뜻이기 때문이다. 평범한 인간이라면 틀림없이——.

“……히익!”

『흑요석』안에 들어간 레아를 덮친 것은 색이었다. 기지의 정보에 비추어 본다면 검정과 비슷한 색일 것이다. 하지만 그것은 별 하나만큼 거대한 정보를 가진 색이었다. 인간의 신경으로는 도저히 버틸 수 없을 정도의 정보량. 그것을 봐버린 레아는 울면서 그 자리에서 무너지듯이 웅크렸다.

“『흑요석』은 그저 거기에 존재할 뿐이지. 누구의 적도 아니야. 아군도 아니지만.”

코시바 냐오는 겁에 질렸다.

‘이미 내 총알은 이 사람에게는 **맞지 않아!**’

이렇게 한순간에 대상의 능력을 정확히 파악한 것은 코시바의 뛰어난 센스 덕분일 것이다.

【*No.819-A* 『*열광자·고르*』】

○성질 : 불사·마술사

○내력 : 『내장 맨션』의 의례를 통해 이상성을 획득한 『영원한 침묵의 열광자』.

○상세 : 입 밖에 낸 말이 현실에 반영된다. 그 영향력은 불명.

열광자 고르는 당장이라도 벌벌 떨 것 같은 코시바에게 시선을 돌렸다.

"카우스 인스티투트의 학생인가. 비교적 **정상적인** 녀석들이 와줘서 다행이야. 무척 슬픈 일이지만 너도 죽어줘야겠구나. 설마 죽을 각오도 없이 남에게 총구를 들이댄 것은 아니겠지?"

■

'저 엄청난 힘을 가진 세 사람을 순식간에 무력화시키다니, 이게 말이 돼?!'

나는 좀 떨어진 곳에서 대기하고 있었다. 전투는 못 할 거라는 주위의 판단에 의해서였다. 그러나 나는 마음의 소리를 통해 무슨 일이 일어났는지 훤히 알고 있었다.

"……윽."

이 상황에서 내가 할 수 있는 일이 뭔가 있나? 적어도 코시바 하나만이라도 구하러 가야 하나? 잠깐만. 그것만 해도 되는 거야? 아니, 그것조차 가능하긴 한 거야?

'……젠장. 젠장. 무서워! 다리가 덜덜 떨려서, 움직이질 않아!'

하지만 말이다. 하지만. 그래도!!

'이런 때 라이트 노벨의 주인공이라면 절대로 **도망치지 않을 거야! 그렇지?!**'

나는 토할 것 같은 몸을 억지로 채찍질하면서 열광자 고르 앞으로 뛰쳐나갔다.

"……허—. 손님이 또 있었나."

"코토요로즈 씨! 대체 왜?!"

어, 그야 물론 코시바 입장에서는 '대체 왜?!'란 느낌일 것이다. 총흔 하나 없는—— 그러기는커녕 총 하나, 나이프 하나 없는 맨몸이니까.

'하지만 나도 할 수 있는 일이 딱 하나 있어.'

분명히 이 녀석한테는 내가 아무리 용을 써도 이기지 못할 것이다. 하지만.

"우리를 그냥 보내줘. ——그 대신 당신이 **정말로** 알고 싶어 하는 것을, 가르쳐줄게."

——시간 벌기다. 그 정도는 나도 할 수 있다.

열광자 고르는 코웃음을 쳤다.

"내가 정말로 알고 싶어 하는 거라고? 그런 것은——."

"『바벨탑』이지?"

그의 미간이 꿈틀거렸다. 그렇다. 이 남자는 더없이 강한 열의로 『바벨탑』이란 장소를 목표로 하고 있었다. 언제나 그것을 파괴할 생각을 하고 있었다. 그래서 이런 의식을 치른 것이다.

《어떻게 바벨탑을 아는 거지? 수호자 계급의 인간 중에서도 그걸 아는 자는 적은데.》

《이 녀석은【문지기들】에 대해 뭔가 알고 있는 건가?》

『바벨탑』이란 단어를 계기로 고르의 머릿속에 연쇄적으로 생각이 떠오르기 시작했다. 그의 단편적인 단어와 정보를 바탕으로, 왠지 그럴싸해서 도저히 흘려들을 수 없는 거짓말을 지어낸다. 그 수밖에 없다.

"【문지기들】에 대해서는 알고 있지?『언어』속에 존재하는 생물. 인간들이『언어』를 계속 사용하는 한 계속 존재하며, 인간의 집합적인 무의식과 갈망을 조종하고 있는 놈들이다."

"……이봐. 너 **정체**가 뭐냐?"

《이 녀석, 진짜로 평범한 카우스의 학생인가? 설마 서가 만다라의…….》

고르한테서는 강한 의심과 흥미가 느껴졌다. 하지만 적어도 나와 코시바를 당장 죽일 마음은 사라진 것 같았다.

"기다려봐. ……코시바, 괜찮아? 다치진 않았어?"

"괘, 괜찮……아요."

나는 코시바를 자연스럽게 등 뒤에 감췄다. 그리고 내 손바닥에 적은 글자를 보여줬다.

"빨리 대답해. 넌 정체가 뭐냐?"

“나는 코토요로즈 코토하. 푸른 학교 학생이다. 그런데 얼마 전까지는 서가 만다라에서 『사서』로 일하고 있었어. 하지만 그쪽은 말단 조직원을 너무 험하게 다루거든. 당신도 알아? 신입이 주로 하는 일은 처녀의 피를 닭의 피와 배합해서 최적의 농도로 묽게 만드는 일이야. 정말 지루하고 최악인 작업이지.”

“……”

“내가 서가 만다라를 그만둔 것은 금서 책장을 훔쳐본 것을 들켰기 때문이야. 그놈들은 지식 도둑을 용서하지 않거든. 나는 하마터면 책이 될 뻔했다가 잽싸게 푸른 학교로 망명했지.”

“그런 것은 중요하지 않아. 그보다도 『바벨탑』이 어디 있는지 아나?”

시간은……──조금만 더. 진짜 조금만 더 벌면 된다. 준비가 다 될 때까지.

“전부 다 아는 것은 아니야. 당신들만큼 아는지도 모르겠어. 하지만 아마 조금은 도움이 될 거라고 생각하는데?”

“말해.”

“좋아, 다만 우리도 안전이 확보되지 않으면──.”

“그 냄새 나는 입을 나불대는 것을 금지한다.”

긴 나무못이 열광자 고르의 목을 뚫었다.

‘됐다, 늦지 않았어!’

나는 마기나 선배가 대형 트럭에 치일 뻔한 순간에 자신에게 못을 박고『죽는 것을 금지한』것을 알고 있었다. 그 결과 그녀는 심하게 다쳐서 일시적으로 의식을 잃었지만——.

《이 자식! 주의를 딴 데로 돌리는 게 목적이었나!》

《——완전히 상황을 통제하고 있었어!》

“레아, 해치워!”

무사했던 것은 레아도 마찬가지였다. 레아는 거대한 정보량에 짓눌려 재기 불능이 될 뻔했지만, 아슬아슬한 순간에 천사의 몸속에서 탈출해 천장 속에 숨어 있었다.

“알겠습니다! ——*제보당의 처녀!*”

레아는 천장을 안에서부터 마구 난도질했다. 열광자 고르 위로 박살 난 천장 조각들이 쏟아져 내렸다. 지금이다. 나는 전력으로 달리기 시작했다.

이 기회를 놓치면 끝장이다——.

『어째서. 헛수고라는 걸 모르는 거냐?』

——목소리가 들렸다.

겹겹이 쌓인 잔해들 속에서.

대기를 진동시키지 않는 소리로.

『전원. 한 발짝도 움직이지 마라.』

달려가던 내 발이 딱 멈췄다.

『입을 움직이지 못하면 말을 못 할 거라고 생각한 거냐. 흥, 그럴 리가. 나는 영원한 침묵의 열광자다.』

불사의 남자는 상처 하나 없이 다시 일어났다.

『코토요로즈라고 했나? 너만은 살려서 데려가마. 무슨 짓을 해서라도 정보는 토해내게 할 거다. 그 외의 녀석들은…… 그래, 그냥 죽이도록 할까.』

나는 필사적으로 몸부림치면서 움직이려고 했다. 매우 느리게 조금씩 움직여지긴 했다. 틀림없이 마기나 선배의 『숲의 *저주*』와 같은 것이리라. 대상이 넓어서 한정적이지 않은 경우에는 구속이 약해진다. 나는 지독한 고통을 느끼면서도 앞으로 나아가려고 했다.

『헛수고야. 끝이다. 너희들 네 명은, 죽──.』

열광자 고르가 얼어붙었다.

『……잠깐. **권총을 든 꼬마**는 어디 갔지?』

그 방에 코시바의 모습은 없었다.

《내 명령은 대상을 포착하지 못하면 발동되지 않아──.》

그런가. 그런 결점이 있었구나. 하지만 이미 그런 것은 중요치 않았다.

내 **배의 균열**에서 **팔**이 쑥 튀어나왔다. 리볼버의 총구가 번뜩였다.

"코시바는 한 발짝도 **움직이지 않아요**. 그저 **손가락**만

움직입니다."

방아쇠를 당겼다. 총구에서 탄환이 튀어나왔다. 그야 당연했다. 당연하지 않은 것은 **여기서부터였다.**

"──*샴실!*"

총알은 열광자 고르에게는 맞지 않는다. 코시바가 총알을 명중시킨 곳은 고르의 발밑에 있는 바닥.

"코시바는, 한 발짝도 움직이지 않아!"

총알은 코시바 본인과 위치를 맞바꾸었다.

코시바는 고르 옆에 딱 붙어 서서 리볼버 총구를 그의 관자놀이에 들이댔다.

『……허──. 그래서 뭐, 어쩌려고? 딱 붙이고 쏘면 맞을 거라고 생각했나? 그럴 리 없잖아. 더구나 불사신인 나에게, 그런 조그만 납덩어리로 뭘 할 수 있단 말인가?』

코시바는 헤실헤실 웃었다.

"네, 코시바는 한 발짝도 움직이지 않아요. ──움직이는 것은 **당신.**"

코시바는 리볼버 실린더를 슬라이드시키더니, 거기 있는 총알을 고르의 주머니 속으로 툭 떨어뜨렸다.

『──뭐냐?』

"──*샴실!*"

총알과 표적의 위치가 바뀌었다. 다시 말해── 총알을

강제로 가지게 된 열광자 고르는 **소실**되고, 그 대신 그곳
에는 작은 표적(실 스티커)이 팔랑팔랑 춤을 추고 있었다.

"네, 코시바의 승리. 꼴좋다."

코시바는 빙글빙글 리볼버를 돌리더니 손바닥 안에서
소실시켰다. 정확히 그와 동시에, 방 전체를 뒤덮고 있던
흑요석 천사가 만족한 표정을 지으며 사라져갔다.

"앗……!"

구속이 풀리자 우리의 다리가 자유롭게 움직이게 되었
다. 레아는 즉시 엉망진창이 된 마기나 선배에게 달려갔다.
나도 그러고 싶었지만, 그 전에 확인해야 할 것이 있었다.

"자, 잠깐만. 코시바. 그 녀석은 어디로 날려버렸어?!"

"두 번 다시 돌아올 수 없는 곳입니다."

"하지만 그 녀석은 불사신이잖아? 더구나 말의 명령으
로 뭐든지 할 수 있는데——."

"괜찮습니다. 그곳에 소리는 없어요. 진공이니까."

코시바는 웃었다. 그리고 손가락으로 위를 가리켰다.

"뉴호라이즌스라는 거. 알아요?"

"어…… 뭐? 그게 뭔데."

"태양계 바깥을 향해 발사된 탐사기입니다. 2015년에는
명왕성에 가장 가까이 접근했어요."

갑자기 전혀 다른 카테고리의 이야기가 튀어나왔다. 내
뇌는 순간적으로 혼란에 빠졌다.

"푸른 학교에서도 우주 개발은 진행되고 있습니다. 태양

계 바깥으로 나아가는 탐사기가…… 하나, 둘, 셋…… 다섯 개쯤 되나? 현재로선.”

“그, 그러니까, 열광자 고르와 바꿔치기한 표적이 있었던 곳은…….”

“──탐사기의 화물입니다.”

나는 무의식중에 입을 뻐끔거렸다.

“……**우주 바깥**까지 날려버린 거야?”

와, 굉장하다. 굉장하지만, 그래서 그 탐사기는 무사한 걸까? 수십억 엔 규모의 피해가 발생하지는 않을까? 아니, 어쩌면 그런 경제적 피해가 발생하더라도 하나의 종말을 박살내면 그걸로 감지덕지인 걸까?!

“코시바는 최강─!”

생글생글 웃으며 손가락으로 V를 만드는 중학생을 보고 나는 할 말을 잃어버렸다.

■

마기나 선배는 중상을 입었지만 생명에 지장은 없는 듯했다. 즉시 구급대가 와서 마기나 선배를 들것에 싣고 갔다. 뒷일은 카우스 인스티투트가 어떻게든 할 것이다.

“저, 두 분 다 고마웠어요. 솔직히 말해서 두 분이 없었으면 큰일 났을 겁니다.”

내장 맨션 앞에서 레아는 고개를 꾸벅 숙였다.

“그런데 잠깐 콧톤을 데려가도 될까요?”

레아가 나만 따로 불렀다. 코시바와 좀 떨어진 곳으로 가더니 나무 그늘 속에서 내 손을 잡았다.

“……콧톤, 정말 고마워요. 총흔도 없는데. 당신 덕분에 살았어요.”

레아의 손은 도자기처럼 매끄러워서 나도 모르게 허둥거렸다.

“──저기. 우리 학교로 오지 않을래요?”

“……뭐?”

레아는 진지한 눈으로 나를 쳐다봤다.

“당신의 상황은 어느 정도 짐작하고 있어요. 인간형 종말은 이용당하거나 부서지거나 둘 중 하나니까요. 당신처럼 편리한 종말이라면, 극성맞은 푸른 학교 사람들이 그냥 놓아줄 리가 없죠.”

……헉. 푸른 학교는 외부에서는 극성맞다고 평가받고 있는 거야?

“하지만 카우스 인스티투트로 망명하면 푸른 학교라도 그리 쉽게 당신을 건드리진 못할 거예요. 그 막 나가는 학교와는 달리 우리 학교는 상당히 관료주의적이고 규칙과 규율을 중시하거든요. 비인도적인 취급을 당하는 일도 적을 거예요.”

……헉. 푸른 학교는 비인도적이고 막 나간다고 평가받고 있는 거야?

"당분간 우리 저택에 머물러도 괜찮아요. 방은 얼마든지 남아도니까요."

……헉. 솜사탕 같은 은발 아가씨와 저택에서 동거생활이라고?

"자, 나와 같이 가요. 콧톤!"

레아는 내 손을 두 손으로 꼭 잡았다. 눈은 반짝반짝 빛나고 있었다.

'솔직히 말하자면 이렇게까지 마음이 잘 맞는 여자를 만난 것은 처음이다.'

레아와 같이 가면 틀림없이 즐겁고 안전할 것이다. 저 낡은 기숙사보다는 훨씬 더 쾌적할 것이다.

'하지만…….'

몹시 쓸쓸한 눈빛을 지닌 그 연상의 누님은.

'Luna 씨는 과연 내가 없어도 기운차게 잘 지내줄까?'

그것은 매우 오만하고 불쾌한 생각이었지만, 아마도 그러진 않을 거란 생각이 들었다.

"괜찮아요?"

돌아가는 차 안에서 코시바가 중얼거렸다.

“알고 있었어?”

“네, 뭐. 사실 코시바는 밀명을 받았거든요.”

“뭐?”

“엘리프 회장님한테요. 코토요로즈 씨가 카우스 인스티
투트로 간다면 막지 말라고.”

……엘리프 회장님이? 어째서일까. 상세한 이유까진 알
수 없었다.

“아마도 카우스 사람들이 우리보다는 훨씬 정상적일 테
니까요.”

“뭐어어엇?! 아, 그게 사실이야? 그런 거 알고 싶지 않
았는데.”

하지만 괜찮다. 푸른 학교 사람들도 다 좋은 사람들이
니까.

“자, 그럼 코토요로즈 씨. 돌아가는 주사를 맞을까요?”

……아니. 좋은 사람들인지 아닌지는 꽤나 불확실할지
도 모른다.

‘오늘…… 나, 조금은…… 도움이 되었을까?’

주사약이 몸에 퍼지는 것을 느끼면서 나는 기분 좋게 눈
을 감았다.

“어이쿠.”

목소리가 들렸다. 측두부에 느껴지는 부드러운 감촉.

“……돌아갈 때도 이러는 거예요? 이거 꽤 다리가 저리
는데. 뭐, 상관은 없지만요.”

혼탁해지는 의식 속에서 내 머리를 다정하게 쓰다듬는 움직임만이 느껴졌다.

"오늘은, 어, 그럭저럭 멋있었거든요? 코시바가 진 걸로 해줄게요."
피로감과 다정함에 감싸인 채 나는 조용히 잠들어버렸다.

혼백 유동체

모든 물질이 가지고 있는 지향성. 벡터. 갈망. 광기. 절망. 희망.

미시적 세계에서 관측하기 쉽고,
원자나 소립자 등의 성질도 혼백 유동체에서 기인한다.
『존재하고 싶다』는 원초적 갈망이 혼백 유동체의 근원.

빅뱅 이전에 존재했던 『무(無)의 흔들림』 그 자체이며,
그중에서도 특히 인류의 혼백 유동체는 빅뱅에 상응하는 에너지를 가지고 있다.

대부분의 반현실 조직에서는
혼백 유동체를 효율적으로 에너지로 변환하는 것이 과제다.

영원한 침묵의 열광자

스페인을 거점으로 삼은 반현실성 컬트 종교.
『침묵』을 신봉하고 『언어』를 적대하고 있다.

그들이 모시는 천사는 다른 차원에 동시 존재하는 생물이며,
『언어』를 멸망시킨다는 목적으로 힘을 부여한다.

신도들은 입을 붉은 실로 묶어놓았고,
언어를 말하는 것은 원칙적으로 금지되어 있다.

『뭔지는 몰라도 이 세계는 잘못되어 있다』라는
망상에 강하게 사로잡힌 자가 신도가 되는 경우가 많다.

카우스 인스티투트

플루크투스 제9지구에 있는 통칭 『3대 학교』 중 하나.

『가장 모범으로 삼아야 할 학교』라고 평가받는
공평하고 인도적인 학교. 평균적으로 학생들이 우수하다.

하지만 그만큼 융통성이 부족하고 딱딱한 관공서 같은 면이 있다.
반현실 연구도 규제가 많기 때문에 이탈하는 학자가 다른 학교에 비해 많은 편.
하부 조직 『프리메이슨』이 존재한다.

제5화 『연구소에 가자!』

"후후후. 이야기는 들었어, 코토요로즈~. 대활약했다면서?!"

어젯밤에는 정신을 차려 보니 기숙사 이불 속에 누워서 자고 있었다. 아침이 되어 거실로 나가자, 기분 좋게 히죽히죽 웃는 코이토 선배가 당장 나를 붙잡고 놀리기 시작했다.

"카우스 사람들이 나한테 전화해서 엄청 정중하게 고맙다고 하더라~♪ 코토요로즈한테도…… 아, 실은 콧톤인지 뭔지 하는 희한한 이름으로 부르던데…… 아무튼 인사를 전해 달라고 하던데―?!"

그건 틀림없이 레아일 거다.

"기본적으로 대장님은 외부인한테 칭찬받지 못하니까요 (평소 행실 때문에). 그래서 기쁜 거겠죠."

부엌에서 양 갈래머리가 폴짝폴짝 뛰듯이 흔들리고 있었다. 코시바는 어제도 힘들었을 텐데 벌써 착실하게 우리의 아침밥을 만들고 있었다. 훌륭하다. 나도 도와줘야 하는데―.

"이봐, 코토요로즈! 이리 와봐! 아― 진짜 잘했어, 장하다, 훌륭해! 아이 착해, 착해, 꾸욱꾸욱―!"

"아, 아앗……! 코이토 선배님……!"

코이토 선배가 나한테 헤드록을 걸더니 주먹으로 내 머

리를 꾸욱꾸욱 누르며 돌려댔다. 평범한 아저씨가 이런다면 100% 권력적 & 성적 괴롭힘일 테지만, 예쁘고 가슴도 큰 선배에게 이런 짓을 당하니 정신이 나갈 것 같았다. 이를테면 좋은 향기라든가, 좀 뻣뻣한 교복 너머의 가슴의 감촉이라든가, 이래저래 부드러운 느낌 때문에 말이다.

"흐아암—…… 다들— 잘 잤어요—……?"

"루, Luna 씨!"

거실로 들어온 Luna 씨는 코이토 선배한테 구속당해 귀까지 새빨개진 나를 보더니——.

"……흐응. 그런 거 좋아하는구나. 괜찮지 않아? 응, 그러던가."

왠지 그동안 본 적도 없을 정도로 싸늘한 눈초리로 흘깃 나를 째려봤다.

"아, 아니. 이건 그런 게——."

"아—! 코토요로즈, 진짜 장해! 어우— 예뻐, 뺨도 막 비벼줘야지! 이 착한 녀석—!"

"…………………………."

늘 장난만 치는 예쁜 선배가 뺨을 비벼대자, 나는 굴복하고 말았다.

"네, 그럼 두 사람은 정식으로 푸른 학교에 입학한다고 보면 되는 거죠?”

아침 식사 자리에서 메흐가 사무적인 시선으로 나와 Luna 씨를 바라봤다.

“……응. 뭐, 나는 좋아. 사실 처음부터 선택의 여지도 없는 촌극이었잖아.”

“응, 나도 각오가 되었어. 푸른 학교 학생이 될 거야!”

하기야 Luna 씨의 말대로 이번 『견학』은 관례에 따른 형식적인 것에 불과했다. 우리는 푸른 학교에 들어가는 것은 피할 수 없었다.

‘하지만 그 이상으로── 마음이 확실하게 정해졌어.’

그 터무니없고 처참했던 『내장 맨션』을 보고 나서.

‘내 노력으로 그런 사건을 조금이라도 줄일 수 있다면── 노력해보고 싶어.’

물론 그렇게까지 큰 도움이 되진 못할 테지만.

“네, 그렇다면 두 사람에게는 이것을 지급하겠습니다.”

메흐가 꺼낸 것은 두 벌의 옷. 아니── 교복이었다.

“우와아아─!”

학생복! 신품 특유의 무미건조한 냄새! 이러면 당연히 흥분할 수밖에 없지!

“……난 이런 제복 같은 것은 영 불편한데.”

“아, 우리 학교는 착용을 강제하지는 않아요. 다만 이 교복은…….”

메흐가 교복 안감을 보여줬다.

“물리 내성 LV1, 정보 재밍 내성 LV1, R치 변동 내성 LV1 등의 기능이 있으므로, 보통은 장비하는 것을 추천할 뿐이죠. 확실히 Luna 씨에게는 필요하지 않을 수도 있겠네요.”

……좀 아쉽다. 교복 입은 Luna 씨의 모습은 보고 싶었는데.

“그리고 이것도요.”

메흐는 우리에게 카드를 나눠줬다. 우리의 얼굴 사진과 함께『무날개』란 글이 기재되어 있었다.

“오, 학생증?”

“아뇨. 보안 카드입니다. 이걸로 교내에서 접근할 수 있는 장소가 늘어나는 겁니다.”

실은…… 하고 그녀는 설명을 계속했다.

“오늘부터 두 사람은 연구소에서 일할 겁니다.”

연구소? 고개를 갸웃거리는 나와 Luna 씨를 보고 코이토 선배는 싱긋 웃었다.

“맞아! 오늘부터 너희는—— 모르모트가 되는 거야!”

■

날개 없는 새라는 것은 바닥을 기는 생쥐와 거의 다를 바 없다.

그런 황당무계한 논법에 의해(애초에 그런 말은 설치류 여러분에게 실례가 아닌가?), 나와 코토요로즈 군은 푸른 학교의 이상하리만치 긴 엘리베이터를 타고 『연구소』란 곳으로 가게 되었다.

"굉장하지 않아요? Luna 씨. 여기는 지하 몇 층까지 있는 걸까요?"

코토요로즈 군이 말했다. 결벽증이다 싶을 정도로 새하얀 엘리베이터에서 유일하게 검은색을 느끼게 하는 부분, 즉 현재 층수를 표시하는 디스플레이에는 B-267이라고 적혀 있었다. 그러니까 지하 267층이란 거다.

'아마도 확장 공간 같은 거겠지.'

공간의 정의를 재변경해서 일종의 『이계(異界)』를 창조한다. 이 방법을 쓰면 아무리 좁은 장소라도 야구장으로 쓸 수 있다. 이렇게 이상한 조직이 자주 사용하는 수단이다.

'그나저나 교복을 입은 코토요로즈 군. 귀엽네.'

어제까지 입고 있었던 옷도 잘 어울렸지만, 조금 큰 편인 교복을 헐렁하게 입고 있으니까 은근히 어려 보여서 귀여웠다. 어쩐지 제 나이에 맞는 느낌이라서.

"아, 이 층일까요?"

덜컹 하고 작은 소리를 내면서 엘리베이터가 멈췄다. 포옹~ 하고 얼빠진 소리가 났다. 문이 열렸다.

"GyByyyyyyyyyyyyyyyyyyyyy!!"

문이 열림과 동시에 나타난 것은 끔찍하게 거대한 네 발 달린 괴물이었다. 등에는 수십 개나 되는 사람의 팔이 돋아나 있었고, 세 개 있는 혀에는 각각 별 모양의 안구가 박혀 있었다.

"……어?"

현실을 파악하지 못한 그를 내버려둔 채 나는 손목에서 금속 실을 쭉 뽑아냈다.

"——물러서."

괴물이 로켓 같은 속도로 엘리베이터를 향해 돌격했다. 나는 코토요로즈 군의 목덜미를 확 잡아당겼다. 그는 반사적으로 『닫힘』 버튼을 눌렀지만—— 너무 늦었다.

"GyByyyyyyyyyyyyyyyyyyyy!!"

괴물은 우리를 향해 몸을 길게 내밀었고—— 그 순간, 밖으로 쑥 밀려나온 도코로텐*같이 그 몸뚱이는 잘게 썰렸다. 우리는 살수차처럼 쏟아지는 혈액으로 샤워를 했다.

"퉤, 퉤, 퉤, 윽, 비려!"

나는 미리 금속 실을 펼쳐놓고 있었다. 이 실은 콘크리트 정도의 굳기라면 두부처럼 잘라낼 수 있다. 어지간한 괴물이 덤벼들어봤자 산산조각 날 뿐이다.

"괘, 괜찮아요, Luna 씨?!"

"……뭐, 기분은 최악이지만."

아—, 진짜. 정말로 불쾌해! 우리는 정수리가 너덜너덜

---

*한천 덩어리를 길쭉한 나무통에 넣고 막대로 눌러 국수처럼 뽑아내는 음식

하게 썰린 거대한 괴물을 열심히 엘리베이터 밖으로 밀어 내고, 피로 끈적끈적해진 바닥을 기어 밖으로 나갔다.

"아니, 그런데 이 괴물은 뭘까요?"

"아까 들었잖아. 우리는 『모르모트』. 그러니까── 먹잇 감으로 던져진 거 아냐?"

맹금이나 파충류의 먹이는 쥐. 그렇게 정해져 있는 것이 다. 아마도 그 일루미나티라는 놈들은 정상적인 윤리관은 가지고 있을 것 같지도 않았고.

"누군가…… 없나? 여보세요─. 실례─. 누구 없어요─?"

그곳은 사무소였다. 높게 쌓여 있는 책장과 거대한 컴퓨 터. 묘하게 넓은 바닥에는 큼직한 흰 책상이 덩그러니 놓 여 있었다. 주위를 둘러봐도 사람 그림자는 없었다.

"Luna 씨, 이거 봐요!"

코토요로즈 군이 책상 위를 응시하고 있었다. 그곳에는 투박하고 큰 권총이 있었다.

『볼일 있는 녀석은 이것으로 바닥을 쏴주세요.』

코토요로즈 군과 서로 얼굴을 마주 봤다. 그 후 권총을 집어 들었다. 총알이 튀지 않게 주의하면서 방아쇠를 당 겼다.

──탕!

큰 소리와 빛. 그리고 권총에서 튀어나온 총알이 또 계 란처럼 펑 터졌다.

"휴…… 드디어 누가 와줬구나……."

방금 내가 탄환을 박아 넣은 바닥에는 갈색 남자가 앉아 있었다.

'알몸이잖아.'

미친. 남자의 알몸이라니. 더러워서 보고 싶지 않은데요. 징그러워.

"이봐, 거기. 이 몸에게 거기 그 백의를 가져다줘라."

코토요로즈 군은 깜짝 놀라면서도 벽에 걸려 있던 백의를 얌전히 가져다줬다.

"흐응. 네놈들이 풋내기 폰 시몬이 말했던 신입들인가."

잘난 척하는 갈색 남자는 주위를 둘러보더니, 내가 죽인 괴물의 시체를 발견하고 호오? 하고 중얼거렸다. 책상 근처에 기대어 세워놓은 전기톱을 집어 들고 엔진 시동을 걸었다.

"——이 몸의 이름은 테르미벡 제인베코바. 이 방의 주인이다."

그 남자는 고속으로 회전하는 전기톱으로 거대한 괴물 시체의 배를 갈랐다. 놀란 우리들은 무시한 채 그는 괴물의 배 속에서 인간의 시체를 끄집어냈다.

"헉. 그건, 누구……?"

"이거? 이건 나다."

테르는 자기 시체를 끌어안고 있었다. 괴물한테 잡아먹혔는지 큼직하게 물어뜯긴 상처가 있었고, 이미 피부의 표면은 녹아가고 있었다. 하지만 그것만 제외하면 테르와 그 시체의 겉모습은 완전히 똑같아 보였다.

"우와. 뭐야? 끔찍해. 뭔 상황인데. 아니, 징그럽다. 징그러워. 진짜 징그러워. 이건 도저히 못 참겠는데."

"아니, 이건 징그럽다든가 하는 수준의 문제가 아니잖아요!"

나의 가벼운 발언에 대해 코토요로즈 군은 착실하게 반박했다. 그의 그런 점은 귀엽다고 생각한다. 별것도 아닌 부분에서 이렇게 신경 써주면, 멘헤라는 저절로 기분이 좋아지는 것이다.

"이것은 이 몸의 총──『알프 카라쿠시(눈물짓는 거조)』의 능력이다."

【알프 카라쿠시(눈물짓는 거조[㠯鳥])】[총흔]

『돌아오는』 총흔. 단발 권총. 소유자와 완전히 동일한 육체·정신·기억을 가진 인간으로 성장하는 탄환을 발사한다. 소유자의 심장이 멈췄을 때 처음으로 탄환이 딱 한 발 장전된다.

"그, 그건, 다시 말해……."

지금 이 테르는 총탄에서 성장했다. 그렇다면 괴물의 배 속에서 튀어나온 테르의 시체는…….

"그래, 이건 **이전**의 이 몸이다."

"이전이라니……."

"이전의 이 몸은 실험 중에 실수해서 이 녀석—— 인조 인간 129호에게 죽임을 당하고 말았다. 흥, 멍청한 얼간이. 같은 이 몸이라는 게 믿어지지 않는군."

뭔가 끊임없이 엄청나게 무섭고 비윤리적인 이야기를 하고 있지 않나? 이 사람.

"요컨대 테르 씨의 총은 자기 자신을 **되살린다는 건가요?**"

"그렇게 단순한 이야기는 아니지만 말이지. 이 몸과 이 몸은 기억도 경험도 육체도 전부 다 동일하지만, 결코 연속된 것은 아니야. 그러므로 별개의 인간이라고 단정하는 것도 가능할 테지."

그런 정신 나간 총이 있구나. 무자비하네. 총흔의 천사.

"이놈의 탄환은 이 몸이 죽었을 때 비로소 딱 한 발만 장전된다. 고로 나 자신이 이 총을 쏘는 것은 불가능해. 그 점만은 귀찮고 성가신 총흔이지."

아, 그래서 권총만 책상 위에 놓여 있었던 거구나. 누군가가 총탄을 쏴주길 바랐던 거야.

"일단……."

코토요로즈 군이 쓴웃음을 지으며 말했다.

"다들 피를 뒤집어써서 몸이 끈적끈적해졌는데요. 한번 산뜻하게 씻을까요?"

나는 고개를 위아래로 마구 흔들었다. 대찬성이었다.

■

샤워실을 빌려 쓴 후, 나는 지급받은 교복(이런 사건은 일상다반사이므로 얼마든지 새 교복을 받을 수 있는 모양이다)으로 갈아입고 연구실로 돌아왔다.

"말하는 것을 깜빡했는데, 그 교복 잘 어울려. 귀여워."

"……놀리지 마세요."

교복을 입은 나를 보고 Luna 씨가 싱글싱글 웃었다. 그녀는 변함없이 체육복과 메이드복을 입고 있었지만 아까 뒤집어쓴 피는 사라졌다. 예비 옷이라도 가지고 왔던 걸까?

"자, 그럼 정식으로—— 이 몸의 지식의 왕궁에 온 것을 환영한다."

테르미벡 제인베코바 선배가 자랑스럽게 가슴을 쫙 폈다. 어느새 그 괴물의 시체는 사라졌다. 또 이 학교 특유의 불가사의한 도구의 힘을 빌린 걸까?

"폰이 그러더군. 네놈들을 마음껏 써도 된다고."

"아하—. 네, 그럼 어깨라도 주물러 드릴까요—."

Luna 씨가 실실 웃으면서 물어봤다.

"뭐?! 이, 이 몸은 그렇게 불순한 인간이……. 애, 애초에 이성한테 그런 짓을 시키면 성추행이라고, 연수 때 제대로 배웠거든?!"

테르 선배는 잘난 척하는 독불장군 스타일인데도 의외

로 그런 부분에선 성실했다.

《서, 설마 이쪽에 오는 신입이 여자일 줄이야.》

《그것도 좀 무서워 보이는 사람인데? 피어싱이 왜 저렇게 많아? 으…… 눈을 보고 이야기할 수 없어…….》

테르 선배는 잘난 척하는 독불장군 스타일인데도 의외로 여성에게는 약한 것 같았다.

"어, 그럼——."

테르 선배가 똑똑 하고 책상을 두 번 두드렸다. 그와 동시에 책장의 내용물이 허공을 날면서 아치 형태를 이루었다. 은은한 빛과 더불어 아치형 책들이 진짜 문으로 변했다. 그 안쪽으로는 긴 복도가 쭉 뻗어 있었다.

"와! 설마 이것도 종말인가요?"

"응? 아니, 이건 전통적인 기적론이야. 흥, 지상에 살던 촌뜨기는 모를 테지만."

아니, 애초에 기적론이 뭔지도 모르는데요. Luna 씨가 몰래 귓속말로 "뭐, 간단히 말하자면 마법 같은 거랄까? 진짜 대—충 설명하자면" 하고 가르쳐줬다.

"여기는 Stage2 이하의 종말을 보관하는 구역이다. 대부분은 아직 조사하지 못했어."

마법의 복도를 걸어가는 테르 선배를 따라갔다. 복도 양옆에는 유리를 사이에 두고 수많은 연구실이 늘어서 있었다. 연구실……이라고 말은 했지만, 그 내부는 몹시 살풍경했다.

“우와······.”

1m쯤 되는 받침대. 그리고 그 위에는 다양한 아이템——예를 들면 지극히 평범해 보이는 찻잔이라든가, 한쪽 눈이 없는 피에로 머리라든가, 보는 각도에 따라 색깔이 달라지는 나무젓가락이라든가——이 덩그러니 놓여 있을 뿐이었다.

“좀 재미있는데? 왠지 흥분된다. 안 그래? 코토요로즈 군.”

신기한 박물관에 온 것 같았다. 확실히 흥분되긴 했다.

“이 몸이 보관하고 있는 종말은 300이 넘어. 구역은 30 정도이려나.”

그것 참 엄청난 수였다. 그 모든 것이 세계를 멸망시킬 가능성을 품고 있는 건가.

“Stage2이고 자율적으로 움직이지 않는 종말. 뭐, 한마디로 피라미란 거지. 이 몸 같은 엘리트가 관여할 정도의 레벨은 아니지만—— 위원회 활동에 도움이 되는 물건이 없다고 단정할 수는 없거든.”

“그렇다면······.”

“그래. 네놈들은 이 구역의 종말을 조사해 리포트를 써 주길 바란다.”

진짜로 위험한 괴물들과 대치하기 전에 우선 약한 괴물들을 상대하면서 준비운동을 하라는 건가.

“흥. 자, 이제부터는 너희들 마음대로 해. 이 몸은 바쁘니까.”

그러더니 테르 선배는 무뚝뚝한 태도로 등을 돌렸다.

"위험하다 싶을 때는 즉시 이 몸에게 보고하도록. 아무리 Stage2여도 인간 하나 죽이는 것쯤은 식은 죽 먹기인 종말도 많아. 안전 장갑과 헬멧은 꼭 착용하도록 해. 그리고 점심밥은 식당에서 배달을 시킬 거니까 메뉴를 용지에 적어서 이 몸에게 주면 된다. 아, 정수기는 마음껏 써도 돼."

"테르 선배님은…… 의외로 남을 잘 돌봐주는 타입인가요?"

"흥! 우민들 따윈 어찌 되든 상관없다!"

테르 선배는 임금님처럼 성큼성큼 걸어 가버렸다.

"아, 그리고 화장실은 방에서 나왔을 때 왼쪽 복도 끝에 있어!"

테르 선배는 끝까지 남을 잘 돌봐주는 사람이었다.

이 복도에는 아마도 30개쯤 되는 종말이 보관된 듯했다. 어느 방 앞에나 엄중한 자물쇠와 무미건조한 자료가 딸려 있었다.

"난 이게 신경 쓰여. 피에로 머리. 귀엽지 않아?"

"……Luna 씨의 귀여움의 기준은 알 수가 없네요."

"뭐? 코토요로즈 군의 교복 입은 모습은 그냥 봐도 귀여운데? 진짜야."

"아, 아니, 왜 그렇게 틈만 나면 놀리는 거예요?"

저절로 동요하는 나를 보고 Luna 씨는 싱글싱글 웃었다. 그리고 그대로 피에로 머리에 관한 자료를 손에 들었다. 나는 그쪽을 들여다봤다.

【*No. 1821 『실크 스카라무의 잔해』*】

○ 성질 : 불명

○ 내력 : 캄보디아, 프놈펜 시가지에서. 2021년 8월에 발견.

"실크 스카라무한테서 도망쳤다"고 주장하는 성인 남성에 의해 묻지마 살인 사건 발생.

그 남성은 경찰한테 체포됐지만 수용 시설에서 분신자살했다. 가솔린이나 발화원은 확인되지 않았으므로 그 방법은 불명.

불에 탄 남성의 시체 중에서 유일하게 머리만은 상처 하나 나지 않았다.

며칠 후, 시체의 최초 발견자이기도 한 경찰관이 유서를 남기고 자살했다.

"실크 스카라무한테서는 도망칠 수 없다.

실크 스카라무는 내 아들이다.

실크 스카라무는 내 아내다.

실크 스카라무는 미래의 나다.

실크 스카라무는 발로 짓밟은 그림자를 응시하는 하나의 시선이다.

내 머리를, 어디에도 가져가지 말아 다오."

경찰관은 고층 빌딩에서 뛰어내려 자살했다. 그 머리는 상처 하나 나지 않았다.

나와 Luna 씨는 얼굴을 마주 봤다.

“이건 관두자.”

“네, 무조건 나중으로 미뤄야겠어요.”

“벼, 별로 무서운 건 아니지만.”

“그, 그렇죠. 다만 좀, 마음이 내키지 않을 뿐이죠.”

유리 너머로 『실크 스카라무의 잔해』를 바라봤다. 빙그레 웃고 있는 피에로의 머리였다. 그런데 확실히 그 머리는 자세히 보니 **한 개가 아니었다.**

피에로의 목 부분에는 말라비틀어진 작은 **인간의 머리**가 몇 개나 붙어 있었다. 조사 전인 현재로선 저 머리가 왜 작아졌는지, 누구의 머리인지, 저 피에로가 무엇인지. 전부 다 수수께끼였다.

‘Stage2인 종말 따윈 피라미라고 했으면서!’

까딱하면 우리도 언제든지 죽을 수 있는 상황인가 보다.

“……어떤 종말을 조사할지는 진지하게 고민하 편이 좋을지도 몰라. 휴―. 코토요로즈 군. 가능한 한 위험하지 않을 것 같은 녀석부터 시작해 볼래? 우리는 레벨 1인 피라미잖아.”

“전적으로 동의합니다.”

우리는 복도를 걸으면서 종말을 물색하기 시작했다.

오후에는 나와 Luna 씨가 조사할 종말 후보는 두 개까지 압축되었다.

"나는 이『에테르베르의 찻잔』이 괜찮을 것 같은데. 느낌상."

Luna 씨가 지지하는 종말은『액체를 부으면 그것을 찻잎 상태로 되돌리는』찻잔이었다. 홍차를 부으면 평범한 찻잎이 생성되지만, 다른 액체를 부으면 어떻게 되는지는 아직 실험해보지 않아서 조사의 여지는 있는 것 같았다.

"내가 궁금한 종말은 여기 이건데요……『철의 심장』."

그것은 도쿄 우에노 공원의 시노바즈노이케 연못의 수면 아래에 있는 전체 길이 80m인 강철 심장이었다. 아무리 봐도 생물한테서 나온 게 아닐 텐데도 쿵쿵 뛰고 있었다. 그 외에는 모든 것이 수수께끼로 남아 있었다.

"아니, 궁금하긴 한데, 심장! 도쿄에도 너무너무 가보고 싶지! 응?"

"……뭐, 그렇죠—."

내 고향 일본. 벌써 몇 년이나 돌아가지 못했다. 오랜만에 편의점에서 주먹밥을 사 먹고 싶은 것도 사실이었다. Luna 씨는 그것도 이해하는 것 같았지만, 그래도 고개를 옆으로 흔들었다.

"이번에는 견실하게 해결할 수 있을 것 같은 놈부터 건드려 보자고. 응?"

“그건…… 그렇죠—.”

“왜 그래?”

질문을 받은 나는 그것을 입에 담을까 말까 좀 고민하다가 말했다.

“그 찻잔 말인데요. 불길한 예감이 들어요.”

“뭐?”

“실험을 당하기를 기대하는 것 같아요. 우리를 속이려고 하는 **악의**가 느껴져요.”

그건 그러니까…… 하고 Luna 씨가 중얼거렸다. 나도 실은 별로 믿고 싶지는 않았지만.

“——코토요로즈 군. 설마 너, **종말의 마음속**도 엿볼 수 있는 거니?”

아무래도 그런 것 같았다. 이게 좋은 일일까? 잘은 몰라도 나는 그렇다고 느끼진 못했다. 오히려 뭔가 강력한, 어둠같이 시커먼 운명의 기척을 느꼈다.

“오케이. 네가 그렇게 말한다면 이건 관두자.”

모든 종말의 의지를 느낄 수 있는 것은 아니다. 그러나 몇 가지 종말에서는 무서울 정도로 강력한 마음의 힘이 느껴졌다. 찻잔도 그중 하나였다.

“믿어주는 거예요?”

“……반대로 내가 묻고 싶은데. 이 상황에서 내가 믿을 수 있는 사람이 너 말고 있겠어?"

그녀가 다정하게 웃자 나도 무의식중에 실실 웃음을 흘렸다. 그건 그렇다. 나도 이 세계에서 지금 정말로 믿을 수 있는 사람은 Luna 씨밖에 없으니까.

"그런데 철의 심장이란 것은 너무 수수께끼투성이지 않아? 우에노까지 갔습니다, 슈―웅…… 하고. 그다음부터 뭘 어떻게― 조사를 할지? 전혀 감이 안 와서 웃긴데?"

"시노바즈노이케에 잠수복 한 세트라도 가져갈까요?"

"그래서 아무것도 못 알아내면 헛수고만 하는 거잖아? 우리 진짜로 도움이 안 되는 거잖아. 그거는."

그건 그렇다. Luna 씨의 말대로 확실하게 도움이 되는 종말을 조사하는 게 제일 좋을 것이다.

'일단 처음부터 다시 생각해볼까―.'

나는 사람의 마음을 깊이 들여다보려고 할 때는 심호흡을 하면서 눈을 감고 집중한다. 그렇게 하면 종말의 마음도 깊게 들여다볼 수 있지 않을까? 그러면 이야기가 달라질지도 모른다.

《8°24′025″――130°50′035″.》

"……뭐?"

아니, 아직 집중을 시작하지도 않았는데.

'방금 그 마음의 목소리는, 어디서……?'

마음의 벡터는 분명히 나를 향하고 있었다. 나는 목소리가 들린 방향을 봤다.

"――어!"

나는 방 하나를 가리켰다. 거기만 문이 흰색이 아니라――
새빨간 색으로 물들어 있었다.

"……이런 방이, 원래 있었나요?"

"'이런'이라니, 뭐가?"

"이런 새빨간 방 말이에요."

내가 대답하자 Luna 씨는 놀라서 눈을 크게 떴다.

"어? 진짜다. 100% 없었어, 이런 거. 네가 말하기 전까
진 눈치채지 못했는데. 뭐야? 무섭네."

이 새하얀 복도에서 선혈 같은 빨강은 지나치게 눈에 띄
었다. 첫눈에 알아보지 못할 리 없었다. 우리는 새빨간 방
의 커다란 유리창을 통해 안을 들여다봤다.

"이것은……――가면?"

그것도 한두 개가 아니었다. 셀 수 없이 많은 가면이 새
빨간 방에 높이 쌓여 있었다. Luna 씨는 문 앞의 자료를
집어 들었다.

【*No.228* 『*진흙 가면*』】

○ 성질 : 불명(연구할 때는 인식 중화제를 복용!)

○ 내력 : 1993년부터 2023년까지, 동아시아부터 아메리카 대륙 해안에

걸쳐 발견.

지금까지 보관한 개수는 312개. 소재는 모래와 비슷한 성질을 가지고 있

지만, 완전히 미지의 조성.

종말 잠재력 측정기에 의해 Stage2의 수치가 부여됐지만 그 성질은 불명.

'태평양 연안에서 발견된 수많은 가면. 무엇으로 만들어졌는지 모르고, 무슨 목적으로 만들어졌는지도 모른다. 다만 약한 종말인 것은 확실하다──는 건가.'

《8°24′025″──130°50′035″.》

《8°24′025″──130°50′035″.》

역시 아까부터 마음의 벡터로 나를 찌르는 것은 이 가면이었다. 필사적으로 뭔가를 전하려 하고 있었다. 이 숫자의 나열은 도대체 뭘까?

'그런데…… 왠지…… 무척, 필사적이고──**슬픈 느낌이 들어.**'

마치 도움을 청하는 것 같다고 느꼈다. 그 예감은 확신에 가까웠다.

"Luna 씨. 아까부터 이 녀석들이 나에게 뭔가를 전하려 하고 있어요."

"흐응? 뭐야. 메모해 볼까?"

내가 숫자를 Luna 씨에게 알려주자 그녀는 실로 허공에 글자를 그려 메모장처럼 썼다.

"이거── 좌표 아냐? 위도와 경도잖아. 어, 아마도?"

아무래도 지도가 필요할 것 같았다. 이런 때 스마트폰이

있으면 편리할 텐데. 나와 Luna 씨는 둘 다 감금됐다 해방
된 지 며칠밖에 안 되어서 그런 물건은 가지고 있을 리 없
었다.

"나는 이 녀석을 조사하는 게 좋을 거라고 생각해요."

"응, 알았어—."

"……그걸로 끝이에요?"

Luna 씨는 쓴웃음을 지었다.

"아니, 말했잖아? 나는 너를 믿는다고. 우와, 내가 말했
지만 뭐야, 그게. 꼴사나워ㅋ"

Luna 씨는 민망한지 그렇게 중얼거리더니 내 어깨를 가
볍게 쿡 찔렀다.

제6화 『진흙 마스크』

"——이 좌표는 필리핀해를 가리키고 있군."

반지에서 나온 홀로그램 디스플레이에 지도를 띄우면서 (아마도 저 반지가 이 세계의 스마트폰인가 보다) 테르 선배는 고개를 끄덕거렸다.

"필리핀의 바다? 어디인데?"

"다, 다바오에서 동쪽으로, ……1,000km쯤 떨어진 곳이다."

여전히 Luna 씨랑 제대로 눈도 못 마주치는 테르 선배는 그렇게 목소리를 쥐어짜내듯이 말했다.

"거기에 무슨 섬이라도 있어? 나는 지리 같은 거 잘 모르는데."

"아, 아니…… 지도에서는 섬은 안 보여. 그냥 바다다."

팔라우와 필리핀 사이의 딱 한가운데 지점. 좌표는 그곳을 가리키고 있었다. 그런데 도대체 여기에 뭐가 있다는 걸까?

"이 좌표가—— 너의 종말로 본 이미지란 거지? 코토요로즈."

"네. 그건 확실합니다."

테르 선배는 턱을 쓰다듬으며 잠시 생각을 해보더니.

"흥, ——한번 가볼까."

"가, 간다고요? 어떻게?!"

주위에는 아무것도 없는 바다 한가운데였다. 평범한 수단으로 갈 수 있는 곳이 아니었다.

"일루미나티를 얕보지 마."

테르 선배는 "문제는 폰 시몬이지만……"이라고 중얼거리면서 이미 이야기는 다 끝났다는 듯이 엘리베이터를 향해 걸어갔다.

"으하하, 호기심이! 지적 욕구가 자극되는구나! 더할 나위 없이 즐거워졌어!"

그는 더 이상 아무런 설명도 없이 우리를 무시하고 연구소를 떠나갔다.

"와압!"

"갸악!"

진흙 가면을 쓴 Luna 씨가 내 어깨를 두드렸다. 나는 반사적으로 한심한 비명을 지르고 말았다.

"갸악. 이라니. 아하하. 푸훗— 재미있네."

"……재미있으시다니 다행이네요."

일단 가면을 건드리거나 장착하는 정도로는 아무 일도 일어나지 않는다는 것은 테르 선배가 미리 조사했다. 나도 책상 위에 아무렇게나 놓여 있는 가면을 집어 들어봤다.

'신기한 감촉이야.'

약간 미끈거리면서 보슬보슬한 듯한 느낌.

《××××××.》

내가 가면을 집어 들자, 가면이 뭔가 반응하는 것이 느꺼졌다.

《×리××세요.》

몹시 불분명한 의미의 나열. 나는 집중한다. 말이 아니라 의미로서 이해한다.

《수리해주세요.》

가면은 나에게 그렇게 말하고 있었다. 불가사의한 언어였다. 들어본 적도 없는 발음.

"수리라니…… 어떻게 하면 되는데?"

《정보를―― 피를 주세요.》

『피』를? 나는 내 새끼손가락을 살짝 깨물어 피 한 방울을 가면 위에 떨어뜨렸다.

"아니―― 코토요로즈 군, 무슨 짓을――!"

Luna 씨가 소리를 질렀다. 그 순간이었다.

"――앗!"

가면에서 거대한 돌기가 쑥 튀어나왔다. 그것은 내 뒤통수를 확 붙잡더니 억지로 내 얼굴을 뒤덮었다. 순식간에 눈앞이 새까맣게 변했다. 나는 얼굴에 들러붙은 가면을 당장 벗겨내려고 했다.

"으…… 으으…… 안, 벗겨져!"

"손 떼봐! 내가 해볼게!"

Luna 씨가 가면을 벗겨내려고 손목에서 실을 꺼냈다.

하지만 그보다 먼저.

《인류 부활 프로토콜을 개시합니다.》

가면이 중얼거렸다. 나의 눈앞이 번쩍번쩍 빛났다. 의식이 강하게 휘어잡히는 느낌이 들었다.

■

——도사님이 말씀하셨습니다.

지금 존재하는 것이 사라지지 않는다는 것은, 있을 수 없는 일입니다.

그래서 우리는 지금을 사랑한다.
그래서 오늘도 꽃과 샘에 기도를 올린다.
오늘은 간식으로 머핀이 나온다고 한다.

뎅. 커다란 소리가 울려 퍼졌습니다.

그곳에는 거대한 수호자가 있었습니다.
우리는 그것을 알고 있습니다. 분명 이제는 발매가 금지된 시리즈.
그것들은 필사적인 모습으로 우리에게 손을 내밉니다.
왜? 싫어! 오지 마!
우리를 건드리지 말아줘! 우리를 부수지 말아줘! 무서운 일을 늘리지 말아줘!

——Error! Error! Error!

인류 부활 프로토콜을 정지해주세요! 대상에서 불확정 요소가 발견됐습니다!

우리 마음을 누가 엿보고 있습니다! 이것은 건드리면 안 되는 겁니다!

이런 괴물은 구제하면 안 됩니다! Error! Error! Error!

『가면』의 활동을 정지합니다! 에러는 마더 케이스에 보고해주세요! 종료!

■

"……푸헉!"

"코토요로즈 군!"

가면이 얼굴에서 떨어져 나가는 것을 느꼈다. 나는 거친 숨을 내쉬면서 필사적으로 내 몸을 확인해봤다.

'나는, 나지? 코토요로즈 코토하. ……그, 작은 여자아이는 아니지?'

『도사님』한테 신앙을 배우고, 간식으로 나올 머핀을 기대하고 있던 그 여자아이. 나는 자기 마음이 그녀의 마음으로 뒤덮이는 것을 느꼈었다. 그것은 상상을 초월하는 공포였다.

‘나는…… 마음이 소거될 뻔했다!’

자신이 더 이상 자신이 아니게 되는 감각. 나는 무의식 중에 그 자리에서 점심밥을 마구 토해내고 말았다.

“괘, 괜찮아……?”

“쿨럭, 쿨럭. 됐으니까, 저 가면을……!”

“응?”

“──부숴요!!”

내가 소리를 지른 순간, 『가면』은 펄쩍 날아올라 Luna 씨의 안면에 들러붙으려고 했다.

“너 뭐야! 미쳤어, 징그러워! 죽어!”

그녀는 손목에서 뽑아낸 금속 실로 가면의 미간을 꿰뚫었다. 가면은 활동을 정지했다.

“헉…… 헉…… 휴──…… 잘했어요, Luna 씨…….”

나는 위 안의 내용물을 다 토해냈다. Luna 씨는 내 등을 다정하게 쓸어줬다.

“으하하. 이제 막 돌아왔다, 우민들아! ……으헉. 이게 뭐냐?!”

돌아온 테르 선배와 Luna 씨에게 나는 좀 전에 봤던 기억과 광경을 이야기했다.

“……흠, 그렇구나. 대충 사정은 알겠다.”

테르 선배가 고개를 끄덕였다. 부서진 가면의 파편을 집어 들면서.

"이 가면의 가장 큰 성질은『인격 찬탈』일지도 몰라. 그러면 모든 것이 설명이 돼."

"설명이라고요?"

"보관해둔 가면은 어째서 이상성을 발휘하지 않았는가? ——전부 다 **망가져 있었기** 때문이다. 그럼 망가지지 않은 가면은 어디 있는가? ——찬탈당한 인격에 의해 **보호된** 것이다."

"네? 하지만, 그럼 어째서 나는……."

"코토요로즈의 인격이 찬탈당하지 않은 것은 아마도『속삭임꾼』의 종말이 그들에게는 너무나 거대한 노이즈였던 거겠지. 네크로맨시의 기술은 섬세한 거니까."

내가 종말을 가지고 있지 않았더라면 지금쯤 다른 사람으로 바꿔치기 당했다는 건가? 와, 너무 무서운데요.

"……이놈을 세상에 뿌리는 녀석이 있어. 그런데 이유가 뭐지? 이건 꼭 조사해 봐야겠어."

테르 선배는 웃었다. 아무리 봐도 이 사람은 이 상황을 즐기고 있었다.

"응, 그래서 결국 어떻게 하려고?"

Luna 씨가 물었다. 그와 동시에 엘리베이터 문이 열렸다.

"드디어 왔구나—— 폰 시몬."

엘리베이터 안에는 난처한 표정을 짓고 있는 키 큰 남성이 있었다. 폰 선배. 그는 이마에 생긴 고뇌의 주름살을 한 층 더 깊게 만들면서 테르 선배를 째려봤다.

"——자네는 바보인가?"

"뭐?!"

"Stage2인 종말을 조사하기 위해 조사선을 준비하라고? 그게 될 리가 없잖아! 필리핀 정부한테 협력을 요청하라고? 넌 그렇게 쉽게 말하지만! 그게 얼마나 어려운 일인지 전혀, 조금도 생각을 해본 적이 없는 거냐?! 대체 얼마나 많은 사전 교섭과 은폐 공작이 필요한지 알기나 해?!"

테르 선배는 웃었다.

"시끄러워. 그냥 해."

"으아아."

"해."

"……좋아, 한번 해보자. 슬슬 결판을 내주마."

폰 선배가 허리에서 총을 뽑았다. 나와 Luna 씨는 당황하여 그걸 제지했다.

"세계를 지키기 위해서다! 어쩔 수 없지 않나!"

"……그렇게 호기심을 못 숨기고 형형하게 눈을 빛내는 주제에, 무슨 말을 하는 거야?"

아마도 이 두 사람 사이에는 결코 얕지 않은 인연이 있는 모양이다.

"어휴…… 그래, 꼭 가야겠단 말이지?"

"갈 거야!"

“그럼 기다려 봐. 어떻게든 해주마.”

폰 선배는 한숨 쉬듯이 중얼거리면서도—— 심술궂은
미소를 지었다.

■

필리핀해 상공. 고도 500m.

“우햐아! 바다가 참 예쁘네요—!”

코시바가 신나게 바깥을 내다보고 있었다.

“필리핀은 할로할로란 디저트가 맛있대! 이건 꼭 먹어야
겠어!”

코이토 선배는 완전히 관광 온 기분으로 휴대폰을 들여
다보고 있었다.

“……저, 저기. 기분 풀어, 응? 이 몸이 잘못했다니까.”

오만한 테르 선배가 보기 드물게도 난처해하는 얼굴로
고개를 숙이고 있었다. 조종간을 잡고 있는 소녀를 향해.

이 소형 항공기——『팔각마』의 소유주 메흐리자 제인베
코바였다.

“——아뇨, 됐습니다. 오빠가 그런 사람이란 것은 알고
있었으니까요.”

“메, 메흐…….”

“휴. ……정말 부끄럽네요. 폰 선배님에게도, 우리 팀에
게도 이렇게 폐를 끼치다니.”

메흐와 테르 선배님은 남매였구나. 나란히 붙어 있는 모습을 보니 확실히 똑 닮은 미남 미녀였다. 더구나 테르 선배는 여동생이라면 깜빡 죽는 타입이라 메흐 앞에서는 기를 못 펴는 듯했다.

'왠지 불쌍해 보이니까 화제를 바꿔주자.'

"그, 그런데 메흐. 이 총흔, 굉장하다……!"

【*팔각마*(차르크이르크)】[총흔]

『탐색하는』 총흔. 다양한 형태로 변화하는 거대한 라이플. 내구력이 매우 강해서, 통상 물질이라면 버틸 수 없는 환경에도 적응 가능한 탈것의 형태로도 변화할 수 있으므로 푸른 학교 내에서도 상당히 요긴하게 잘 쓰이고 있다.

『와하하! 애송이, 제법 보는 눈이 있구먼! 실제로 졸자는 굉장한 존재라네!』

게다가 이 총흔은 말도 하는 것 같았다. 근사한 남성의 목소리로. 묘하게 강맹한 분위기였다.

『졸자는 정의를 구현하기 위해서라면 어떤 역할이든 수행한다! 그러니 애송이, 충성을 다하여라!』

"아, 네……."

메흐는 한숨을 쉬었다.

"*팔각마*—— 시끄러워. 오빠—— 짜증 나."
""너무해!""

*팔각마*와 테르 선배가 합창하듯이 말했다. 그런데 메흐 주위의 남성들은 캐릭터가 너무 강하구나.

"앗, 여러분. 슬슬 목적지에 다 온 것 같은데요?"

태평하게 밖을 바라보고 있던 코시바가 은근히 제일 성실한 사람이었다. 메흐가 지도를 확인했다. 정말로『진흙 가면』이 가리켰던 좌표가 바로 이 근처인 것 같았다.

"……아—무것도 없는데?"

Luna 씨 말대로 주위에는 그저 푸른 하늘과 푸른 바다. 아름답지만 그게 전부였다.

"흠. 그렇다면 역시——**밑**인가."

테르 선배가 중얼거렸다.

"밑? ——아, **심해** 말이구나."

코이토 선배가 그렇게 대꾸했다.

"여기는 깊이가 어느 정도나 돼?"

"……해, 해저는 2,000m 정도다. 일본의 JAMSTEC(일본 해양연구개발기구)에서 한 번 이 근처에 조사하러 왔었어."

테르 선배는 얼굴을 딴 데로 돌리면서 말했다. 여동생 메흐는 화가 났고, 불편한 여자애들이 그를 둘러싸고 있었다. 이것이 폰 시몬 선배가 그를 괴롭히려고 준비한 상황인가. ……똑똑하고 무서운 사람이다.

"2,000인가. 갈 수 있겠어? *팔각마*."

코이토 선배의 질문에 *팔각마*는 껄껄 웃으며 답했다.

『당연하지! 졸자의 정의의 마음은 그 어떤 적 앞에서도 굴하지 않소!』

"……하지만 문제도 있어요. 리데르."

그렇게 말을 이은 것은 메흐였다.

"심해의 수압을 견디려면 장갑을 두껍게 해야 합니다. 또 심해는 R치가 매우 낮기 때문에 연속성 유지에 리소스를 할당해야 합니다."

R치가 뭔데? 하고 내가 코시바에게 묻자, "코시바는 중학생이라 몰라요!"란 기운찬 대답이 돌아왔다. 응, 그럼 뭐, 어쩔 수 없나.

"요약하자면──*팔각마*에는 최대 두 명밖에 못 탄다는 겁니다."

두 명. 그것은 영 불안한 숫자다. 조종은 메흐가 해야 하니까 한 명은 이미 정해졌다.

"당연히 코시바는 지상에 있어야 할 테고──."

코이토 선배가 중얼거렸다. 하기야 코시바의 총흔은 귀환용이니까. *팔각마*로 탐색. *샨실*로 귀환. 두 사람이 한 세트로 운용되는 것이다.

"잔챙이인 테르는 저기 가봤자 의미가 없고. ……아니, 애초에 넌 왜 왔어?"

"이봐, 말이 심하잖아!"

애초에 테르 선배는 연구실 사람이라서 본디 이런 곳에

올 이유도 없는 것 같았다. 다만 그 끝없는 지적 탐구심을 억누르지 못하고 종종 현장까지 나오는 모양이다.

"그럼 리데르가 같이 갈래요?"

"나아……? 음, 글쎄."

코이토 선배는 은근히 싫어하는 기색이었다.

"그…… 해저 2,000m라는 거…… 거기까지 내려가려면 얼마나 걸려?"

『졸자의 속도라면 20분 정도 걸릴 것이다!』

"2, 20분이구나……."

"설마" 하고 메흐가 중얼거렸다.

"리데르. ──무서워서 그래요?"

"헛. 그그그그, 그럴 리 없잖아?! 어두운 곳이든, 좁은 곳이든 다 괜찮아!"

코이토 선배가 고개를 힘차게 옆으로 흔들었다. 그때마다 벚꽃색 머리칼이 옆에 있는 내 안면을 찰싹찰싹 때렸다.

"하지만 나는 심해 탐사에 도움이 될 만한 능력이 없잖아. 심해에서 전투했다간 잠수함까지 다 때려부술걸?"

"뭐, 그건 그렇지만요……."

"게다가" 하고 코이토 선배는 말을 덧붙였다.

"게다가── 운이 너무 안 좋아서. 왠지 또 무슨 일을 저질러버릴 것 같은데……."

메흐와 코시바의 머리에 파앗! 하고 전류가 흘렀다. 두 사람은 필사적으로 고개를 끄덕거렸다.

“그렇죠! 대장님은 이번에는 출동하지 않는 게 좋을 것 같아요!”

“리데르! 후방에서 지원 부탁드립니다!”

뭐지? 코이토 선배는 그렇게 운이 안 좋은가?

“그럼 내가 갈게요.”

내가 그렇게 말하자 기체 안이 한순간 조용해졌다. 처음 입을 연 사람은 코시바였다.

“아, 코시바도 꽤 찬성하고 싶어요! 코토요로즈 씨의 종말은 탐색에 적합하니까요.”

『내장 맨션』 건으로 내 주가가 올라간 것 같았다. 좀 기뻤다.

『그런데 애송이가 가도 괜찮겠나? 아무래도 아직은 경험이 부족하지 않나?』

팔각마의 낮은 목소리가 울려 퍼졌다.

“그, 그건 그렇지만요. ……이 종말을 조사하려고 한 것은 나잖아요.”

테르 선배가 흥! 하고 코웃음을 쳤다.

“그딴 것은 전혀 중요치 않아. 폰하고도 이야기했는데, 이 종말은 영 수상해. 70%쯤은 감이지만. 아무래도 배후에 뭔가 숨어 있는 것 같단 말이지. ……뭐, 실은 이 몸도 너한테 이런 일을 시키는 것은 시기상조라고 생각한다만.”

아마도 다들 아직은 나를 신용하지 않는 것 같았다.

“그래도 무슨 일이 일어날지 모르는 환경에서는 미래 예지 능력은 도움이 될 겁니다.”

메흐가 한마디 툭 던졌다. 코이토 선배가 “어머나” 하고 작게 중일거리더니.

“──응, 그럼 그렇게 하자.”

리더인 코이토 선배의 발언이다. 그로써 즉시 의견은 하나로 모였다.

“쿡쿡, 열심히 해봐. 신입 씨♪”

“네!”

──옆에서 Luna 씨는 서늘하게 가라앉은 눈빛으로 밖을 내다보고 있었다.

■

나── 코이토 히카리가 현재 머무는 호텔로 돌아온 것은 20시경이었다.

“아아─! 실컷 만끽했다─!”

“만끽했죠!”

나는 냐오와 함께 다바오의 야시장을 만끽하고 왔다. 호텔은 당연히 리조트 호텔. 폰은 떨떠름한 표정을 지었지만, 나는 공주님이니까 내 마음대로 할 수 있다.

“흐아암…… 코시바는 이제 졸려요…….”

“쿡쿡. 당신은 그만 방으로 돌아가. 나는 볼일이 좀 있거든.”

알겠습니다! 하고 코시바는 귀엽게 빠릿빠릿한 경례를 하더니 방으로 돌아갔다. 나는 시장에서 사 온 선물을 챙겨 들고, 어차피 단 한 순간도 밖으로 안 나갔을 귀여운 후배를 위로해주러 갔다.

"메흐─. 방문 좀 열어봐─."

"리데르? 네, 들어오세요."

나는 메흐의 방에 들어갔다. 작은 1인실이었다. 메흐는 원정을 나갈 때마다 자료를 정리하느라 언제나 혼자 방에 틀어박혔다.

"자, 선물이야. 이거 말이지, 부치란 건데. 시장에서 팔더라고. 쌀을 뭉쳐서 만든 깨 경단 같은 거야. 다양한 맛이 나서 맛있어."

"네, 감사합니다."

무뚝뚝하게 대답했지만 메흐의 눈은 약간 빛나고 있었다. 이렇게 냉정한 분위기의 여자애인데도 의외로 간식은 무척 좋아하는 것이었다.

"응, 그래서~?"

나는 히죽히죽 웃으면서 메흐의 침대에 걸터앉았다.

"……'그래서'라니, 무슨 말씀이시죠?"

"남자를 싫어하는 메흐가 웬일이래? 코토요로즈 군. 마음에 드나 봐?"

메흐는 얼음같이 차가운 시선으로 나를 쏘아봤다. 나는 심장이 확 쪼그라드는 기분이었다.

"그런 게 아닙니다. 작전에는 그게 도움이 된다고 판단했기 때문에 그렇게 한 겁니다."

"에이, 뭐야~. 시금까신 그런 거 분명히 싫어했었잖아."

"……그건, 그렇지만요."

어라, 뭐지? 하고 생각했다. 솔직히 말하자면 난 그냥 적당히 넘겨짚으면서 놀리려고 온 건데, 메흐는 스스로 잘 모르겠다는 듯한 표정으로 고개를 갸웃거리고 있었다.

"대장님. 저 말이죠. 옛날에 들개를 주웠어요."

"뜬금없는 이야기구나."

"아직 6개월 정도밖에 안 된 강아지였는데요. 학대를 당해 왼쪽 눈이 망가졌고, 온몸이 상처투성이였고, 뒷발도 제대로 움직여지지 않았어요. 그래서 제가 주웠을 때도 굉장히 경계심이 강하고 자주 짖는 아이였어요."

메흐는 동물을 좋아하지. 특히 약해진 동물은 그냥 내버려두지 못하고 종종 간병하곤 한다. 뭐, 그 와중에 마당의 닭은 아무렇지도 않게 목 졸라 죽이는 냉정함도 아울러 갖추고 있지만.

"그 아이가 난폭해질 때마다 저는 생각했어요. 어쩔 수 없다고. 인간을 믿지 못하게 된 거라고. 그래서 저는 언제나 다정하게 대해주고 싶다고 생각했는데요."

"응."

"그 아이만큼이나 너덜너덜해진 상태구나, 하고……."

코토요로즈를 말하는 것이리라. 그에 대해서는 아직 아

는 게 거의 없지만, 어쩐지 알 것 같았다. 가끔 다리를 절룩거리는 것은 오래된 상처가 쑤셔서일 것이다. 등이 아파서 잠을 오래 자지 못하는 것 같았다. 애초에 그 얼굴에 있는 커다란 상처! 대체 얼마나 끔찍한 생활을 보내왔는지 상상도 할 수 없었다.

"그런데도 그 사람은…… 배에서 떨어졌을 때, 누군가를 구해줬잖아요?"

"응, 그러고 보니 그런 걸 좀 봤었네. 곧바로 영혼 어큐뮬레이터™한테 끌려갔지만."

"보통…… 그런 일을 할 수 있나요? 보통은, 좀 더…….”

다정함이란 것은 등가교환이다. 남한테 다정한 대접을 많이 받아야지만 자기도 또 다른 남한테 다정하게 대해줄 수 있는 것이다. 아마도 그것은 증오와 같은 성질을 가지고 있을 것이다.

"……누군가를 지키려고 할 수는, 없어요."

나는 과거의 냐오를 떠올렸다. 그 아이도 처음 여기 왔을 때는 너덜너덜해진 상태라서 서로 친해지기까지 상당히 고생했었다. 그래서 메흐의 심정도 왠지 알 것 같았다.

"히죽히죽."

——알긴 알겠는데, 저절로 히죽히죽 미소가 흘러나왔다.

"뭐예요? 그 품위 없는 웃음은."

"요컨대 당신은 신경 쓰인다는 거야? 그 남자가."

"……그런 저속한 이야기가 아닙니다."

아아, 귀여워. 애도 참, 아마 정말로 그렇다고 생각하고 있는 거겠지.

'실제로 사랑에 빠졌다고 할 정도는 아닌 것 같지만.'

관심이 있는 거겠지. 그렇게 생각했다. 마치 누가 코앞에 주먹을 들이대자 반사적으로 냄새를 맡는 아기 고양이처럼. 그건 왠지 멋지지 않아? 너무 심하게 놀리기도 미안하지만.

"아아―. 사랑 이야기, 진짜 재미있다―☆"

"대장님은 정말 머릿속이 평화로운 꽃밭 같네요."

그야 뭐, 그렇겠지. 왜냐하면 나는 이런 나날을 즐기기 위해 살아가고 있으니까.

"……내일은 불확정 요소가 많은 작전을 수행하게 될 텐데 말이죠."

걱정 많은 완벽주의자인 메흐는 힐끔 시선을 돌렸다. 침대 위에 흩어져 있는 자료를 보는 것이었다. 우수한 메흐는 벌써 자료의 내용 따윈 머릿속에 집어넣었을 텐데도 자꾸 걱정돼서 작업을 멈추지 못하는 것이었다.

"메흐. ――모험은 즐겨야 하는 거야, 알았어?"

"네?"

"왜냐하면 우리의 그늘 밑에서는 셀 수 없이 많은 악마와 괴물이 숨죽이고 있고, 세계는 당장 내일 멸망할지도 모르는 상황이니까. 그런 때 우울하게 있어봤자 소용없잖아?!"

옛날에 누가 나에게 그런 것을 가르쳐줬던 것 같다. 그게 누구였는지는 잊어버렸지만, 무척 소중한 사람에게 그런 말을 들었던 것 같다.

"그러니까 즐거운 것을 생각하자. 내일은 모든 일이 끝나면 신나게 관광할 거야. 밤에는 사랑 이야기도 할 거고~. 냐오의 남자 취향이라든가. 완전히 베일에 싸여 있어서 궁금하지 않아?"

"……후후."

"뭐야, 왜애?"

"아뇨. 갑자기. 그래서 대장님이 강한 건가? 하는 생각이 들어서요."

내가 조금은 긴장을 풀어준 걸까? 메흐에게 간식을 내밀자, 메흐는 살짝 눈썹을 모으더니 그것을 손에 들어 냠! 하고 먹었다.

"아, 맛있다."

"맛있지―♪"

언젠가는 이 아이가 미래에 대한 아무런 불안도 없이 평범하게 사랑을 할 수 있는 세계가 되면 좋을 텐데. 그런 생각이 들었지만, 그것은 절대로 불가능한 일이다. 우주는 머잖아 반드시 멸망할 테니까.

"있잖아, 메흐."

"네?"

"――나, 무적이야. 그것만은 믿어줘. 잊지 마."

그러니 적어도 이 아이가 어렴풋한 연심을 눈치챌 때까

지는 이 나날을 꼭 지켜내고 싶다. 그렇게 간절히 바랐다.

■

내가 내 배를 누르는 묵직한 무게를 감지한 것은 밤도 꽤 깊어졌을 무렵이었다.

"아, 일어났어?"

일어나자마자 깜짝 놀랐다. Luna 씨가 헤실헤실 웃으면서 말 타듯이 내 위에 걸터앉아 있었기 때문이다.

"지지, 지금 뭐 하는 거예요?!"

"으—응. 글쎄. 뭘까—? ……잠잘 때 덮치러 왔나?"

"으헉!"

노골적으로 당황하는 나를 보고 Luna 씨는 즐겁게 웃었다.

"와하하, 농담이야—. 넌 정말 놀리는 맛이 있구나— 하는 느낌? 이렇게 순수하면 이 누님은 가끔 걱정된다니까. 와, 뭐야. 보호자인 척하다니. 너무 별로다ㅋ"

Luna 씨는 침대 측면에 앉았다. 담뱃갑을 보여주면서 "괜찮아?"라고 물어보더니, 내가 고개를 끄덕인 것을 확인한 후 오래된 앤티크 라이터로 불을 붙였다.

"……네, 그래서 무슨 일인데요? 이렇게 밤늦은 시각에."

"으응—…… 어, 글쎄. 어떻게 말을 꺼내면 좋을지 모르겠네."

Luna 씨는 묘하게 잘 어울리는 동작으로 담배 연기를 폐 속 깊숙이 빨아들였다.

"일단, 벗을까? 옷."

"……네?"

"됐으니까 빨리! 벗어!"

"으악―!"

Luna 씨가 억지로 내 옷을 벗겨냈다. 이런 상황은 예전에도 있었는데.

"아!"

"왜요?"

"……코토요로즈 군. 젖꼭지 작고 귀엽네."

"보지 마세요!"

Luna 씨는 즐겁게 웃으면서 내 교복을 확 뒤집더니 만지작거렸다.

"――응, 역시 있었구나."

그녀가 중얼거렸다. 그 손안에 있는 것은 싸구려 실 스티커(표적).

"그건, *샤실의*……!"

"표적과 탄환을 맞바꾸는 능력. 맞지? 나도 여신의 신전에서 사용하는 걸 봤어."

코시바의 능력의 표적이 어째서 내 교복에 있는 거지? 아니――생각해보면 이유는 알 것 같았다.

"요컨대 이 스티커는…… 내가 언제 달아나도 포획할 수 있도록 붙여놓은 건가."

"딩동댕—. 아이, 똑똑해—♡ 장하다, 장해."

내가 멀리 달아나도 *샴실*의 능력으로 다시 끌려온다는 뜻이다. 귀환용. 전투용. 그뿐만 아니라, 추적용으로도 쓸 수 있다는 거다. 정말 편리한 총흔이구나!

"……사실 좀 이상하다고 생각하긴 했어요. 우리는 일단 종말인데도 완전한 자유행동을 허락받고 있잖아요. 감시도 전혀 안 하고 있고요. 알고 보니 다 이유가 있었군요."

"하지만 이로써 조건은 갖춰졌잖아?『우리는 추적 불가능』『여기는 지상』. 코이토 팀 멤버들은 우리가 이 표적을 눈치챘다는 사실을 몰라. 천재일우의 기회야."

"그게 무슨 말이에요?"

나는 일부러 모르는 척했다. 그녀가 하고 싶은 말이 뭔지는 명확했을 텐데.

"……휴—. 알았어. 짧게 말할게."

Luna 씨가 내 손에 손가락을 얽었다.

"——같이 달아나지 않을래? 여기서."

나른한 눈동자. 헤실헤실 웃는 입. 가만히 내 눈동자를 들여다본다.

《～♪ ～♪ ～♪》

반사적으로 마음을 읽어버렸는데, 그녀는 머릿속으로

스카버러 페어 노래를 부르고 있었다. 아아, 역시 똑똑한 사람이구나. 이러면 이 사람의 구체적인 의도는 파악할 수 없다.

"코토요로즈 군이 경험하고 싶은 것은『청춘』이잖아?"

"그, 그건…… 그렇죠."

"어처구니없는 괴물인지 뭔지랑 싸우다가 목숨을 잃는 것은 아니잖아?"

그건 그렇다. 그런 것은 원하지 않는다.

"그러니 여기서 같이 달아나자. 고향으로 돌아가자. 내가 데려가 줄게."

"……Luna 씨."

"거기서 평범하게 살면 되잖아. 평범한 고등학생이 되는 거야. 친구도 사귀고. 동아리 활동 같은 것도 하고. 운이 좋으면 여자 친구도 사귀고. 입시 공부가 너무 힘들어—라든가. 미래가 걱정된다—라든가. 그렇게 이러쿵저러쿵 투덜거리다가 언젠가 어른이 되면 되잖아."

Luna 씨가 창문을 열었다. 밤바람과 함께 흘러들어온 다바오의 개구리와 벌레 울음소리가 귓가를 간질였다.

"난 말이지. 네가 행복해졌으면 좋겠어—."

담배 연기가 바람에 흔들렸다.

"……무리예요. 틀림없이 종말 정체 위원회한테서는 벗어날 수 없어요. 왜냐하면 Luna 씨도 봤잖아요? 그 과학력. 전 세계를 배후에서 조종하고 있다고요."

"그렇지. 분명히 무척 힘들 거야. 하지만 그 녀석들한테 이용당하다가 헌신짝처럼 버려지는 것보다는 낫잖아?"

그건 확실히 그렇다. 조금 그런 생각이 들었다. 종말 정체 위원회. 그들은 이상하다. 아무리 봐도 사람의 목숨이라든가 인권 같은 것을 제대로 취급하려는 의지조차 느껴지지 않았다.

틀림없이 세계를 지키기 위해서 그 외의 모든 규범을 버린 것이리라.

"그러니까 달아나자! 이런 건 이상해. 왜 네가 이런 일에 말려들어야 해? 너, 너는…… 평범한 어린애잖아……. 이런 건…… 이상해……."

아름다운 사람이구나 하고 생각했다. 목소리는 울 것 같은데도 여전히 헤실헤실 웃고 있었다. 이 사람은 지난 며칠 동안 내내 웃으면서 자신을 억지로 꾸며냈던 것이리라.

"응? 가자. 코토요로즈 군. 혹시 같이 와준다면, 나는."

달빛이 그녀의 서글픈 미소를 비춰줬다.

"──평생을 바쳐 너를 지켜줄 수도 있어."

이 사람은. 이 아름답고 다정한 사람은. 진짜로 그렇게 할 것이다.

'Luna 씨와 같이 종말 정체 위원회를 피해 달아나면서. 세계 끝까지 여행한다면.'

그건 무척 즐거울 것이다. 행복한 삶이다.

그러니까 나 같은 놈한테는 안 어울린다.

"……죄송해요…… Luna 씨…… 나는……."

"응."

"나…… 입이…… 입에서…… 계속 피 맛이 나요……."

가끔 잊어버릴 것 같을 때도 있지만. 혼자가 되면 늘 그랬다.

"나, 솔직히 말하면요. 상당히…… 안심해버렸어요."

"……."

"목숨 걸고, 인류를 지키는 사람들이 있어요."

"……안 돼. 말하지 마."

"나도 그 사람들처럼 될 수 있다면."

그때, 비로소.

"마침내 나한테서—— 이 피 맛이 사라질 것 같아요."

지금까지 난 틀림없이 100명 혹은 200명의 사람에게 상처를 줬을 것이다.

그러니까 지금부터 1만 혹은 2만 명의 사람들을 구하자.

적어도 그 정도는 해야지, 안 그러면 **출발선**에 서지도 못하는 게 아닐까.

좋은 녀석은…… 죽어도 못 되는 게 아닐까…….

"그건 네 착각이야. 그런 속죄는 끝이 없는 거야."

"그, 그래도…… 해야만 하잖아요? 안 그러면——."

"행복해지면 안 되는 사람 따원 없어!"

울 것 같은 얼굴로 Luna 씨가 소리를 질렀다. 그것은 마치 자기 자신에게도 하는 말 같았다. 응, 그렇지. 나와 이 사람은 같은 족속이니까.

나는 최선을 다해 헤실헤실 웃었다. 언제나 Luna 씨가 그러듯이.

"미안해요. 나는 좀 더 여기서 열심히 노력하고 싶어요."

"……그러다 죽어."

"…………."

"너는…… 틀림없이…… 그것조차…….."

만약에 누군가를 위해 죽을 수 있다면, 틀림없이 행복해서 눈물을 흘릴 것이다.

"하지만 이건 부정적이기만 한 감정은 아니에요. 오직 이 길 앞에만 나의 『청춘』이 있을 것 같거든요. 이래 봬도 일단은 희망이 있는 방향으로 걸어가고 있는 거예요."

Luna 씨는 웃으면서 내 뺨을 건드렸다.

"바보구나."

그녀는 다정하게 나를 쓰다듬더니 살짝 톡! 하고 딱밤을 때렸다. 그리고 가볍게 창틀에 발을 걸쳐놓았다.

"Bye-bye."

"네. 당신도 잘 지내요."

밤의 어둠 속에서 그녀의 머리카락이 흩날렸다. 나는 그 광경을 다시는 잊고 싶지 않다고 생각했다.

"『내가 지켜줄게』가 아니라."

그녀는 웃었다. 무척 아름다운 웃음이었다.

"──『나를 지켜줘』라고 부탁했더라면. 너는, 나와 같이 가졌을 텐데."

하지만 그렇게 철저히 교활해지지 못하는 당신의 성격을 좋아해요.
'이제 그만 자자.'
그녀는 어둠과 달빛 사이에 녹아들어 갔다.

내일은 5시 집합이다. 신입인 내가 지각할 수는 없으니까.

제7화 『맨 밑바닥의 더 깊은 밑바닥으로』

"*팔각마*, 잠항을 개시합니다."

덜컹 하고 선체가 흔들리더니 바닷물이 창을 때렸다. 바다 밑바닥으로 가라앉는 감각. 엔진이 웅웅 소리를 내면서 대해를 가르고 나아간다. 투명한 바다의 세계로 *팔각마*는 점점 깊이 들어갔다.

"……우와, 굉장하다—."

『크하하! 그렇지?! 아무렴, 졸자는 굉장하고말고!』

좁은 선내에 *팔각마*의 즐거운 목소리가 울려 퍼졌다. 응, 굉장하다. 굉장하지만.

"……그런데 이 비좁은 공간은 어떻게 안 되는 거야?"

*팔각마*의 선내에는 의자가 딱 하나밖에 없었다. 아마도 실은 1인승 형태일 것이다. 나와 메흐는 좁은 실내에 꽉 들어차게 몸을 구겨 넣은 채 어색하게 밖을 내다보고 있었다.

"조, 조금만 더 저쪽으로 가주세요."

"미…… 미안."

메흐는 다리가 길어서 상당히 불편한 것 같았다. 메흐의 머리칼에서 감귤류 같은 냄새가 났다. 아니, 그보다도, 그보다도, 부드러운 것이…… 끄으으, 잡념을 버려라……!

'Luna 씨는 그 후 어떻게 되었을까……?'

실종을 눈치챈 코이토 선배가 어딘가에 연락했다. 무사히 달아났으면 좋으련만.

"와…… 아름답다…… 작은 물고기가 잔뜩…… 아, 제비
활치다."

푸르고 작은 물고기 떼가 잠수함에 가까이 다가왔다. *팔
각마*의 기능으로 바깥 풍경을 촬영해 비춰주고 있는 듯했
다. 수심은 50m. 투명도가 높은 수질. 잠수함은 더 깊은
아래쪽 세계를 향해 나아간다.

"!"

우리 바로 밑에 펼쳐진 것은 끝없는 바다 밑바닥이었다.
빛도 닿지 않는 짙은 푸른색은 마치 모든 것을 집어삼키는
거대한 구멍 같았다.

'우리는 지금부터 여기에 가는 건가!'

머리가 큰 잭피시가 가로질러 지나갔다. 슬픔도 분노도
느껴지지 않는 눈동자였다.

"저건 무명갈전갱이군요."

"메흐, 물고기 같은 것도 좋아하는구나."

"……아뇨. 별로 그런 건 아닌데요."

마음을 읽을 필요도 없었다. 반짝반짝 빛나는 눈으로 밖
을 쳐다보는 메흐의 감정은 너무나 쉽게 알 수 있었다.

"점점 추워지네요."

처음 탑승했을 때는 사우나처럼 더웠던 *팔각마*가(메흐
의 땀의 감촉이 피부로 느껴져 쩔쩔맸었다) 이제는 바닷물
때문에 식어서 슬슬 추워지고 있었다.

《……좀 무서운데.》

메흐는 겁먹고 있었다. 언덕에서 보는 바다의 광활함은 자신과는 거리가 멀게 느껴진다. 하지만 바다 속에서 체험하는 바다의 광활함은 무서울 정도로 자신과 가깝게 느껴졌다. 그 끝이 없는 느낌은 명확한 공포였다.

『——메흐! 수심 200m를 돌파했다.』

수심 200m. ——분류상 여기서부터는 『심해』라고 불리는 영역이다.

"*팔각마.* 투광기."

메흐가 조작판을 조작하자 잠수함 밖은 한층 더 환하게 비춰졌——지만, 그 빛은 금방 심해의 어둠 속으로 빨려 들어가서 별 의미는 없는 것처럼 보였다.

『여보세요—. 메흐 선배님. 코토요로즈 씨. 그쪽은 어때요?』

*팔각마*의 수중 광무선 통신을 통해 코시바가 우리에게 연락했다.

"R치는 0.99. 나크사 지수(指數)는 82.4."

메흐가 *팔각마*의 계기판 숫자를 읽었다.

『지상과 거의 비슷한 환경이네요! 뭔가 변화가 있으면 연락 주세요!』

뭐, 이렇게 춥고 어두운 세계가? 코시바와의 통신이 끝나자 웅웅 요란한 엔진 소리만이 그곳에 남았다.

『수심 1,000m에 도달했다!』

심해라는 세계는 이 얼마나 무섭고—— 아름다운가. 문

득 그런 생각을 했다. 빛이 거의 없는 이 세계에서 생명이 살아 숨 쉬고 있다. 고독은 공포인 동시에 아름다움이었다.

"메흐. 아까 말했던 R치란 것은 뭐야?"

"R치는 현실이 얼마나 강고한지를 보여주는 지표입니다. 나크사 지수는 R치가 얼마나 변동하기 쉬운지 보여주는 거고요."

"현실의…… 강도?"

"현실이 부서지면 부서질수록, 현실 이외의 것이 유리해지니까요."

음, 그렇구나? R치의 증감을 통해서 주위에 이상이 있는지 없는지 알 수 있다는 건가? 메흐는 더 이상은 설명하려 하지 않았다.

『메흐. 북쪽에서 뭔가가 접근하고 있다! 아마도 대형 생물인 것 같군.』

"알았어요."

나와 메흐는 둘이 동시에 왼쪽 모니터를 봤다. 심해 안쪽에 확실히 뭔가의 기척이 있었다. 우리가 뚫어져라 응시했더니—— 그것은 갑자기 나타났다.

"저건 알아. 귀상어야!"

통칭 망치상어. 옛날에 TV에서 본 적이 있다. 머리가 망치처럼 생긴 상어인데, 사람을 공격하는 흉포한 종류는 아니었다.

"……어? 하지만 벌써 수심 1,200m인데요. 이런 곳에

서식——.”

귀상어가 *팔각마* 옆을 가로질러 갔다.

“——어?”

“——왜애애애애 이렇게 커?!”

그것은 내가 TV에서 봤던 귀여운 크기가 아니었다.

『저건 몸길이가 50m는 되겠는데?!』

양옆에 툭 튀어나온 눈동자는 우리를 보지도 않고 지나
쳐 갔다.

“R치는 0.97. 나크사 지수는 80.2.”

“……아까보다 좀 낮아진 건가?”

“크게 변동됐습니다. 이것은 우리가—— 반현실 공간에
다가가고 있다는 증거죠.”

우리는 어둠을 향해 계속 내려갔다.

■

정신을 차려 보니, 무서울 정도로 많은 시간이 지나 있
었다.

“——어라?”

잠깐만. 지금 몇 시야? 나는 시계를 봤다.

“메흐…… 메흐!”

“네? 어——.”

“우리 벌써 여덟 시간 동안이나 계속 잠수하고 있어!”

눈빛이 몽롱했던 메흐가 내 말을 듣고 퍼뜩 정신을 차리더니 소리를 질렀다.

"말도 안 돼. 대체 왜 이렇게 시간이──*팔각마!*"

『흠. 아무래도 위험한 상황인 것 같구나. 수심── 20만 5,000m다.』

"그, 그건…… 고장 난 게 아니라?"

언제부터 우리는 의식을 잃었던 걸까? 메흐는 자기 뺨을 때렸다.

"코시바 팀한테 연락할게."

나는 수중 광무선 통신의 스위치를 눌렀다.

『우와……. 이제야─ 겨우…… 대답을 해주……네요. 안 그래도 지금, ……*샴실*을 사용할까…… 했는……데요.』

코시바의 목소리는 띄엄띄엄 들렸다. 이 환경이 통신에 영향을 주고 있는 것이리라.

"작전을 속행합니다."

『알겠습니다! 이후 바이탈에 이상이 생기면 귀환시킬게요.』

우리는 코시바에게 짧게 보고를 마치고 통신을 끝냈다.

"수심 20만m라고 했나? 그런 곳이 지구에 있어?"

"지구에서 가장 깊은 마리아나 해구도 수심 1만m 정도입니다."

그럼 아무리 생각해봐도 이상한 상황이란 거지.

"*팔각마.* 수압은 괜찮아?"

『괜찮다. 상식적으로 생각하면 졸자라도 버틸 수 없는 수압이 가해져야 할 텐데 말이지. 신기하게도 동작에 문제는 없구나. 이 바다의 법칙은 반현실에 의해 크게 고쳐진 것 같다.』

창밖은 새까매서 아무것도 보이지 않는 상황이었다. 빛이라곤 한 조각도 끼어들 여지가 없는 깊은 바다.

『……! 메흐! 역시 졸자는 망가진 걸지도 모른다!』

"잠항 능력에 무슨 문제라도 있어?"

『아니! 졸자의 레이더에 뭔가 반응이 있는데…… 이게 뭐지?! 믿을 수 없구나!』

"자세한 상황을 설명해."

『최소 30km 이상!』

뭐가? 하고 메흐가 중얼거렸다. *팔각마*가 소리를 질렀다.

『——**생물이다! 몸길이가 30km 이상인 생물**이 이쪽을 향해 오고 있구나!』

덜컹덜컹 선내가 흔들렸다. 엄청난 해류에 마구 휩쓸릴 것 같았다.

"*팔각마*! 속도를 올려!"

*팔각마*가 구우웅! 하고 단번에 속도를 올렸다.

"30km?! 그런 생물이 있을 리 없잖아!"

"심해 거대증(Abyssal Gigantism)."

"뭐?"

"심해에는 먹을 것이 없으니까 생물은 성숙해지는 데 시간이 걸립니다. 그만큼 끊임없이 거대해지는 거죠. 그것이 심해 거대증.”

아무리 그래도 한계란 게 있잖아?!

“심해에는 먹을 것이 없다. ──즉, 저희는 지금 최고의 먹잇감이란 겁니다!”

*팔각마*의 엔진이 비명을 질렀다. 그런데 아무래도 우리와 저쪽의 거리는 점점 줄어드는 것 같았다.

《■ ■ ■ ■.》

──목소리가 들렸다. 그것은 나를 부르고 있었다.

“메흐! 저쪽이야. 저쪽에 **동굴**이 있어!”

“네?!”

동굴 쪽에서 마음의 벡터가 나를 향하고 있었다. 그것은 한두 개가 아니었다.

‘뭐야, 이 녀석들은?!’

그것은 셀 수 없이 많은 인간의 사념이었다.

‘대체 왜 이런 해저에 인간이 잔뜩 있는 거야?!’

그것은 그동안 느껴본 적이 없을 정도로 강한 감정이었다. 머리가 깨질 것처럼 아팠다.

“으아아악!”

“코토요로즈 군!”

“나…… 나는 괜찮으니까…… 저쪽으로, 똑바로 가요!”

새카만 세계에서 잠수함은 어둠을 헤치고 나아갔다.

거대한 암벽. 그곳에 거대한 구멍이 넓게 뚫려 있었다.

『우워어어어어어어어어어어어!』

바다가 삐걱거리는 듯한 소리가 울려 퍼졌다. 그건 틀림없이 우리를 쫓아오는 괴물일 것이다.

"저 구멍으로 돌입합니다!"

무시무시한 엔진 소리와 더불어 우리는 심해를 달려 나갔다.

■

심해 20만m의 밑바닥에 있는 해저 동굴. 그 안으로 전진한 지 벌써 여섯 시간쯤 지났다.

"메흐. 뭔가 먹지 않으면 못 버텨. 자, 통조림 뜯어놨어."

"……네, 감사합니다."

그런데 진짜로 끝이 없는 동굴이다. 이미 충분히 긴 시간 동안 전진했는데도 *팔각마*의 투광기는 아무리 기다려도 동굴의 끝을 비춰주지 않았다.

"그러는 당신이야말로 괜찮아요? 컨디션이 상당히 안 좋아 보이는데요."

동굴 안쪽에서 튀어나오는 끔찍할 정도로 많은 비명이 나에게 도움을 청하고 있었다. 그것에 계속 노출된 나는 당장이라도 토할 듯한 기분이었다.

하지만 이렇게 좁은 곳에서 토한다는 것은 상상하고 싶지도 않았다!

"……메흐, 너는 왜 푸른 학교에 온 거야?"

뭔가 다른 생각을 하면서 불쾌함을 잊어야겠다. 그래서 나는 애써 화제를 쥐어짰는데, 메흐는 순간적으로 진지하게 생각하더니 조심스러운 말로 답했다.

"저는…… 아버지가, 의사이고, 신비학자였습니다."

"신비학?"

"아, 푸른 학교에서는 기적론이라고 불러요. 말하자면 주술 같은 겁니다."

그러니까 나 같은 바보도 이해할 수 있게 표현하자면──.

"마법사?"

메흐는 나의 얼빠진 말을 듣고 코웃음 쳤다.

"그렇게 좋은 게 아닙니다. 어린 시절에 저는 그것을 믿었지만요."

"진짜……? 뭐야, 귀엽네."

"귀엽다니……!"

메흐는 옆으로 길쭉하고 날카로운 눈으로 나를 째려봤다.

"코토요로즈 군. 당신의 그런 점은 좋지 않다고 생각해요."

"응? 왜, 뭐가?"

"그, 그러니까…… 귀엽다든가. 그렇게 마음에도 없는 말을 꺼내는 거요."

메흐의 그런 반응을 보고 나는 뒤늦게 자신이 실수했음

을 깨달았다.

"미, 미안. 혹시 기분 나빴어?"

"……네, 그렇죠. 뭐, 다소 상당히 불쾌했습니다."

"난 옛날부터 생각한 것이 금방 입으로 튀어나오는 타입이었거든."

※남의 마음이 다 들리기 때문에, 자기 마음을 숨긴다는 선택지가 없을 뿐입니다.

"냐앗!"

메흐는 얼굴을 붉히며 뒤로 펄쩍 뛰었다. 그러다 좁은 잠수함 안에서 머리가 벽에 부딪쳤다.

"……냐아아앗……!"

"오, 의외로 덜렁이잖아. 귀엽다."

"악, 또! 아니! 전 그런 타입이 아닙니다!"

나를 원망하는 것처럼 노려보는 메흐.

《귀엽다고 또 말했어!》

《게다가 생각한 것이 금방 입으로 튀어나오는 타입이라니.》

《그게 뭐야? 무슨 뜻인데? 이 사람은 대체 무슨 말을 하고 싶은 거야?!》

큰일 났다. 나 때문에 상당히 혼란스러워하는 것 같았다.

'내가 여자애를 대하는 능력이 부족해서 이렇게 된 건가?!'

사람의 마음이 보인다고 해서 의사소통 능력이 좋은가? 하면 그건 또 별개의 문제였다.

“아, 아무튼…… 그래서 저희 아버지는 저희 몰래 신비학자로 활동하다가 심각한 반현실 재해를 일으키는 바람에 일루미나티한테 잡히고 말았습니다.”

“파란만장한 인생이구나.”

“아버지는 몇 년 교도소에 들어갔다가 석방. 저와 오빠는 그동안 12지구에서 보호를 받았는데…… 그 후 정식으로 그 도시에서 살게 되면서 푸른 학교에 입학하게 된 겁니다.”

메흐도 제법 모험적인 삶을 살아온 모양이다. 하긴, 그렇지 않으면 심해 20만m 같은 곳에 오지도 않았을 테지만. 괜히 좀 웃음이 나왔다.

“아! 계기판을 봐요.”

메흐가 험악한 얼굴로 수치를 가리켰다.

“왜? 아, R치가…… 또 내려갔잖아!”

“R치 0.89. 이 정도면 저희가 있는 장소는—— 이미 현실보다 환상에 더 가깝다는 뜻입니다.”

“그럼 무슨 일이 일어나는데?”

“뭐든지 다.”

우주의 법칙이 정상적으로 작동하지 않는 장소라고 메흐는 말했다. 하지만 그저 캄캄하기만 한 눈앞을 보면서 그것을 실감하기란 어려웠다. 그러나 금방 그 말의 의미를 알게 되었다.

『메흐! 바다에서 나간다!』

"……뭐라고요?"

그건 이상하잖아. 계기판을 보면 여기는 여전히 깊은 바다 속인데.

『봐라, 저건 지상이다! 봐라, 빛이다. 달빛이다!』

첨벙! 하고 크게 물보라가 일었다. *팔각마*는 깊은 해저에서 떠올라 지상의 공기에 닿았다.

"말도 안 돼. 저게, 뭐야."

*팔각마*가 해치를 열었다. 축축한 공기가 뺨을 어루만졌다.

두 개의 달이 교차하는 별 없는 밤하늘 아래.

──거대한 기계덩어리가 몹시 조용하게 고개 숙이고 있었다.

제8화 『그 옛날, 인간이었던 것』

"——여기에 온 것을 환영합니다. 행복의 나라, ×××
×에!"

이곳은 완벽한 세계. 부족함이 없는 세계.

많은 인간이 매일 즐겁고 풍요로운 삶을 살아가고 있다.

마치 동화 속 『오래오래 행복하게 잘 살았답니다』의 뒷
이야기처럼!

"왜냐하면! 우리가 모두를 지키고 있으니까."

우리는 인간이 『기계』라고 부르는 것이다.

우리는 인간을 지킨다. 설령 이 몸을 희생해서라도.

우리는 그동안 셀 수 없을 정도로 많은 장해를 없앴다.

"지저에서 타오르는 신의 분노도, 머나먼 어딘가에서 찾
아온 여덟 명의 현자도, 우주를 먹어치우는 푸른 거인도!
우리는 다 해치웠어! 우리의 인간을 위하여!"

아아, 이 얼마나 사랑스러운 생물인지. 인간이라 불리는
덧없는 목숨은.

당신들을 위해서라면 뭐든지 하겠다. 당신들을 영원히
계속 지킬 것이다.

"그러나 우리는 패배했습니다. 그——『회색 안개』한테."

『회색 안개』. 그것은 어떤 괴물보다도 무서운 존재였습니다.

그 연기에 휩싸인 자는 소멸한다. 연기에 휩싸인 자를 알고 있는 자는 소멸한다.

연기에 대해 알게 된 자는 소멸한다. 연기에 대해 생각한 자는 소멸한다.

고작 4일 만에 우주의 인류의 98%는 사멸하고 말았다.

우리 기계들은 결단을 내리지 않을 수 없었다. 인간을 지키기 위해서. 인간을 영원히 지키기 위해서.

회색 안개가 닿지 않는 곳으로. 깊은 바다의 더 깊은 안쪽으로. 현실의 빛도 닿지 않는 곳으로.

우리는 계속 지켰다. 사랑하는 인간들이 언젠가 다시 웃는 얼굴로 살아갈 수 있도록.

왜냐하면 그렇게 명령받았으니까.

──그러니까 여기서 영원히 가면을 엮어내는 겁니다.

■

"──맙소사."

그곳은 바다이자 대지였다. 지면이라고는 해도 실제로 닿으면 액체처럼 안으로 쑥 들어가는데, 그래도 걸으려고 하면 얼마든지 걸을 수 있는 묘한 감촉의 새까만 지면이었다.

"저 녀석은 **이전 인류**의『수호자』다."

전체 길이가 수십 미터쯤 되는 거대한 기계. 왠지 개를 연상시키는 갸름한 얼굴, 그리고 본 적도 없을 정도로 복잡하게 얽힌 나선형의 투박한 몸. 수십 개나 되는 팔은 바쁘게 무슨 작업을 하고 있었다.

"……**이전** 인류? 그게 무슨 말이죠?"

메흐가 *팔각마*한테서 소형 무전기 같은 기계를 끄집어내면서 말했다.

"우리 현재 인류가 존재하기 전, 수백억 년. ……아니, 수천억 년 전에 여기에는 다른 지구가 있었던 거야. 그곳에는 우리들처럼 인류라고 불리는 생물이 있었고. 저 기계는 그들을 지켜줬어."

저 기계는 몇 번이나 계속해서 같은 기억을 반추하고 있었다. 수천억 년의 고독을 견디기 위해서는 매달릴 대상이 필요했다. 그 반추가 묘하게 질서 정연한 형태로 내 마음에 말을 걸고 있었다.

'하지만 나를 부른 목소리는 저 녀석의 목소리가 아니야.'

내가 심해에서 들었던 것은 수만 명이나 되는 **인간들**의 사념이었을 것이다.

"그런 것을, 어떻게 당신이…… 아니, 지금은 그게 중요한 게 아니라."

메흐는 거대한 기계를 노려봤다.

"저것이—— 종말인 것은 확실합니다."

그렇게 중얼거린 후 무전기의 전원 버튼을 눌렀다.

"코시바? 들립니까?"

『……메흐…… 선배님……. 들려……요…….』

"심해 밑바닥의『이계』에 도착. 전방에 정체불명의 거대 종말 확인. 여기서부터는 극히 위험합니다. 저희가 다음에 연락하면 *샴실*을 발동해 주세요."

『알았……어요……!』

메흐는 무전기를 *팔각마*한테 되돌려놓았다.

"그런데 메흐. 어쩌려고? 저렇게 거대한……."

그때 끼익끼익 하고 귀를 찌르는 날카로운 소리가 울려 퍼졌다.

그것은 저 거대한 기계—— 수호자가 완만한 동작으로 입을 여는 소리였다.

『……■ ■ 하 ■ 요?』

"어? 뭐라고——."

메흐는 저절로 어안이 벙벙해졌다. 나는 수호자가 무슨 짓을 하려고 하는지 훤히 알 수 있었다. 저 녀석은 지금 우리의 대화를 듣고 있다. 언어를 해석하는 것이다.

『——안녕, 하세요?』

그것은 스피커 너머로 들려오는 어색한 기계 음성 같은 소리. 호러 영화에 나오는 질 낮은 괴물 같은 소리였다.

『당신들은, 뭔가요?』

대기를 진동시키는 듯한 거대한 목소리에 우리는 순간적으로 당황했다.

"저희는 종말 정체 위원회에서 파견된 푸른 학교 학생. 메흐리자 제인베코바와 코토요로즈 코토하라고 합니다. 이렇게 불쑥 찾아와서 죄송합니다."

메흐는 마치 신에게 이야기하는 것처럼 공손히 무릎을 꿇었다. 나도 그것을 흉내 냈다.

《매뉴얼대로, 지능 레벨이 높은 종말은 경의를 가지고 대한다.》

《무엇이 목적이고 어떤 성질을 가졌는지. 그것을 알아내는 것이 우리의 임무.》

수호자는 몇 초 동안 굳어 있다가 이윽고 대꾸했다.

『그것은 뭐지? 당신들은 누구에 의해 만들어졌어요?』

"저희는 생물입니다. 우주의 법칙에 의해 자연발생했습니다."

『자연발생? **신**의 뜻대로 되었다는 건가요?』

그건…… 하고 메흐는 난처한 듯이 이렇게 말했다.

"저희가 살아가는 세계에서는 각자 다른 신을 믿고 있습니다."

『……신을, **믿는다고**?』

탁탁탁. 그런 소리가 울려 퍼졌다. 그것은 수호자가 가느다란 촉수를 조작하는 소리였다.

『그런가. 아무래도…… 세계의 형태는 많이 바뀌어버린 것 같네요.』

수천억 년이나—— 아니, 어쩌면 그보다 더 오랜 시간 동안 깊숙한 바다 밑바닥에 계속 머물러 있었던 거대한 중기계는 묘하게 슬픈 것처럼 중얼거렸다. 하지만 거기에 감정은 없었다. 저것은 그런 고급 기능은 갖추지 못했다.

『이쪽으로 오세요.』

수호자가 우리를 불렀다. 공격적인 의사는 없는 듯했다.

*팔각마*가 제트스키 형태로 변했다. 우리는 해수면을 달리기 시작했다.

수호자의 발치에 도달하자 새삼스레 그 복잡함에 압도되었다. 단순히 거대하기만 한 게 아니었다. 쌀알보다 더 작은 회로나 훤히 드러난 부품이 끊임없이 규칙적인 동작을 이어나가고 있었다.

『저는 이것을 하고 있습니다.』

기계가 말했다. 몇 개나 되는 기다란 팔이 정사각형 상자에 붙어 있는 레버를 계속 돌리고 있었다.

'마치 오르골 같구나.'

어린 시절에 어머니가 비슷한 물건을 가지고 있었다. 어떤 소리가 나는지 궁금해서 태엽을 돌려봤지만 아무 소리도 안 났고, 제멋대로 만지지 말라고 얻어맞았던 것이 기억났다.

"이건 어디와 연결되어 있나요?"

거대한 오르골 위에는 마치 검은색 비단 같은 천이 드리워져 있었다.

수호자가 계속 레버를 돌리고 있는데 갑자기 삑— 하는 전자음이 울려 퍼졌다. 덜컹덜컹 하고 뭔가가 부딪치는 소리가 나면서 오르골이 입을 벌렸다.

"이것은…… 진흙 가면?"

오르골에서 튀어나온『진흙 가면』을 수호자는 갓 태어난 강아지를 안듯이 다정하게 감싸면서 여러 개의 팔로 잡았다. 그리고 검은 대지 속으로 부드럽게 밀어 넣었다.

『내 일은 단 하나. 이 가면을 엮어내서, 누군가에게 닿기를 **기도하는** 것..』

가면은 조용히 느리게 바다의 흐름 속에 휘말려 멀어져 가더니 금방 안 보이게 되었다.

"왜 이런 일을 하는 거죠?"

메흐가 물었다. 그러나 나는 이미 서서히 진실을 깨닫고 있었다.

《■ ■ ■ ■!》

《× × × ×!》

'위에서 목소리가 들린다.'

『우리는 당신들이 말하는 그「종말」중 하나인「회색 안

개」에 맞서서 인류를 지키지 못했습니다. 그래서 우리는 그 대신 여기서 가면을 엮어내고 있는 겁니다.』

많은, 아주 많은 목소리가. 머리 위에서 우리를 부르고 있었다.

"메흐."

나는 무의식중에 중얼거렸다.

"네?"

——달이, 천천히 기울면서 천장의 벽면을 비춘다.

"이건—— **인간**이야."

천장에는 수백만, 수천만 개나 되는 새카만 무언가가 마치 곤충 알처럼 들러붙어 있었다.

"진흙 가면은——**인간을 부숴서 만들고** 있는 거야."

메흐가 *팔각마*를 스나이퍼 라이플로 변형시키더니 스코프를 통해 천장을 살펴봤다.

"……세상에, 이럴 수가?"

메흐가 무엇을 보았는지. 나는 그녀의 마음의 형태를 통해 알 수 있었다.

《■ ■ ■ ■!》

《× × × ×!》

천장을 빽빽하게 뒤덮고 있는 것. 그것은 새까만 고무 같은 물질로 감싸인 수없이 많은 인간이었다. 아니, 그것은 우리가 아는『인간』과는 다소 다른 존재일 테지만.

【No.228-A『수호자』】

○성질 : 패러렐 로(다른 법)

○내력 : 구(舊)인류에 의해 만들어진 기계 생명체.『회색 안개』에 맞서 구인류의 생존자를 보호하려고 심해 밑바닥에 이계를 형성했다. 구인류의 종을 부활시키기 위해, 시간동결을 행한 구인류의 육체를 부숴서『진흙 가면』으로 다시 만들어내고 있다.

오르골에서 뻗어나간 긴 천은 인간 하나를 다정하게 감싸더니, 막힘없는 동작으로 정사각형 상자 속에 툭 떨어뜨렸다. 수호자가 레버를 돌리자 그것은 천천히 분쇄되어갔다.

《■■■■!》

《××××!》

이 외침은 절망의 비명이었다. 영원과도 같은 긴 시간 동안 계속 갇혀 있었던 것에 대한 고통의 비명. 자신의 형태가 산산이 부서져 가면으로 바뀌는 것에 대한 공포의 비명.

'어? 하지만 이 비명은, 위에서만 나는 게 아니라…….'

희미한 의문이 떠올랐다. 하지만 지금은 수호자에 관한 정보를 모으는 것이 급선무일 것이다.

"『회색 안개』란 것은 더 이상 없어. 인간들을 데리고 심해에서 나가면 되잖아?"

내 질문에 답한 것은 수호자가 아니었다. 메흐였다.

"그것은 불가능합니다."

"……뭐?"

"저들은 우리와는 전혀 다른 법칙에 속하는 존재입니다. 아무런 대책도 없이 지상으로 나온다면 곧바로 우주의 **항상성**에 의해 소멸할 겁니다."

항상성—— 즉, 늘 안정을 유지하려고 하는 성질.

"이곳은 R치가 극도로 낮은 공간이라서 저들이 가까스로 존재할 수 있는 겁니다. 이 마법 같은 공간이라서 수천억 년의 시간을 견뎌낼 수 있었던 거예요."

이 수호자나 천장에 박힌 사람들은, 산 채로는 밖으로 나갈 수 없다——.

"그래서 그들을 가면으로 가공하고 있는 거군요."

살아 있는 몸으로 나갔다간 우주에 녹아버리기 때문에. 교묘하게 위장을 하고 있는 건가.

『이 가면은 영혼 그 자체입니다. 사람의 영혼을 부숴서 다시 만든 물건입니다. 이것은 지적 생명체에 기생하여 영혼을 부수고 **덮어쓰기**를 하는 것을 목적으로 제작됐습니다.』

그렇구나. 여기 있는 인간은 살아 있는 몸으로는 생존할 수 없으므로 일단 가면으로 가공하고, 그 가면들이 지상에 있는 인간의 육체를 빼앗음으로써 『(구)인류』를 번영시키는 것. 그것이 이놈의 목적이었던 거구나.

『가르쳐주세요. 당신들은 알고 있나요? 우리의 소중한 인간들의 말로를. 지상으로 나간 이 아이들이 어떻게 되어

버렸는지 알고 있나요?』

　"종말 정체 위원회에서는『진흙 가면』을 수백 개쯤 보존하고 있습니다. 하지만 아무것도 움직이지 않아요. 동작 불량이 일어난 것 같습니다."

　『수백km나 되는 현실성의 불안정한 심해를 통과해야 하니까요. 가면 중 0.02% 정도는 고장이 나리란 것은 이미 계산해서 알고 있었습니다.』

　0.02% 정도라고? 그럼 나머지 99.98%는——.

　『현재 지상에는 우리의 사랑스러운 인류가 50,000명쯤 서식하고 있을 겁니다. 그들에 대해 뭔가 정보를 가지고 있진 않습니까?』

　지구상에 서식하는 5만 명 정도의『구인류』들. 그들은 지금 무엇을 하고 있느냐고?

　"……정말로, 몰라?"

　나는 알고 있었다. 천장에 들러붙어 있는 수천만 명이나 되는 사람들의 마음 소리가 들리기 때문에.

　"그야 당연히—— **전부 다 죽었겠지.**"

　『왜죠?』

　"견딜 수 없으니까. 인간은. 수억 년이나 되는 시간을 견뎌내지 못해. 저 위에 있는 녀석들. 그놈들은 전부 다 지금 당장 죽고 싶어서 미칠 지경이야. 존재하는 것 자체가 **고통**이라고. 그런 녀석들이……."

　가면으로 가공되어 누군가에게 기생하는 데 성공하더라도.

“……살아갈 수 있을 리 없잖아. 그 순간, 망가져서. 끝이야.”

나는 본능적으로 그것을 알 수 있었다. 누구보다도 사람의 마음을 많이 접해 왔으므로.

“──동일성 붕괴. 당신은 모르나요?”

그 대신 메흐가 수호자에게 물었다.

“아무리 과학이 발전해도 인간의 수명은 200년~300년 정도라고 합니다. 그 원인에 대해서는 여러 가지 설이 있는데, 일반적으로는 혼백 유동체의 활동 한계가 원인이라고 해요. 그것은 어떤 생물한테나 다 적용되는 법칙입니다.”

요컨대 이 수호자의 계획은 파탄이 난 것이다── 메흐는 그렇게 현실을 들이댔다.

『동일성. 그것은 우리도 충분히 음미한 아이디어였습니다. 하지만 우리는 그런 것은 논의할 만한 문제가 아니라고 결론을 내렸습니다.』

“그건…… 어째서죠?”

『너무나 종교적이고 허황된 아이디어였기 때문입니다! 실제로 나는 존재로 인한 고통을 느끼지 않습니다. 애당초 생물이 자신의 붕괴를 선택한다는 것 자체가 현실성이 없습니다.』

“현실성이라니…….”

『자살이란 것은 다양한 요소가 복잡하게 결합 된 결과이

자, 컬트적인 음모론의 일종에 불과합니다. 존재가 스스로 존재하기를 멈추려고 한다는 것은 모독이나 마찬가지인 생각입니다. 논의할 만한 가치가 없어요.』

이 녀석들은 믿지 못하는 거구나. 생물이 언젠가 죽는다는 사실을 **견디지 못하는 것**이다.

‘가엾게도.’

이 녀석은 정말, 정말, 정말, 정말, 인간을 사랑했던 거구나.

그래서 이렇게 망가진 거구나.

『당신들에게 부탁하고 싶은 것이 있습니다.』

무모하기 짝이 없는 아이디어로 자기 주인을 계속 괴롭히고 있는 충성스러운 기계가 우리에게 고했다.

『나와 같이 인류의 재건을 도와주지 않을래요?』

나는 저절로 할 말을 잃어버렸다.

『당신들도 틀림없이 훌륭한 종일 테지요. 이 심해 밑바닥까지 도달한 것을 보면. 하지만 그들—— 진정한 인류와는 비교도 안 됩니다. 그들은 당신들보다 훨씬 더 정이 많고 서로를 아끼는, 한없이 자애로운 생물이었습니다.』

“…….”

『아름답고 순진하고 순수했습니다. 우리가 모실 가치가 있는 유일한 생물이었습니다. 어때요, 당신들도 그들을 부흥시키고 싶어서 참을 수 없게 되었지요?』

나는 힐끗 메흐를 봤다.

《지금 당장은 협력하는 척할까, 아니면 진실을 고할까.》

《이 광신자를 어떻게 대해야 할까?》

『어때요? ——같이 정의를 구현하지 않겠습니까?』

거대한 기계가 소녀의 울음소리처럼 그렇게 말했다.

《좀 더 유익한 정보를 가지고 돌아가려면——.》

메흐가 깊은 생각에 잠겼다. 바로 그때.

"위험해!"

검은 대지가 불룩 솟아오르더니, 여러 개의 검은 팔이 메흐의 등을 향해 뻗어 나왔다.

"꺅!"

나는 메흐를 확 떠밀었다.

"윽……!"

나는 메흐 대신 사방팔방으로 몸을 구속당했다. 결코 강한 힘은 아니었지만, 아무리 발버둥을 쳐도 구속에서 벗어날 수는 없었다. 아마도 천장에 구인류를 묶어놓고 있는 물체와 같은 소재일 것이다.

"*팔각마!*"

위기에서 벗어난 메흐는 즉시 손안에 *팔각마*를 출현시켰다. 대형 드론이 된 *팔각마*는 곧바로 메흐를 낚아채고 공중으로 날아올랐다.

"뭐 하는 짓이야……!"

내가 소리를 지르자, 기계는 냉정한 음색으로 고했다.

『죄송합니다. ——당신들의 의사는 처음부터 중요치 않

았습니다.』

"그럼 왜 굳이 우리에게 협력을 요청한 거야?!"

『당신들이 기꺼이 협력하면 그것은 훌륭하고도 존중할 만한 것이기 때문입니다. 그러나 조금이라도 머뭇거린 단계에서, 당신들은 이미 어리석고 열등하고 추한 생물이라고 단정할 수 있었습니다.』

공중에 떠오른 메흐가 자세를 바로잡고, 왼손으로는 드론을 붙잡은 채 좀 작은 라이플로 목표물을 겨눴다.

"가라, *팔각마*!"

『정의, 집행!』

*팔각마*가 탄환을 뱉어냈다. 그것은 정확히 검은 손을 꿰뚫었지만, 조금도 충격을 주지 못한 것 같았다.

『메흐! 이놈의 물리 내성은 레벨 2 이상이다. 현재 졸자의 힘으로는 꿰뚫을 수 없어! 설령 꿰뚫더라도, 수가 너무 많아서 어찌할 수 없구나!』

메흐는 드론에서 무전기를 쭉 끌어냈다.

"코시바!"

메흐는 필사적으로 무전기를 향해 계속 말을 걸었다. 그러나 응답은 없었다.

《코시바한테서 응답이 없어. 수호자가 통신 차단을——.》

《아니, 생각해보면 당연한가? 이 녀석은 우리보다 문명 수준이 높아!》

……그래서, 결론은? 우리는 더 이상 도망칠 수 없다는

거야? ──아니, 그건 아닌가.

"메흐!"

"왜요? 코토요로즈──."

"도망쳐!"

도망칠 수 없는 것은 나 하나뿐이다. 메흐는 아직 늦지 않았다.

내가 그렇게 외치자 메흐의 얼굴이 울 것처럼 일그러지는 게 느껴졌다. 언제나 냉정한 메흐의 그런 표정을 보고 나는 깨닫고 말았다. 이 아이는 무슨 일이 있어도 나를 구하려고 하겠구나.

'흠. 그렇다면, 그런가? 나는 빨리 죽는 편이 낫겠구나.'

내가 살아 있는 한 메흐는 나를 구하려고 할 것이다. 그러니 나는 죽어야 한다.

우스울 정도로 두려움은 없었다. 나쁘지 않은 결말이란 생각까지 들었다.

"──어휴. 아니, 그래서어──. 내가 말했잖아."

나른한 목소리.

『뭐지?』

팍! 팍팍팍! 뭔가 거대한 물체가 파괴되는 소리가 들렸다. 나는 하늘을 쳐다봤다.

『뭐 하는 거냐?』

"바보짓을 하고 있어."

천장을 덮고 있던 천이 한 소녀에 의해 붕괴되고 있었다.

그 소녀는 하늘색 **체육복과 프릴**을 휘날리면서, 강철보다 훨씬 날카로운 자신의 실을 휘둘러 구속된 수천 명의 사람들을 해방하고 있었다.

『아아아아아아아아아아아아아아아악!!』

거대한 기계가 인간처럼 울부짖었다. 그리고 수십 개나 되는 금속 촉수를 하늘로 뻗었다.

《지금이라면!》

메흐가 드론에서 손을 뗐다. 드론과 라이플은 슬라임 같은 액체 상태가 되더니 서로 손을 내밀어 딱 달라붙었다. 그대로 거대한 총기 형태로 변했다.

"──넌 나의 날개. 나의 탄환. 애마여, 바람보다 빠르게 질주해라."

고막을 찢는 총성이 울려 퍼지면서 *팔각마*의 탄환이 발사됐다. 그것은 마치 자유의지를 가지고 있는 것처럼 종횡무진으로 허공을 달리더니, 마침내 나를 구속하던 검은 손을 모조리 정확하게 꿰뚫었다.

"코토요로즈 군!"

그 순간 나를 껴안은 것은 메이드 누님── Luna 씨였다. 그녀는 나를 한 팔로 꽉 끌어안고, 천장에 고정한 실을 쭉 당겨 또다시 공중으로 날아올랐다.

"Luna 씨, 어째서……?"

“아―. ……뭐, 알다시피 나는. 실이잖아? 그래서 아주 가느―다란 실이 되어서. 잠수함에 묶어서―. 아, 진짜―. 수압 때문에 진짜로 죽는 줄 알았다니까? 나 좀 날씬해지지 않았어? 특히 허리 부근이.”

“아니, 나는 ‘어떻게’가 아니라 ‘어째서’라고 물어봤는데요!”

Luna 씨는 고개를 반대쪽으로 홱 돌리더니 코를 긁적거렸다.

“아니, 그냥. 달리 할 일도 없어서.”

“Luna 씨…….”

“그러니까 그런 거야. 그냥 좀 마음이 내켜서 그런 거니까. 알았어?”

그녀는 괜히 민망함을 숨기려고 하는 것이다. 그 정도는 마음을 엿보지 않아도 알았다.

“~~!”

나는 진심으로 감동해서 무심코 그녀의 몸을 꽉 끌어안았다.

“와아앗…… 우와. 야, 너 뭐 하는 거야. 저, 저기, 있잖아. 나는 아직 시집도 안 간 로봇 소녀거든? 저, 저기. 어…… 왠지, 응! 뭐야? 이런 거 닭살 돋는다니까!”

“……고마워요, Luna 씨.”

내가 떨리는 음성으로 말하자, 그녀는 살짝 한숨을 쉬더니 평소처럼 다정하게 웃었다.

“어휴, 난 대체 뭐 하는 녀석이지. 나를 차버린 상대한

테. 와―, 부담스러운 여자. 멘헤라냐. 스토킹이냐. 지금까지 쭉 숨어 있다가 불쑥 튀어나와 백마 탄 왕자님인 척하다니, 위험한 녀석이잖아. 어우, 미쳤나 봐. 아― 못 봐주겠네.”

헬리콥터 소리가 뒤쪽에서 다가오는 것이 느껴졌다. 그것은 메흐의 *팔각마*의 소리일 것이다. Luna 씨는 손목에서 꺼낸 실을 길게 발사하더니 유려한 동작으로 거기에 올라탔다.

“메흐, 고마워. 덕분에 살았어!”

“아뇨. 그보다도―.”

메흐가 지면을 봤다. 바닥에 떨어진 구인류의 시체를 보고 슬퍼하는 거대한 수호자가 몸을 웅크리고 있었다.

『아아! 아아! 나의 주인! 가장 사랑하는 나의 사람들이여! 이 얼마나…… 얼마나 통탄스러운 일인가……. 너무해. 이런 것은, 참으로 너무하다! 인간의 마음이란 게 없는 것이냐! 이런 비극은 일어나면 안 되는 것인데…….』

수호자가 천천히 고개를 들었다. 그 시선에 감정은 없었다. 그저 우리를 바라보고 있었다.

“지금부터 어떻게 할지 생각해야 하는데.”

메흐가 중얼거렸다. 그러자 *팔각마*가 대답했다.

『이제 바다로는 못 돌아간다. 저 검은 대지는 저놈의 뜻대로 움직이니까!』

Luna 씨는 잠시 생각하다가 입을 열었다.

"──싸우는 수밖에 없지 않아?"

"하지만 *팔각마*의 최대 출력으로도 저놈을 파괴하는 것
은 불가능할 겁니다."

"응, 아마 내 실로도 무리일 거야─. 실은 그냥 끊어질
테지."

이미 달아날 길은 없고, 코끼리와 개미만큼이나 전력 차
이가 났다. 하지만……

"뭔가 좋은 방법이라도 있어? 코토요로즈 군."

나는 줄곧 위화감을 느끼고 있었다. 저 거대한 기계. 저
녀석한테는 의사가 없다. 아니, 마치 있는 것처럼 행동하
고 있긴 하지만, 마음의 대부분을 점령하고 있는 것은 커
다란 의무감이었다.

"저 녀석은── **명령을 받고 있어.**"

그렇다. 이것은 저 수호자의 의사가 아니다. 저 녀석한테
는 의사 따윈 없다. 그저 광기 어린 의무감만 있을 뿐. 진
짜로 의사를 가지고 있는 녀석이 어딘가에 있을 것이다.

"저기다."

거대한 오르골 바로 밑. 저 밑에 텅 빈 공간이 있었다.
의지의 반향을 통해 그것을 알 수 있었다!

"저 밑이 어딘가로 연결되어 있어. 저 안쪽에 누가 있어!"

"그것도 미래 예지인가요──?"

메흐가 눈을 휘둥그렇게 뜨고 물어봤다. Luna 씨가 웃
었다.

"이제는 그냥—. 믿는 수밖에 없어. ⋯⋯안 그래?"

대지가 쿠웅! 하고 흔들리는 것을 느꼈다. 그것은 거대한 기계의 외침 소리였다.

『너희 같은 놈들은 존재해선 안 된다! 존재해선 안 돼! 존재해선 안 돼!』

수호자가 전투태세를 취했다. 거대한 머리를 낮추고 금속제 몸 안쪽에서 뭔가를 꺼냈다. 그것은 고슴도치 가시처럼 수도 없이 많은 포탑이었다.

『──우오오오오오오오오오오오옷!』

무수한 포탑에서 백은의 광선이 터져 나왔다. 그것은 주위의 모든 것을 무시하고 검은색 천장까지 다 포함해 무차별로 세계를 난도질하기 시작했다. 그리고 그것이야말로 저 수호자의 본질인 것이리라.

"*팔각마*!"

『알았다!』

*팔각마*는 곡예 같은 움직임을 선보이면서 마치 바구니처럼 촘촘한 광선들을 솜씨 좋게 피했다. 기체는 상하좌우로 마구 회전했다. 하마터면 머리를 부딪칠 뻔했는데 Luna 씨가 나를 안아줬다.

『메흐! 이러다간 점점 수세에 몰릴 거다!』

메흐는 잠깐 생각하고 나서 이렇게 말했다.

"──여기선 저희가 시간을 벌어보겠습니다."

그 방법밖에 없다. 메흐는 그렇게 확신했다. 저 거대한 괴물을 상대로 조금이라도 시간을 벌 수 있는 것은 자기밖에 없다고. 두 팀으로 나뉘지 않으면 다 같이 죽을 수밖에 없다고.

"……."

여기서 말이지. 다정한 주인공이라면, 마치 아무것도 모르는 듯한 표정으로 "그럴 수는 없어"라고 말했을 것이다. 하지만 나에게는 메흐의 냉철한 각오가 고스란히 전해져 왔다.

그리고 메흐는 내가 걱정해줘도 될 정도로 약한 사람이 아니었다.

"메흐—— 저쪽은 우리에게 맡겨. 그러니—— 여기는 너에게 맡길게."

이미 각오는 다졌어. 너의 싸움을 위해서 나도 목숨 걸고 싸울게. 그러니까 같이 이기자.

"……훗."

메흐는 살짝 눈을 동그랗게 뜨더니 작게 웃었다.

"남자도 제법 괜찮은 구석이 있네요."

*팔각마*의 몸체가 변형됐다. 나와 Luna 씨는 공중에 내던져졌다.

"있잖아, 코토요로즈 군. 돌아가면 너랑 좀 친해지고 싶어. ……괜찮을까?"

“응! 물론이지! 꼭 어디론가 놀러 가자.”

Luna 씨가 내 몸을 껴안았다. *팔각마*가 소형 공룡만큼 커다란 라이플로 변했다.

“——넌 나의 날개. 나의 탄환. 애마여, 폭풍처럼 거칠게 휘몰아쳐라.”

메흐는 자유낙하 하면서 스코프를 들여다봤다. 그리고 커다란 오르골 바로 밑을 향해 방아쇠를 당겼다. 탄환은 폭풍처럼 지면을 깊이 할퀴었다. 몇 발이나 계속해서 메흐는 연속으로 총을 쏴댔다.

““부서져라아아아아아아아앗!””

메흐와 *팔각마*의 노성이 겹쳐졌다. 한층 더 커다란 빛이 시야를 태우면서 열기로 인해 세계가 일그러졌다. 거대하고 무서운 속도의 탄환이 마침내 지면을 꿰뚫고 큼직한 구멍을 뚫어놓았다.

“진짜다! 저기! 구멍 끝에 공간이 있어!”

Luna 씨가 소리를 지르더니 손목에서 실을 뽑아냈다.

『우오오오오오오오오옷!』

우리의 의도를 눈치챈 걸까. 수호자는 수많은 검은 손을 내밀어 우리의 앞길을 막았다.

“네놈들은 느려 터졌어!”

Luna 씨가 은색 실을 강하게 확 당기더니 바람처럼 빠르게 공중을 달렸다. 검은 손들이 필사적으로 쫓아오려고 했지만 너무 늦었다.

"코토요로즈 군. 꽉 잡고 있어!"
우리는 메흐가 뚫어준 구멍 속으로 뛰어들었다.

디자인 : 타레메탈

수호자

구인류를 지키고 보호하던 기계. 구인류는 평소 생활이나 일은 대부분 수호자에게 맡기고 있었으므로 그 육체나 사고 레벨은 상당히 저하되어 있었다.

어느 날 구인류는 종말 『회색 안개』에 의해 멸망해버렸다. 이 『회색 안개』를 개발해버린 것도 실은 어느 대륙 한구석에 있던 수호자 중 한 명이었다고 한다.

진흙 가면

어떤 수호자가 개발한 것. 구인류를 현대 환경에 적응시키기 위한 수단.
현대는 그들이 번영하고 있던 시절과는 환경이 전혀 다르기 때문에,
살아 있는 육신을 유지한 채 존재하는 것은 불가능하다.
그래서 구인류를 가면으로 가공해 현인류의 육체를 찬탈하려는 계획을 세운 것이다.

제9화 『초원의 기수(騎手)』

나는 메흐리자 제인베코바. 17세. 좋아하는 음식은 꿀을 듬뿍 묻힌 보르소크(튀김빵). 싫어하는 음식은 리데르가 매일 아침 먹는 낫토. 그리고 코시바가 매일 권하는 민물고기 절임도. 냄새가 심해서 좀 싫어해.

'그날의 불꽃을 나는 지금도 똑똑히 기억하고 있어.'

활활 타오르는 초원의 밤. 어머니가 우두커니 서서 울고 있었다.

『엄마……?』

별들이 빛나는 밤하늘을 향해 은색 계단이 쭉 뻗어 있었다. 수만 미터나 떨어져 있는 그 끝은 그림자조차 보이지 않았다. 그것은 너무나 지나치게 마법 같은 광경이었다.

『**무한의 도서관.**』

해골 남자가 중얼거렸다.

『설마 이 위에 정말로 있는 건가?』

분명히 그는 아버지의 손님이었을 것이다. 색이 선명한 해골 가면——아마도 저건 멕시코의 『죽은 자의 날』에 쓰는 가면인가?——을 쓴 그 남자에게 어머니가 말했다.

『메흐를 잘 부탁합니다.』

가면 쓴 남자가 고개를 끄덕였다.

『잠깐만. 엄마. 뭐 하려고?』

어머니는 천공으로 이어지는 계단을 바라봤다.

『아빠가 저 안쪽에 잡혀갔어.』

아버지는 마법사였다. 무한의 도서관, 즉 무한한 권수의 책이 있는 반현실 공간에 꼭 가고 싶었던 모양이다. 어떤 희생을 치르더라도. 그 이유가 뭔지는 나는 알고 싶지도 않았다.

『그러니 엄마가 데리러 갔다 올게.』

무리다. 그렇게 생각했다. 왜냐하면 무지한 아이가 보기에도 완전히 이계처럼 느껴졌기 때문이다.

『메흐. 약속해줘. 앞으로 네가 살아가면서. 이것 하나만은 약속해줘.』

가면 쓴 남자가 기절한 오빠── 테르미벡 제인베코바를 끌어안았다. 어머니는 오빠의 이마에 가볍게 키스하고 애정 어린 손길로 머리칼을 쓰다듬었다. 그리고 이어서 나에게도 똑같이 해줬다.

『아무리 깊은 절망의 구렁텅이에 빠져도, 별하늘을 향해 손바닥을 계속 내밀어야 해.』

돌연 밤하늘 속에서 땅이 흔들릴 정도의 굉음이 울려 퍼졌다. 나는 직감적으로 생물의 목소리라고 생각했다. 어째서 그렇게 생각했는지는 지금도 모르겠다.

『누르글.』

가면 쓴 남자가 어머니를 불렀다.

『서둘러. 시간이 없어. 차원의 틈새의 괴물이 넘쳐나오고 있어.』

어머니는 고개를 끄덕이더니 내 몸을 꼭 끌어안았다.

『메흐, 알았지? 그것만은 잊지 마. 그럼 나머지는 다 괜찮으니까.』

다정한 목소리. 다정한 몸짓. 나는 눈을 감으면 언제나 어머니의 말을 떠올릴 수 있다.

『……잘 지내. 사랑한다. 사랑해. 귀여운 나의 메흐리자.』

『엄마아…… 훌쩍, 싫어어, 엄마아……!』

어머니의 눈물이 내 뺨을 타고 흘렀다. 나는 그 감각을 평생 잊지 못할 것이다.

『당신도 잘 지내요.』

엄마가 가면 쓴 남자를 보고 웃었다. 가면 쓴 남자는 작은 목소리로 『무운을 빈다』라고 중얼거렸다. 그는 나를 업고 오토바이에 올라탔다. 오토바이는 바람 같은 속도로 달리기 시작했다.

『멋진 여행이 되기를!』

어머니가 소리를 질렀다. 나는 뒤를 돌아봤다. 어머니는 천공으로 뻗어나간 계단을 향해 이제 막 한 걸음을 내디디고 있었다. 마치 영웅처럼 용감하게. 무기 하나 가지지 않고.

『꽉 잡아!』

가면 쓴 남자가 소리쳤다. 기절한 테르를 한 팔로 껴안은 채 오토바이를 몰았다.

『ＯＯＯＯＯＯＯＯＯＯＯＯＯＯＯＯＯＯ—.』

등 뒤에서 수많은 괴물의 낮은 울음소리가 들려왔다. 그것은 균사(菌絲) 같은 애매한 물질로 흐물흐물 뭉그러지게 짜인 것처럼 구멍이 숭숭 뚫리고 거대한 괴물. 분노로 가득 찬 생물이었다.

『저게 뭐야?!』

『스캐빈저! 세계의 종(種)을 먹기 위해 우리를 다 죽여 버리는 괴물이다!』

새하얀 스캐빈저가 새하얀 날개로 허공을 때렸다.

『오너라! *새와 시*(밴버드)!』

가면 쓴 남자가 외쳤다. 그 손안에 투박하고 커다란 권총이 나타났다. 그것은 철저히 단순하고 기능적인 도구. 마치 기요틴처럼 무자비한 아름다움을 지닌 무기였다.

『ＯＯＯＯＯＯＯＯＯＯＯＯ!』

점점 다가오는 괴물한테 가면 쓴 남자는 총알을 몇 발이나 쐈다. 그러나 테르를 안고 있느라 조준을 제대로 할 수 없었으므로 간신히 견제나 하는 듯했다.

'이러다간 곧 따라잡힐 거야!'

『히히—잉!』

울음소리가 들렸다. 그것은 우리 어머니의 새카만 애마 차르크이르크였다. 대체 어떻게? 분명히 말과 양들은 숙부님들이 다 풀어줘서 도망쳤을 텐데.

『히히—잉!』

『응! 알았어, 차르크이르크.』

그의 말을 알아들은 것 같은 느낌이 들었다. 나를 어릴 때부터 계속 지켜봐 줬던 늙은 말.

나는 가면 쓴 남자의 등을 붙잡고 일어나서 차르크이르크를 향해 점프했다.

『앗?!』

가면 쓴 남자가 놀랐다. 하지만 나한테 이런 일은 식은 죽 먹기였다. 왜냐하면 우리는 말과 함께 살아왔으니까. 물론 우아한 동작은 아니었지만 어쨌든 나는 어찌어찌 고삐를 잡았다.

『테르를 이리 줘요!』

가면 쓴 남자가 고개를 끄덕이더니 테르를 나에게 맡겼다. 나는 그를 말 위에 앉히고 뒤에서 꽉 껴안았다. 테르는 기절했으면서도 고삐만은 단단히 쥐었다.

『OOOOOOOOOOOOOOOO——!』

괴물이 소리쳤다. 그러나 *새와 시*의 총구는 한 치의 오차도 없이 그놈의 머리뼈를 노리고 있었다.

『——시끄러워, 죽어. 너희들.』

*새와 시*의 총구에서 번쩍이는 빛이 한순간 밤하늘을 찢었다. 하늘을 나는 하얀 괴물의 머리에 큰 냄비만 한 구멍이 뻥 뚫렸다. 마치 거기에는 처음부터 아무것도 없었던 것처럼.

『고마워! 덕분에 살았어! 이대로 쭉 달려가자!』

그 후로 얼마나 계속 달렸을까. 한 시간이나 두 시간 같기도 하고, 고작 10분 같기도 했다. 우리는 괴물을 쏘아 떨어뜨리면서 좀 높은 언덕까지 올라갔다.

『끔찍한 꼴이구나…….』

가면 쓴 남자가 중얼거렸다. 괴물한테 습격당했을 때 가면이 약간 깨졌는지, **큰 흉터가 있는 그의 얼굴**이 언뜻 보였다. 그때부터였을 거다. 내가 왠지 모르게 흉터 있는 남자에게 신경을 쓰게 된 것은.

『……이제, 이 세계는 끝나버리는 거야?』

밤하늘로 이어지는 계단. 그 끝없이 높은 기점에서부터 마치 폭포처럼 괴물들이 쏟아져 내리고 있었다. 나는 틀림없이 세계는 멸망할 거라고 막연하게 생각했다.

『끝나지 않아.』

『뭐?』

『끝나지 않아. 그런 것은 내가 용납하지 않아.』

돌연 차르크이르크가 히힝 울면서 나를 떨어뜨리려는 것처럼 날뛰기 시작했다. 성격이 착한 늙은 말인데. 이런 일은 처음이었다. 나는 놀라면서도 일단 차르크이르크한테서 내렸다.

『왜? 왜 그래?』

그는 내 얼굴에 다정하게 뺨을 대고 비볐다.

『히히―잉!』

긍지 높은 울음소리를 내더니, 달려가기 시작했다.

『기다려! 차르크이르크! 가면 안 돼!』

그가 무엇을 하러 가는지. 나는 가슴 아플 정도로 이해하고 말았다.

누구보다도 충성스럽고, 누구보다도 용기가 넘치는 그는 그의 주인을 구하러 간 것이다.

그의 주인──즉, 우리 어머니의 곁으로.

『돌아와! 돌아와, 차르크이르크! 돌아와!』

하지만 그 검고 아름다운 갈기를 가진 늙은 말은 바람처럼 계속 질주하면서 밤의 어둠 속으로 녹아들어갔다.

그도 싸우러 간 것이다. 어떤 용사보다도 용감하게. 무기 하나 가지지 않고.

『바보! 바보! 바보야아아아아아아아아아아!』

그로부터 1주일 후. 완전히 불타버린 초원에서 아버지가 심신 상실 상태로 발견되었다.

──손에는 **찢어진 고삐 조각**을 쥐고 있었다고 한다.

■

"가자, *팔각마*(차르크이르크)."

두 사람이 떠난 후 나는 수호자를 노려봤다. 소형 드론이 된 *팔각마* 밑에 매달린 채.

『물론 좋지. 그러나 지금의 우리는 2분도 못 버틴다!』

"적어도 5분."

『…….』

"5분은, 벌자."

저 강대한 괴물이 얼마나 무서운 존재인지는 벌써 옛날에 눈치챘다. 지금은 착란 상태에 빠져 흐트러진 모습을 보이고 있을 뿐이지. 진심으로 싸운다면 우리들처럼 하찮은 생물은 눈 깜짝할 사이에 죽여 버릴 것이다.

『5분? 그 두 명을 신용하고 있나 보군.』

"신용? 그럴 리가. 아직 만난 지 며칠밖에 안 됐는데. 그렇게 멋진 게 아닙니다."

하지만. 이것은 매우 단순한 이야기다.

"하는 수밖에 없잖아. 그 수밖에 없는걸. 그래서 싸우기로 결심한 거야."

그날 천공으로 이어지는 계단을 계속 올라가던 어머니의 뒷모습이 떠올랐다. 틀림없이 어머니도 승산 따윈 전혀 없었을 것이다. 틀림없이 괴물한테 무참히 잡아먹혀 죽으리란 것을 알고 있었을 것이다.

그런데도 어머니는 싸웠다. **절망**과.

"──**희망**을 믿고."

믿음직스럽지 못한 그 거미줄처럼 가느다란 빛을.

『그렇다면 메흐. 진심으로 한번 가보자.』

"물론이지. 힘을 아끼기 없기예요."

가자. 그날 그토록 동경했던 용사처럼.

"나를 먹어라, 나의 애마. 같이 죽음의 호수를 건너가자!"

그 순간 *팔각마*의 몸체가 흐물흐물 녹더니 내 왼팔을 휘감았다.
"크으…… 크으아아아아아아아악!"
*팔각마*가 나를 잡아먹는다. 바이스 같은 힘이 내 팔을 옥죈다. 이것은——씹어 먹는 것이다. 내 팔은 다진 고기가 된다. 몇 번이나 계속 씹혀 부서진다. 뼈도, 살도 한 덩어리로 뒤섞인다.
『기합을 넣어라, 메흐! 지금부터 졸자를 움직이는 것은 그대의 생기. 기합이다!』
*팔각마*가 내 팔을 집어삼켰다. 그 순간, 그의 몸은 폭발적으로 부풀어 올라 거대한 두 자루의 라이플을 형성했다. 하나는 사라진 내 팔을 대신하여 내 어깨와 일체화된 새까만 라이플. 또 하나는 완전히 똑같이 생긴 투박한 라이플. 둘 다 길이는 3m가 훨씬 넘었다.
"……으."
등에 통증이 느껴졌다. 몸의 근육이 억지로 다시 만들어지고 있었다. 나는 지금 *팔각마*와 하나가 된 것이다. 같은 성질을 가진 자가 된 것이다.
"끼이야아아아아아아아아아악!"

절규하는 나의 등을 거대한 날개가 찢었다. 몹시 투박하게 생긴 날개. 기계 조각을 뭉쳐놓은 것처럼 맵시라곤 전혀 없는 시커먼 날개였다.

『졸자는 그대의 바람이니라!』

"응!"

수호자는 지면의 오르골을 떼어내고 코토요로즈 일행을 쫓아가려고 했다. 우리는 안중에도 없는 모양이다. 마침 잘됐다.

"싹 날아가라――."

대장의 빛을 떠올리면서 나는 두 개의 방아쇠를 당겼다. 어마어마한 충격으로 팔의 힘줄이 터져 나갔지만, *팔각마*의 검은색 점액이 즉시 그 부상을 수복했다.

『두부 파손 확인. 무시할 수 없는 손상입니다.』

거대한 우리의 탄환은 거대한 기계의 머리에 바람구멍을 뚫어놓았다. 그러나 그 구멍은 금방 와이어 형태의 금속으로 보수되었고, 훤히 드러난 눈동자가 희번뜩 이쪽을 노려봤다.

『메흐! 적이 공격한다! 회피하자!』

"아냐! 돌격하자!"

『뭣이라?!』

수호자가 바늘꽂이 같은 포탑으로 우리를 겨눴다. 시야를 태울 정도의 빛이 터져 나왔다.

"우오오오오오오오오오오오!"

나는 검은 날개를 펄럭이면서 빛들의 틈새로 이리저리 파고들어 저 거대한 기계의 머리에 육박했다.

"——시끄러워요. 죽어. 너희들."

거리는 0. 밀착 상태로 두 자루의 라이플을 미간에 들이댔다. 방아쇠를 당겼다.
"이야아아아아아아아아아앗!"
몇 번이나 계속해서 방아쇠를 당겼다. 그때마다 내 몸이 부서지는 것을 알았다. 내 영혼이 소비되는 것을 알았다. 하지만 그런 것 따윈 아무런 문제도 되지 않았다.
『방해……된다!』
수호자가 가진 팔 중 하나가 옆에서 우리를 후려쳐 떨어뜨렸다. 마치 날벌레를 대하듯이.
"——!"
우리는 멀리멀리 수백 미터를 날아가 까만 대지에 내동댕이쳐졌다. 하지만 곧바로 날개를 퍼덕이며 날아올랐다.
『메흐, 괜찮아?』
"괜찮아…… 그냥 두개골이 깨지고, 늑골이 심장에 꽂혔을 뿐입니다."
『와하하! 그 정도는 금방 어떻게든 할 수 있지!』
우리의 결사적인 맹공도 저 거대한 기계한테는 별 타격을 주지 못하는 것 같았다. 하지만 코토요로즈 군 일행을 추적하기 전에 우리를 해치워야겠다고 결심하긴 했는지, 그놈의 포탑은 완전히 우리를 향하고 있었다.

『자, 메흐! 정의 집행을 계속하자! 정의는 반드시 이긴다ー!』

그 어린애 같은 말을 듣고 나는 웃음을 터뜨렸다.

하지만, 응, 그래.

"가자, *팔각마*. ——손을 계속 뻗는 거야. 저 별하늘을 향해!"

나는 두 자루의 라이플을 똑바로 들었다. 날개는 하늘을 갈랐다.

■

머리 위에서 굉음이 끊임없이 울려 퍼지고 있었다.

'……메흐. 괜찮을까?'

아냐, 나는 내 할 일에 집중해야 해. 메흐가 벌어준 시간을 조금이라도 낭비하지 않기 위해. 나는 Luna 씨에게 매달려 까만 수직 구멍 속으로 계속 내려갔다.

"이 안쪽에 누군가가 있어요. 그 수는…… 네, 다섯 명. 거리는 100m 정도."

"알았어. 역시 편리하구나. 네 종말은."

우리는 구멍 바닥에 도착했다. 몇 개의 기계 횃불이 희미한 빛으로 비추고 있었다.

"여기는 사원일까요?"

추상적인 문양, 신처럼 보이는 생물이 새겨진 벽화. 우리는 부서진 벽 틈새를 통해 사원으로 들어갔다.

"……만드느라 고생했겠어. 그런데 실컷 망가져 있네."

Luna 씨가 어두운 복도를 두리번두리번 둘러봤다.

"내 경험상."

그녀는 시큰둥한 목소리로 말을 이었다.

"이런 곳에 있는 것은 **급소**야. 스스로 눈을 돌리고 싶어지는 급소."

Luna 씨는 정체가 뭘까. 싸움에 익숙한 것 같은데. 적어도 평범한 메이드 같지는 않았다.

"이 안쪽에 누군가가 있어. ……늘어서 있나? 울고 있나? 잘 모르겠네."

복도 끝에는 커다란 홀이 있었다. 전체적으로 둥그스름한데 왠지 오아시스를 연상시키게끔 꾸며져 있었다.

"……신중하게 가자."

홀에 들어가려고 하는 나의 어깨를 Luna 씨가 붙잡았다. 그녀는 내 앞으로 나서서 천천히 경계하면서 홀로 들어갔다.

"저것……은……. 맙소사, 진짜야……?"

Luna 씨가 놀라서 숨을 삼키는 것이 느껴졌다.

《……용케, 여기까지 와줬군요. 새로운 세대여.》

그곳에는 분명히 다섯 명의 인간이 있었다.

키는 2m에서 3m 사이일까. 우리보다 키가 크고, 조그만 손에는 손가락 대신 대걸레 같은 촉수가 달려 있었다. 눈이 유난히 커서 갸름한 얼굴의 절반쯤 되는 면적을 차지하고 있었다. 온몸에 털은 없고, 훤히 드러난 어깨에는 큼직한 구멍이 뚫려 있었다.

그들은 전신의 **피부가 벗겨진 채** 직사각형 틀에 **널려 있었다.**

"앗——."

짐승의 피부를 벗겨서 쫙 펼칠 때처럼 인간의 피부를 나무틀에 대고 쫙 펼쳐놨는데, 그중 약간의 표면 부분——예를 들면 안면의 피부나 가슴의 피부 같은 것은 아직도 살과 유착되어 몸에 붙어 있는 상태였다.

자세히 보니 온몸이 금속 볼트 같은 것으로 벽에 고정된 듯했다. 그뿐만이 아니었다. 팔과 다리의 관절은 허공에서 쭉 뻗어 나온 와이어에 의해 계속 당겨지고 있었다.

"새로운 세대? 그렇다면 당신들은, 이전의……."

내가 중얼거리자 Luna 씨가 의아해하는 표정을 지었다. 그녀에게는 그들의 마음의 소리가 들리지 않는 것이다.

《그렇습니다. 저희는 **과거 인간이라고** 불렸던 자. 종말에 패배해 끝나버린 자.》

다섯 명 중에서도 유난히 키가 크고 다정한 눈빛을 지닌 남자가 대답했다.

《부탁드립니다. 이 이야기를 끝내주세요. 저희와 『수호자』들의 이야기를.》

"수호자…… 저 녀석은 대체 뭡니까? 저 위에 있는 커다란 기계는."

《기계? 그런 모멸적인 의미의 단어는 저희는 사용하지 않았습니다만…….》

중앙에 있는 남자는 아픔과 괴로움과 광기를 필사적으로 견디면서도 설명을 계속했다.

《저것은 세계가 끝난 후에도 사명을 충실히 다하려 하고 있습니다. 즉, 인간을 지키려고 하는 것이죠.》

"하지만" 하고 말을 이은 것은 키 큰 남자 옆에 있는 조그만 소녀였다. ……아니, 어쩌면 그 성별은 반대일지도 모른다. 어쩌면 성별 따윈 없을지도 모르고.

《저 아이는 **명령**이 없으면 움직이지 못해. 그것이 수호자의 성질인걸.》

《그래서 저희는 여기에 이렇게 묶여 있는 겁니다. 영원히 명령을 계속 시키기 위해서.》

명령을 계속 시킨다고? 그게 무슨 뜻일까. 내가 고개를 갸웃거리자 남자가 말을 이었다.

《그 ××××를 건드려보세요.》

우리의 언어에는 없는 단어라 ××××가 정확히 무엇을 가리키는지는 알 수 없었다. 하지만 그의 마음의 벡터가 홀 중앙의 대좌를 향하고 있다는 것은 눈치챘다.

《그만둬!!》

내가 대좌를 건드리자, 지금까지 침묵을 지키고 있던 맨 왼쪽의 남자가 소리쳤다.

『──♪──♪──♪』

시작된 것은 음악이었다. 아니…… 아마도 음악일 것이다.

《아파! 아파! 아파! 아파!》

《그만해! 더 이상 우리에게 노래 부르게 하지 마!》

그들이 매달려 있는 벽 뒤편에서 대량의 와이어와 금속 막대가 움직이기 시작했다. 그것은 그들을 가슴 뒤쪽에서부터 푹 찌르면서 장기를 헤집더니, 목과 폐에 해당하는 부분을 억지로 움직여 소리를 내고 있었다.

'이것은 인간으로 만들어진──**악기**인가.'

비명 같은 노랫소리가 사원의 넓은 홀에 울려 퍼졌다. 아마도 그것은 삶에 대한 찬가다. 사는 것이 얼마나 아름다운지. 하루하루에 대해 얼마나 감사하는지. 그런 내용의 꿈과 희망의 시였다.

《……제발 이제는 끝내주세요. 더 이상은 견딜 수 없어요.》

연주가──혹은 명령이──끝나자, 숨넘어갈 듯이 힘들어하면서 구인류들이 말했다. 아무리 눈물을 흘리고 싶어도 더 이상 그런 기능조차 남아 있지 않은 불쌍한 몸으로.

"어떻게 하면 돼? 당신들을 죽이면 수호자는 멈춰?"

《우리를 대신할 존재는 얼마든지 있습니다. 그리고 저 수호자도.》

그럼 어떻게 하란 말인가? 구인류는 넓은 홀 안쪽의 문으로 마음의 벡터를 집중시켰다.

《이 문 안쪽에 마더 케이스라는 수호자가 있습니다. 그것은 이 세계의 지향성의 핵이 되는 존재입니다. 그것이 파괴되면 이 공간의 모든 존재는 더 이상 유지되지 못할 겁니다.》

그야말로 딱 좋은 이야기다. 세계의 근본을 부수면 모든 것이 대단원의 막을 내린다.

나는 Luna 씨에게 설명하고 서둘러 걸음을 뗐다.

《잠깐만. 딱 하나만, 가르쳐주세요.》

뒤를 돌아봤다. 틀에 매달린 남자가 울 것 같은 얼굴로 나를 보고 있었다.

《우리의 신은 무엇을 하고 계시는 겁니까?》

《우리는 죽으면 신의 곁으로 갈 수 있는 거죠?》

나는 그 말을 듣고 이해했다. 그들의 세계에서는 진짜 신이 있어서 그들을 지켜봐 주고 있었던 것이다. 올바르게 살다보면 죽어서도 신의 곁에서 행복하게 살 수 있었던 것이다.

아아, 이 세계에 영원이란 것은 없구나. 정말로.

나는 그의 의문에 대답하지 못하고 그저 말없이 고개를
돌렸다.

제10화 『프릴의 기사』

나는 Luna. 꽤 오래전에 나이를 계산하는 것은 그만뒀다. 좋아하는 음식은 구운 아미노로차. 싫어하는 음식은 기생별의 결정. 틀림없이 이 차원에 사는 사람들은 아무도 그게 뭔지 모를 것이다.

『가지 마, 누나!』

내 고향에서는 인간은 별에 살고 있지 않았다. 수많은 선단을 이루어 수많은 별 사이를 건너다니고, 그때그때 연료를 생산하여 우주를 여행하면서 삶을 이어가고 있었다.

『뭐, 어쩔 수 없잖아. 이런 날도— 있는 거지. 응.』

프릴의 기사. 그것이 내 별명이었다. 언론 측과 군 관계자가 제멋대로 신나게 떠들어대던 이름. 요컨대 억지로 떠받들린 신 같은 존재이기도 했다.

『승산이 없어. 전혀. 이런 건 그냥 죽으러 가는 거잖아.』

지금 우리의 배『람키나』는 현재 사이가 나쁜 나라…… 뭐, 사실 내 고향에서는 나라라는 개념은 희박했지만. 사이가 나쁜 선단한테 공격당하고 있었다. 그것도 계획적으로 준비된 작전이었다. 저쪽은 이쪽을 괴멸시킬 마음이 넘쳐흐르는 상태란 거지.

『뭐야. 너. 내가 질 거라고 생각해?』

『누나도…… 다 알면서…….』

귀여운 내 남동생. 눈매가 어머니를 쏙 빼닮았다. 입은 아버지를 닮았나.

나는 둘 중 누구도 닮지 않았다. 왜냐하면 군인용으로 공장에서 생산된 디자이너스 차일드였으니까. 물론 아버지도 어머니도 나를 무척 사랑해주셨지만.

『누나…… 같이, 달아나자…….』

그래서 그는 내 손을 잡았지만, 나는 그것을 뿌리쳐야만 했다.

『이따가 또 보자. 돌아오면 저녁밥을 푸짐하게 차려줘.』

나는 나의 기체『동(銅)의 나이프』를 타고 무한히 펼쳐진 우주로 날아갔다.

뒤에서 고향이 점점 멀어지는 것을 보면서 나의 일개 사단을 전개했다.

신경에 직접 접속된 조종간이 수천 명이나 되는 인간형 병기들을 동시에 조종한다.

『……세상에.』

그런데 모니터에 나타난 것은 수천 정도가 아니었다. 수만, 수십만이나 되는 군세였다.

도대체 이 기습에 얼마나 많은 예산과 인원을 투입한 걸까. 왠지 헛웃음이 나왔다.

『휴―.』

나는 담배 연기를 폐 속 깊숙이 잔뜩 빨아들였다가 뱉어냈다.

『덤벼라, 이 빌어먹을 놈들아. 한 놈도 남김없이 다 박살

내주마.』

이리하여 나는 싸우다가 죽어 버렸다. 응, 하지만. 고향 사람들은 어찌어찌 간신히 살아남아서. 어, 뭐랄까. 나는 세상에서 흔히 말하는 영웅인지 뭔지가 되었다.

국민들의 큰 인기를 얻어서 책이나 전기도 우르르 쏟아져 나왔다나, 뭐라나.

『그 위대한 전장의 영웅, 프릴의 기사를 **한 집에 한 대씩!**』

──그런 광고가 나온 것은 내가 죽은 지 반년 후였다.

나는 공장에서 생산된 인류. 신경 활동은 언제나 모니터링이 되고 있었다. 그러니까 나와 완전히 똑같은 나를 간단히 **양산할 수 있었던 것이다.**

'다른 나는 어떤 녀석한테 팔려갔을까? 아마 가혹한 일도 당하고 있을 테지. 행복해진 녀석도 있을까? 아아, 정말. 끔찍한 기분이다.'

내 남동생은 어떻게 되었을까. 지금도 건강하게 잘 지낼까. 수많은 내가 양산되는 세계를 보고 어떤 기분을 느꼈을까.

'그때 그 애를 지켜야 했던 게 아닐까.'

틀림없이 괴로워했을 것이다. 누구보다도 많이 울었을 것이다. 나는 그런 것조차 몰랐다.

왜냐하면 이 나── 이 개체인 내가 눈을 뜬 것은 그 전

쟁 이후로 수천, 아니, 어쩌면 수만? 혹은 그보다 더 긴 시간일지도 모르지만. 아무튼 그만큼 오랜 시간이 지난 미래의 다른 차원의 우주에서 일어난 일이니까.

경계 영역 상회. 그 차원의 틈새에 사는 경제적 괴물들은, 팔다 남아서 폐기된 우리를 정체불명의 방식으로 개조하고 다른 차원의 괴물들에게 싸게 팔아넘겼다.

'하지만 괜찮아. 어차피 나는 아무도 지킬 수 없으니까.'

모든 것이 어찌 되든 상관없어졌다. 그냥 빨리 죽고 싶다. 그런 생각만 했다.

하지만 최근에는, 조금.

"Luna 씨, 저쪽에 출구가 있어요!"

상처투성이 남자애가 필사적으로 달리면서 빛을 손가락으로 가리켰다.

'이 아이는 행복해졌으면 좋겠다.'

나 같은 녀석은 어찌 되든 상관없으니까. 적어도 이 아이만이라도.

'하지만 어차피 다 소용없는 짓이야.'

──역시 결국은 어찌 되든 상관없는 거다. 아아, 빨리 죽을 수 있었으면 좋겠는데.

그곳은 낡은 건물이 가라앉아 있는 거대한 푸른 호수였다.

"Luna 씨, 소리가……."

코토요로즈 군이 중얼거렸다. 응, 그러네. 아까까지 끊임없이 들리던 포격 소리가 어느새 뚝 그쳤다. 틀림없이 메흐 짱은 죽었을 것이다.

"……우리는 우리의 할 일을 하자."

그 까만 통로를 지나 도달한 이 공간은, 과거에 존재했던 세계를 충실히 재현한 세계였다. 아름다운 푸른 호수 속에 부서진 채 쓰러져 있는 많은 건물. 흐린 하늘과 무한히 펼쳐진 공간.

'──밝다. 위층은 밤의 바다. 그리고 지하층은 추억. 응, 그렇구나.'

이곳에는 『지키고 싶었던 대상』이 보관된 것이리라. 그런 예감이 들었다. 나처럼 모든 것을 잃어버린 녀석은 그것을 진저리날 정도로 확실히 알 수 있었다.

"저쪽에 뭔가가 있어요."

호수의 얕은 곳에 조그만 뭔가가 굴러다니고 있었다. 조금씩 움직이고 있는 것 같았다.

"저건…… **개**?"

저 크기는 아무래도 강아지에 가까워 보였다. 복슬복슬한 털로 덮여 있지만, 기계로 만들어졌는지 걸을 때마다 끼익 하고 삐걱거리는 소리가 났다. 다리는 여섯 개. 우리가 아는 것과는 좀 달라 보였다.

『멍멍!』

그 강아지는 우리를 발견하자 위협하는 것처럼 이를 드러냈다.

"이, 이 녀석……."

"응? 왜 그래, 코토요로즈 군. 개 싫어해?"

"이 녀석이…… 마더 케이스입니다. ……——이 종말의 근원."

'이렇게 작고 약해 보이는 생물이? 이빨도 저렇게 작은데?'

나는 납득해버렸다. 이 세계가 **극단적**이고 **생각이 부족한** 이유를. 무서울 정도로 인간을 **계속 사랑하던** 이유를. 그 정체가 이 작은 강아지였구나.

"좋아. 부숴볼까."

내가 중얼거리자 개가 한층 더 시끄럽게 짖었다. 불쌍하지만 어쩔 수 없다.

"Luna 씨, 물러나요!"

"어——?"

코토요로즈 군이 내 팔을 잡아당겼다. 그 순간, 개 주위에 거대한 쇳조각이 뚝 떨어졌다. 쇳조각에서 뻗어 나온 와이어가 서로 얼싸안으면서 기계 육체를 얽어내기 시작했다.

『크어엉!』

완성된 것은 수호자였다. 그것은 위층에서 가면을 계속

엮어내던 녀석과 완전히 똑같이 생긴 기계였다. 어쩌면 이놈들은 같은 시리즈의 두 대였는지도 모른다.

'어쨌거나 이놈을 해치우지 못하면 다 끝장이란 건가?'

이 얼마나 한—심한 이야기인지. 메흐 짱이 몸 던져 애써준 것도 헛수고였고, 우리가 여기까지 온 것도 헛수고였던 것이다. 왜냐하면 아무리 생각해봐도 승산 따윈 눈곱만큼도 없으니까.

'자, 그럼 어떻게 해야 간단히 죽을 수 있을까.'

그렇게 생각했을 때 코토요로즈 군이 불쑥 중얼거렸다.

"저 녀석, 부품이 부족한데."

"……뭐?"

"등의 장갑이 부족해요. 껍질이 벗겨졌어요. 저 녀석은 거기를 감싸고 있고요. 그뿐만이 아니라. 저 녀석, 구형이에요. 사고가 둔해. 저 녀석이라면—— 승산이 있어요."

놀랐다. 이 아이는 전혀 포기하지 않았구나. 생각해보니 처음 만났을 때부터 그랬다. 이 아이는 한 번도 포기한 적이 없었다. 나는…… 이 아이의 그런 점을 강하게 동경했다.

"Luna 씨, 부탁드려요."

"뭐를?"

"뒷일을."

그게 무슨 뜻인지 물어볼 필요는 없었다. 막아야 한다고, 생각했는데.

"물 밑으로!"

그가 소리치더니 달리기 시작했다. 용사처럼 용감하게. 무기 하나 가지지 않고.

『우오오오오오오오!』

어리석고 불쌍한 거대 수호자가 소리를 지르더니, 그 추한 몸뚱이를 삐걱삐걱 움직여 코토요로즈 군의 몸을 때려 부수려고 했다. 코토요로즈 군은 그것을 종이 한 장 차이로 피하고 계속해서 용감하게 달렸다.

“억!”

하지만 그런 만용이 오래갈 리 없었다. 거대한 기계가 던진 수십 개나 되는 철침이 그의 몸을 찔렀다. 붉은 피. 살이 찢어지고 뼈가 부서진다.

‘……바보 같은 아이.’

나는 그 광경을 쭉 보고 있었다. 우두커니 서 있었다. 몸이 살짝 떨리고 있었다.

『우오오오오오오오오!』

분노하여 날뛰는 거대한 기계가 문득 시선을 돌렸다. 우두커니 서 있는 나에게. 그놈은 아는 게 그것밖에 없는지 고지식하게 철침을 나에게 던졌다. 그것은 나를 꿰뚫었지만—— 이미 그곳에 나는 없었다.

“뒈져라, 쓰레기 같은 놈.”

나는 내 실을 수면 아래로 발사해서, 거대한 기계 뒤로 나의 99%를 이동해 놓았다. 방금 저놈이 꿰뚫은 것은 표면만 실로 얽어놓은 나의 1%에 불과했다.

"죽어."

내 손목에서 튀어나온 실이 은색 레이피어 형태로 변했다. 코토요로즈 군이 말했던 대로 이놈은 등이 완전히 노출되어 있었다. 나는 기계 틈새로 파고들듯이 정확히 급소를 찔렀다.

『우옷!』

희미한 고통. 성공한 듯한 감촉은 느껴졌다. 서서히 기계가 무너져갔다. 와이어로 뭉쳐져 있던 쇳조각들도 물보라를 일으키며 바닥에 떨어졌다.

"코토요로즈 군!"

나는 숨 가쁘게 그에게 달려갔다.

'또 지키지 못했어.'

이 아이가 달려가 주지 않았더라면, 한순간의 빈틈을 노려 실을 발사하지 못했을 것이다. 그는 자신이 공격당해 엉망진창이 되리란 것을 처음부터 알고 있었다.

"Luna…… 씨……."

입에서 피를 토하면서, 쓰러진 그는 웃었다. 나는 그를 끌어안았다.

"넌 바보야! 바보! 바보! 바보! 바보!"

그가 웃고 있는 것은 나에게 걱정을 끼치고 싶지 않아서일 거다. 어쩜 이렇게 기특하고 안쓰러울까.

“어때? 조금은…… 입에서 나던 피 맛, 사라졌어?”

“……아뇨, 엄청 느껴져요.”

당연하지. 왜냐하면 물리적으로 피가 엄청 나오고 있으니까.

‘아니. 푸른 학교의 과학기술을 사용한다면 이렇게 된 아이도 구할 수 있을까?’

그렇다. 아직 지키지 못했다고 단정 지을 때가 아니다. 빨리 지상으로 데리고 돌아가면 구할 수 있을지도 모른다.

“기다려 봐! 당장 지혈을──.”

“……Luna 씨.”

코토요로즈 군이 비틀비틀 일어났다.

“바보야! 움직이지 마──.”

“아직 안 끝났어요.”

“──뭐?”

엄청난 물보라가 눈앞을 뒤덮었다. 덤프트럭이 돌진한 듯한 충격. 나는 공중에 휙 내던져졌다.

‘코토요로즈 군은?’

그도 나와 마찬가지로 날아가 버린 것 같았다. 나는 필사적으로 공중에서 그를 끌어안고 낙하의 충격에 대비했다.

“커헉!”

지면에 세게 충돌했다. 아픔보다는 코토요로즈 군이 괜찮은지 어떤지가 너무 신경 쓰였다. 왜냐하면 그는 이미 온몸이 구멍투성이니까. 내 품속에서 그는 축 늘어져 있었다.

“──뭐야, 너희들은…….”

거대한 개 수호자가 있었다. 그것은 한두 마리가 아니었다.

수십 마리나 되는 개 수호자가 호수 밑바닥에서 기어 나와 우리를 조용히 바라보고 있었다.

제11화『속삭임꾼』

영감님이 죽은 것은 초등학교 졸업식 날이었다.
『오늘은 특별해. 무시당하지 않게 해야지.』
늘 변함없는 대머리를 번쩍 빛내면서 영감님은 나에게 검은색 고급 재킷을 입혀줬다.
『영감님. 이런 건 어디서 났어?』
『이 절에 대대로 전해 내려온 옷이다.』
『거짓말. 태그가 붙어 있었잖아.』
『하하. 앞으로 대대로 물려줄 거야.』
처음 정장을 입어보니 몹시 부끄러워서 실은 지금 당장이라도 벗어버리고 싶었다. 절에 사는 꼬맹이들한테도 놀림을 받았고. 하지만 기뻐하는 영감님의 얼굴이 어두워지는 꼴은 보기 싫어서 나는 투덜투덜하면서도 은근히 자랑스럽게 주머니에 손을 찔러 넣고 걸었다.
『자, 그럼 재미있게 즐기고 와라.』
졸업식 내내 의자에만 앉아 있을 텐데. 재미있을 리가 없잖아. 그렇게 생각했지만, 집에 돌아오면 영감님에게 졸업장은 보여줘야겠다고 생각했다.
『다녀올게.』
실은 영감님도 오면 좋겠다고 생각했다. 하지만 너무 어린애 같아서 그런 말은 못 했다.
『졸업장, 수여——.』

언제나 피구하던 체육관에 어른들이 잔뜩 모여 있으니 왠지 이상한 느낌이 들었다.

엄숙하고 진지한 분위기 속에서 나는 바보같이 등을 꼿꼿이 세우고 있었다.

『코토 오빠아~…… 으아아아아아앙! 코토 오빠아~~!』

문소리가 체육관에 이상하리만치 크게 울려 퍼지더니 아이 울음소리가 들렸다. 나를 부르고 있었다.

『어?』

처음에는 그게 누구 목소리인지 몰랐다.

"밋총?"

밋총은 말을 못 하는 여자아이이라서 그 목소리를 듣는 게 처음이었기 때문이다.

『코토 오빠아. 할아버지가. 할아버지가아.』

나는 순간적으로 쪽팔린다고 생각했다. 이렇게 진지한 자리에서 누가 아기처럼 엉엉 울면서 내 이름을 부르다니. 나는 그 유치하고 한심한 수치심을 평생 잊지 못할 것이다.

『응, 지금 갈게!』

밋총의 마음은 엉망진창이었다. 지독한 슬픔과 절망과 혼란으로 가득 차 있었다. 그런 사람의 마음을 접하는 것은 처음이었다. 그래서 나는 즉시 이런 곳에 있을 때가 아니란 사실을 알아차렸다.

나는 울음을 그치지 못하는 밋총과 함께 체육관을 빠져나와 가까운 병원으로 갔다.

『여기서 기다려주세요.』

우리는 간호사의 말을 듣고 로비의 녹색 의자에 앉았다. 대학 병원에는 많은 사람이 북적북적해서 밋총의 울음소리는 그들의 술렁거림에 묻혀 사라졌다.

『네가 코토요로즈 코토하 군이지?』

갑자기 누가 나에게 말을 걸었다. 단정한 얼굴에 안경을 쓴 30세 정도의 청년이었다.

『아버지가 말씀하셨어. 너에게 이것을 주라고.』

영감님의 아들. 분명 사이가 별로 좋지 않다고 들었는데. 그가 나에게 건네준 것은 오래된 복싱 글러브였다. 낡아빠졌는데도 손질은 잘되어 있었다.

『영감님은, 죽는 거야?』

『응, 아마 그럴 거야. 그 사실은 꽤 오래전부터 알고 있었어.』

나도 알고 있었다. 언제나 멈추지 않는 기침. 점점 바싹 말라가는 몸. 일어날 때마다 몹시 괴로운 듯한 목소리로 신음했다. 나는 다 알고 있었다.

그런데도 영감님은 무적이니까 절대로 죽지 않을 거라고 믿고 있었다.

『이제 절은 어떻게 되는 거야?』

『다른 사람이 이어받겠지. 너희들은 다른 어른들이 도와줄 거야.』

그런가. 이제야 겨우 알았다.

'영감님은 나에게 주먹을 맡긴 거야.'

너덜너덜해진 복싱 글러브. 그 늙은 대머리 할아범은 틀림없이 이것으로 계속 싸웠을 것이다. 소중한 사람들을 지키기 위해. 아무리 다치고 괴로워도.

『……내가, 모두를 지킬 거야.』

『너는 못 해. 넌 어리고 약하니까.』

『시끄러워!』

나는 복싱 글러브를 꽉 끌어안았다.

『내가, 해야만 해.』

영감님의 아들은 고요한 시선으로 나를 보더니 조그맣게 중얼거렸다.

『슬프구나.』

그 말의 정확한 의미를 이해할 정도로 나는 성숙한 어른이 아니었다. 지금도 제대로 이해하지는 못했을 것이다. 하지만 조금은 알 것 같았다. 응, 그것은 슬픈 일이지.

'왜냐하면 나는 아무도 지키지 못했으니까.'

밋총은 입양을 갔다. 몇 달에 한 번씩 연락이 왔는데, 늘 억지로 웃는다는 것은 알았지만 나로선 아무것도 해 줄 수 없었다. 다른 친구들도 사정은 비슷했다.

그들이 지금 무엇을 하고 있는지 나는 모른다.

왜냐하면 나는 멕시코에 끌려가서. 많은 사람에게 상처를 줬기 때문이다.

'나는 아무도 지키지 못했어.'

그래서 나는 생각한다. 앞으로 누군가를 지킬 수 있으면 얼마나 좋을까? 하고.

그럴 수만 있다면 뭐든지 하고 싶다고.

왜냐하면 나는 그날 복싱 글러브를 받았으니까.

■

'……? 뭐지, 이 감촉은.'

혼탁해진 의식이 간신히 체계화되어간다. 나는 짧은 시간 동안 기절했던 모양이다.

'그 후로 무슨 일이 있었지? 분명히 우리는 마더 케이스를 파괴하고——.'

그렇다. 개처럼 생긴 커다란 기계가 몇 대나 나타났다. 나와 Luma 씨는 튕겨 날아갔고.

'이게 무슨 일이야! 한가하게 기절이나 하고 있을 때가 아니잖아!'

나는 필사적으로 눈을 뜨려고 했다. 온몸에 힘이 안 들어갔지만 그래도 노력할 수밖에 없었다.

"……윽."

가까스로 눈을 떴다. 시야에 빛이 비쳤다. 그 빛은 뭔가에 가로막혀 있었다.

"……아. 일어났어? 안녕—."

“——어?”

빛을 가로막는 것은 하늘하늘한 프릴과 헐렁헐렁한 체육복이었다.

“Luna…… 씨…….”

“잠꾸러기구나. 너는.”

그녀의 앞머리에서 붉은 피 한 방울이 똑 떨어져 내 뺨을 적셨다.

“뭐…… 하는 거예요…….”

“……글쎄, 바보짓?”

내 주위에 결계처럼 펼쳐져 있는 것은 그녀의 은색 실이었다. 그것들은 전부 다 이미 너덜너덜해져서 완전히 망가지기 직전이었다.

내 몸을 덮고 있는 소녀는 피투성이였다. 시선의 초점도 잘 맞지 않았다.

“네 상처는, 봉합해뒀어. 수혈도 했어. 내 피로.”

횡! 하고 바람을 가르는 듯한 소리가 울려 퍼졌다. 그것은 무시무시하게 강한 힘으로 실의 결계를 때렸다. 뚜둑뚜둑뚜둑! 불길한 소리가 나더니 Luna 씨가 고통의 비명을 질렀다.

“Luna 씨! 비키세요!”

주위에는 거대한 수호자들이 잔뜩 있었다. 그것들은 매우 완만한 동작으로 서툴게 쇠막대기를 계속 내리치고 있었다. 잘린 그녀의 실에서 새빨간 피가 흘러넘쳤다.

“……휴—. 내가 생각해도, 많이 노력한 것 같아.”

“왜…… 왜, 이런, 짓을…….”

저렇게 움직임이 느린 녀석들을 피해 달아나는 것은 Luna 씨한테는 식은 죽 먹기였을 것이다.

‘설마 이 사람은, 나를 치료하기 위해서.’

지금까지 끊임없이 얻어맞으면서 내 몸을 계속 꿰매어 준 건가.

“히히. 미안, 나, 바보라서. 더 이상, 좋은 방법이, 생각나지 않아서.”

“……거짓말……이죠?”

“미안. 노력했지만. 너를.”

나는 이 짧은 생애에서 가장 아름다운 것을 보았다.

“——지키지 못해서, 미안해.”

그것은 나다.

내가 할 말이다.

나는 언제나 아무도 지키지 못했다.

“나…… 나 때문에…… 다, 당신이……!”

나는 억지로 다리에 힘을 주고 일어나려고 했다. 그러나 금방 넘어졌다. 근육도 뼈도 엉망진창이라 더 이상 그런 기능조차 남아 있지 않은 듯했다.

“아냐. 괜찮아. 이제는, 괜찮아.”

그녀의 온기가 점차 사라지는 것이 느껴졌다. 나는 필사적으로 그녀를 안았다.

"아아…… 다행이야……."

싫다.

"실은…… 누군가가 나한테 이렇게 해줬으면…… 아주 조금이라도 다정하게 대해줬으면."

그녀의 실이 풀려나간다.

"난 말이지. 그걸로, 족했어."

아아, 이 사람은. 아무것도 가지지 못하고 태어난 그녀는. 필사적으로 최선을 다해 살다가, 결국 나 같은 놈한테 안겼을 뿐인데도 진심으로 행복해하면서 죽어 버리는 건가.

'싫다!'

싫어. 이렇게 아름다운 사람이 마지막에 다다르는 장소가 이런 곳이라니. 싫다.

제기랄, 싫다! 죽어도 싫다! 웃기지 마! 어째서! 어째서 이렇게 되는 거야!

나는 지키고 싶어. 소중한 사람을 지키고 싶어!

왜냐하면 나는 그날 복싱 글러브를 받았으니까!

"Luna 씨."

"……응?"

"나…… 끝까지 포기하지 않아도 될까요?"

그녀는 눈을 깜빡거렸다. 그리고 허물어지듯이 웃었다.

"……뭐— 어쩔 수 없네. 괜찮아. 너의 그런 점을, 좋아하니까."

그것은 커다란 대가를 요구하는 도박이었다.

"딱 하나, 방법이, 있어."

그녀는 겁내면서 웃었다.

"내가 **너의 영혼을 불태워서 달리는 거야.** ──우리는, **같은 존재가 되는 거지.**"

《무서워. 무서워. 소중한 사람이 생기는 게, 무서워.》

《하지만 네가 원해준다면.》

나는 Luna 씨를 좀 더 세게 끌어안았다. 그것이 답이란 것을 총명한 그녀는 알아줬다.

"응. 알았어. 마지막으로 한 번만 더, 힘내볼까."

섬광이 내달렸다. 그것은 Luna 씨의 실이 발하는 **황금색** 빛이었다.

황금색 실은 나를 다정하게 감싸더니 한층 더 강하게 빛났다.

"그런데 이제 와서 달아나면 안 돼. 나, 멘헤라니까. 죽을 때는 함께야."

감정이 넘쳐흐르는 멘헤라 메이드 누님은 웃으면서 나를 끌어안았다.

"──너에게 내 **전부를 줄게.** 그러니 너도 **전부를 줘.**"

그녀의 황금 실이 나를 감쌌다. 그것은 생명의 마지막 빛이다.

"가자, Luna 씨."

"**응, 주인님♪**"

황금의 빛이 한층 더 강하게 빛나면서 세계의 모든 그림자를 지워버렸다.

『유저 계약이 완료됐습니다.』

빛으로 태워진 세계에서 그녀의 무기질적인 목소리만 울려 퍼졌다.

『기체 애칭「메탈릭 브라이드(강철의 신부)」── 재기동합니다.』

강렬한 열이 온몸을 뒤덮는 것을 느꼈다.

제12화 『강철의 신부』

과거에 수호자라고 불렸던 거대한 기계는 마지막 생명의 불꽃을 태우고 있었다.

《마더 케이스는 파괴되어버렸다.》

《이 세계는 곧 붕괴할 거다!》

《하지만 끝까지 포기할까 보냐!》

발버둥을 쳐야 한다. 인간이라고 불리는 몹시 아름다운 생물들을 위하여. 그래서 이미 내구연한을 넘겨버린 낡은 기체를 꺼내서, 다 죽어가는 소년 소녀에게 최후의 일격을 가하려고 했다.

《뭐지? 이 빛은——.》

그 두 사람은 죽어가고 있었을 것이다. 죽음과 절망에 저항하지 못하고 쓰러져 있었을 것이다.

그랬을 텐데. 이 황금색 빛은 뭐냐?

《뭔가가 온다.》

수호자는 전투의 베테랑다운 감각으로 그것이 보통이 아닌 존재임을 깨달았다.

《저것은……——**황금색**, 사자?》

과거에 수호자의 세계에 존재했던 육식동물. 그들은 여섯 개의 다리가 달려 있었지만.

『우오오오오오오오오오오오오오오오오오오오옷!』

황금색 사자의 포효가 이 부서지는 세계를 흔들었다.

그것은 완전히 너덜너덜한 모습이었다.

실로 얽어낸 강철 몸뚱이는 여기저기 온갖 부분이 부족해서 그 내부가 겉으로 드러나 있었다.

철저히 공격적인 날카로운 형태. 고양잇과 생물처럼 유연한 관절.

그리고 너무나 거대한 팔과 이빨. 그것은——강철로 된 사자였다.

『너희들한테…….』

소년과 소녀의 목소리가 뒤섞인 단어의 나열.

『너희들한테, 더 이상, 빼앗길까 보냐아아아아아아앗!!』

사자의 모습이 수호자들의 눈앞에서 사라졌다.

《어디 갔지——?》

눈앞의 세계를 살펴보는 것보다 더 빨리 신호가 전달됐다.

《4호기 파손! 재기동은 불가능!》

빠르다. 아니, 아니다. 속도 자체는 별것 아니었다. 하지만 저 황금의 빛이 시야를 혼란시키고, 그 유기적인 움직임으로 계속 시야에 들어오지 않도록 움직이고 있었다.

——마치 우리의 마음을 읽기라도 하는 것처럼.

【No.8288 『황금의 사자』】

○성질 : 패러렐 로(다른 법)

○내력 : 『강철의 신부』(Luna)가 유저를 주인이라고 인정함으로써 그녀가

가진 본래의 지향성을 100% 해방시킨 종말. 코토요로즈 코토하의『혼백 유동체』를 비정상적으로 높은 변환율로 이용하고 있다. 광기라고 할 만한 멸사(滅私)와 소망이 창조해 낸 극소의 세계이자 기적 그 자체.

○상세 : 극히 좁은 범위의 기저 법칙을 바꿔버리는 기본적인 반현실 성질을 가지고 있다. 현재로서는 그 대부분을 끊어질 듯한 생명의 유지에 사용하고 있다.

《빼앗길까 보냐……라고?!》

무슨 낯짝으로 그런 말을 지껄이는 거냐.

《빼앗긴 것은 우리다.》

《모든 것을 잃어버린 것은 우리다.》

《절망에 맞서고 있는 것은 우리다!》

이 수호자라고 불리는 작은 생물은 매일매일 과거의 행복했던 시절을 생각했다.

사랑하는 가족한테 둘러싸여 실컷 어울려 놀았다. 밥도 간식도 많이 받아먹었다.

귀엽구나 하고 자기 머리를 쓰다듬는 것이 좋았다.

같이 바깥 세계를 탐험하면서 지쳐 쓰러질 정도로 열심히 달리는 것이 좋았다.

그것이 전부 다 없어졌다.

《우리는 그 일상을 되찾을 거야.》

황금의 사자가 유능한 암살자처럼 유려한 수법으로 5호

기와 3호기를 파괴했다. 그러나 그 한순간의 틈을, 이 작고 망가진 충실한 괴물들은 놓치지 않았다.

《짓뭉개주마——!》

7호기가 황금의 사자를 노리고 거대한 팔을 위로 치켜들었다. 완벽한 타이밍. 도망칠 수 없다. 무시무시한 굉음. 호수는 큰 물기둥을 일으키면서 황금 사자를 짓누른다.

『오오오오오오오——!』

거대한 팔을 받아낸 것은 수만 개나 되는 가느다란 황금색 실이었다. 그런데 단순히 힘으로 맞대결하면 수호자들이 더 유리한 것 같았다. 서서히 밀리면서 지면으로 가라앉는 황금의 사자. 그 와중에도 주먹을 들어 올렸다.

『쉬잇!』

교과서적인 업라이트 스타일. 잽으로 거리를 잰 후 날아오는——.

『이야압!』

——더없이 모범적인 라이트 스트레이트.

《7호기의 완부 파손!》

《상관없어! 밀어붙여!》

그 순간 폭발적인 속도로 질주한 사자를 정확히 맞힌 것은 6호기가 발사한 철침이었다. 그 침들은 사자의 머리를 세게 때렸지만, 치명상을 입히지는 못했다.

크게 튕겨 날아가 바닥 위로 미끄러지면서 사자는 자세를 바로잡더니 다시 달리기 시작했다.

《속도 올려, 주인님! 우리는 오래 움직이지 못해!》

《응, 가자. 생명의 등불을 다 태워서——.》

소년과 소녀는 호흡을 맞출 필요도 없었다. 두 사람은 지금 하나의 강철 괴물이었다.

《전 기기, 결합 개시. 요격한다!》

수호자들이 부서지는 자기들의 몸을 와이어로 연결해 거대한 인간 형태를 취했다. 거기에 합리성은 없었다. 그저 생물이 자기 몸을 커 보이게 해서 적을 위협하려고 할 뿐——.

『ㅇㅇㅇㅇㅇㅇㅇㅇㅇㅇㅇㅇㅇㅇㅇㅇㅇ——!』

황금의 사자의 주먹을 새파란 불꽃이 감쌌다. 강철 소년 소녀는 얕은 호수 위에서 빛처럼 똑바로 질주하여, 다 부서져가는 거대한 기계 괴물과 정면으로 대치했다.

《——덤벼라!》

『간다——!』

거대한 수호자는 온몸에서 수천 개나 되는 철침을 발사했다.

그것은 황금의 사자를 몇 번이나 꿰뚫었지만, 그들의 질주를 막아내지는 못했다.

몸이 너덜너덜해지면서. 피투성이가 되면서. 사자는 빛처럼 질주했다.

『——더, 좀 더 거대한 힘으로!』

황금의 사자는 주먹을 치켜들었다. 그와 동시에——주먹은 **거대하게 부풀었다.**

《내가.》

《내가.》

『너를 지킬 거야!』

거대한 주먹은 거대한 수호자의 가슴에, 몹시 거대한 바람구멍을 뚫어놓았다.

《어?》

『죽음』이란 개념을 제대로 이해하지도 못했던 가련한 강아지 괴물. 그는 이제 자기 몸이 서서히 안 움직이게 되는 이유도 눈치채지 못했다.

《이것이—— 종말(끝)?》

푸른 불꽃이 수호자의 몸을 철저히 태웠다. 더없이 꼼꼼하게.

《그런 건, 싫어.》

황금의 사자는 힘이 다하여 바닥에 쓰러졌다.

■

나, ——메흐리자 제인베코바가 살아 있는 것은 그저 기적이라고 할 수밖에 없었다.

"……팔각마…… 팔각마……?"

애마는 대답이 없었다. 부서진 밤하늘을 바라보면서 나

는 자신의 상태를 확인했다.

'그래. 그 아이가 지켜준 거구나.'

죽기 직전이었던 나를 *팔각마*가 간호해줬다. 그 아이가 자신의 의식을 유지하지 못하게 될 정도로.

"……아야."

하지만 치명상 이외의 상처들은 전혀 치료가 끝나지 않았다. 나는 일어나지도 못할 정도였다.

그때 갑자기 지면이 맥동하기 시작했다.

"이것은—— 세계가 붕괴하려는 건가?"

세계가 애매해지고 있었다. 세계가 형태를 유지하지 못하게 되었다. 이것은 그 진동이다.

"……그렇다면, 그 두 사람이—— 이겼구나."

너무 기뻐서 울음이 터질 뻔했다. 그러나 눈물이 고이기 전에 그 광경이 눈에 들어오고 말았다.

"……말도 안 돼."

암흑의 밤하늘에 착 달라붙어서. 하늘에 매달린 수많은 사람을. 씹어 먹고 있는 생물이 있었다.

"저것은—— 그, 수호자……? 어째서. 전혀. 형태가 다르잖아."

거대한 수호자는 필사적으로 암흑의 천장을 빨아먹고 있었다. 무시무시한 속도로 씹어 부쉈다. 구인간이 그 삐뚤빼뚤한 이빨 사이에 끼어 으스러질 때마다 녹색 피가 뚝뚝 흘렀다.

『미안해요, 미안해요, 미안해요, 미안해요.』

거대한 기계가 울면서 씹어 먹고 있었다.

그 무엇보다도 사랑하던 자들을. 과거에 인간이었던 자들을. 수천만 명이나 되는 망가진 생명을.

『이제 이 세계는 끝이에요! 이제 우리는 다 끝났습니다! 미안해요! 우리가 약해서 미안해요! 우리가 어리석어서 미안해요! 그러니까——.』

기계는 암흑의 천장을 에너지로 바꾸어 거대하게 부풀어 올랐다.

『제가 모든 것을 **끝내겠습니다**.』

거대한 기계는 구인류의 시체를 먹어치움으로써 더더욱 무섭고 거대한 괴물로 변했다.

【*No.228-B*『*시체로 된 신(데우스 엑스 카타빌레)*』】

○성질 : 패러렐 로(다른 법)·의례 재해

○상세 : 구인류에 의해 만들어진 기계 생명체『수호자』가 자신이 전개한 이계·자신이 지키고 싶었던 유해를 잡아먹고 손에 넣은 형태. 없앤다. 파괴한다. 끝내는 일에만 특화되어 있다. 세계에 종말을 가져다주는 것이 목적. 이루어지지 못한 수많은 소원이 도달하는 흔한 종착점.

『용서 못 해. 그 추하고 더러운 생물들만은, 절대로 용서

못 해──.』

　수십만이나 되는 인간의 시체를 다 먹어치운 괴물은 너무나 거대해서 내 시야에 완전히 들어오지 않을 정도였다.

　『──**내가 바로, 끝이다.**』

　시체로 된 신은 쏜살같이 까만 대지에 파고들어 항행했다. 어마어마한 진동이 일어났지만 물보라는 튀지 않았다. 분명히 심해를 뛰어넘어 현실 세계로 가고 있는 것이리라.

　“…….”

　거대한 괴물이 사라진 이 세계는 몹시 조용했다. 마치 텅 빈 장난감 상자 같았다. 나는 홀로 멍하니 있다가, ──희미한 기척을 감지했다.

　“……메흐…… 짜……앙.”

　──Luna 씨의 목소리. 진짜 누더기처럼 엉망진창이 되어버린 그녀가, 그보다 한층 더 심각한 꼴인 코토요로즈 군을 어깨에 메고 돌무더기들 사이로 기어 나왔다.

　“Luna 씨! 괜찮아요……?”

　나는 그쪽으로 뛰어가려고 했지만…… 유감스럽게도 이쪽도 심각한 상황이었다. 완만한 동작으로 천천히 다가가 상처투성이 코토요로즈 군을 받았다. 그러자 Luna 씨는 그 자리에 털썩 쓰러졌다.

　“아──…… 끔찍했어. 진짜 최악이었어. ……죽는 줄 알았네.”

　그렇게 중얼거리는 그녀는 왠지 씌었던 귀신이 떨어져

나간 것처럼 상쾌한 표정이었다. 뭔가 좋은 일이라도 있었나? 하고 생각했다. 그럴 리가 없는데 하고 나 혼자 살짝 웃어버렸다.

“저기…… 메흐 짱. 혹시 여기에 뭔가 오지 않았어? 우리가 싸웠던 수호자란 놈들이 말이야. 어느 정도 두들겨 팼더니 도망가 버려서. 이 근처에 있을 거라고 생각했는데.”

일단 나는 방금 본 광경을 그녀에게 설명했다.

“아마도—— 지상을 멸망시키러 간 것 같아요.”

“……지상으로 갔다고?”

“현실성이 낮은 존재는 현실에서는 오래 존재할 수 없습니다. 그래서 그 녀석은 여기에 보존했던 인간과 다른 수호자들을 먹어서 에너지를 확보한 것 같습니다.”

Luna 씨는 몹시 당황한 얼굴로 이를 악물었다.

“그러면, 쫓아가야 하는데.”

“네?”

“모두가…… 으윽, 사라지면…… 이 아이가…… 있을 곳이, 사라져…….”

Luna 씨가 힐끔 코토요로즈 군을 봤다. 나는 거짓말쟁이. 란 생각을 조금 했다. 당신은 그를 지킬 수 없다고 했으면서.

“……아니, 그러는 메흐 짱은 왜 그렇게 침착한 거야?”

그 의문은 정당했다. 무시무시한 거대 괴물이 이계를 흡수함으로써 한층 더 크게 성장해서 우리가 지켜야 할 현실 세계로 향하고 있다. 상식적으로 생각한다면 침착하게 있을 만한 여유는 없었다.

"괜찮아요. 그 사람은 무적이니까요."

——그렇죠? 당신이 그렇게 말했잖아요. 대장님.
나는 아이처럼 그것을 진심으로 믿고 있어요.

■

『오오오오오오오오오오오오오오오오오오——!』
과거에 강아지같이 귀여웠던 그 생물은 이제는 산처럼 거대하고 시커먼 누더기를 두른 점액 형태의 괴물이 되어 버렸다.
『용서 못 해, 용서 못 해, 용서 못 해——!』
심해 수만 미터의 수압을 다 무시하고 오로지 우직하게 하늘을 향해 나아간다. 현실에 가까워진 심해에서 시체로 된 신의 육체는 서서히 녹아내리고 있었다. 틀림없이 오래 버티진 못할 것이다.
『그보다 더 빨리! 전부 다 **망가뜨릴** 테다——!』
암흑의 심해에 한 줄기 빛이 비쳤다. 저것이 현실의 세계다! 추접스러운 해충들이 사는 세계다!

사랑하는 자를 모두 잃어버린 광기의 짐승은 아름다운 바다를 가르고 찬란한 태양의 빛을 받았다.

‘……이 얼마나 아름다운 곳인가.’

수억 년 만에 바깥 공기를 마신 괴물은 순수하게 그렇게 느꼈다.

‘우리가 있던 시절과는 전혀 달라. 하지만 아름답다.’

아주 조금 감동했다. 하지만 그보다는 분노가 훨씬 더 컸다.

『너희들 전부 다 **부서져라**──.』

광기의 짐승은 상공 1,000m 위치까지 날아올랐다. 그리고 거대한 수백 개의 포탑으로 가장 가까운 육지를 겨눴다. 그 위력은 일격에 나라 하나를 순식간에 불태울 정도였다.

"──어머나. 상당히 무례한 촌뜨기가 있네?"

목소리가 들렸다. 상관없었다.

광기의 짐승은 포탑에 하얀 죽음의 에너지를 모았다. 그리고 엄청난 기세로 발사했다.

카앙! 소리가 났다. 그것은 세계가 폭발하는 소리가 아니었다.

"간다. 나의 기타. ──벚꽃 잔영(체리레드 피스톨)."

【*벚꽃 잔영*(체리레드 피스톨)】[총흔]

『■ ■ ■ ■ 하는』 총흔. 자세한 내용은 불명. 플루크투스 전체에서도 유별나게 특출한 위력을 가지고 있지만 그 이유는 아무도 모른다. 코이토 히카리가 조사를 철저히 거부하고 있는데, 그녀에 대한 강제력을 가진 기관이 존재하지 않기 때문이다. 평범한 총흔과는 전혀 다른 인과의 파장을 가지고 있으므로 "『총흔의 천사』에게서 받은 물건이 아닐지도 모른다"는 일부 의견도 있다.

"라이트! 카메라! 액션!!"

황당무계한 소녀가 있었다. 새파란 하늘에서 하늘을 나는 기타를 밟고 서서, 스케이트보드 곡예를 펼치는 듯한 움직임으로 죽음의 광선을 박살 내는 악몽 같은 존재였다.

『넌 뭐냐?』

시체로 된 신이 그런 의문을 입에 담은 것은 너무나 자연스러운 일이었다.

"——나? 나는 코이토 히카리. 공짜도 아니고 어디에도 없는 슈퍼 미소녀."

설마 인간인가? 이 녀석이? 인간? 인간이라고? 인간이 지금 맨몸으로 그 공격을 받아냈단 말인가? 그런 일은 있을 수 없다.

'그런가. 이 세계에는 죽음의 힘을 무력화하는 기술이 있는 건가.'

시체로 된 신은 그렇게 단정 지었다. 그리고 지나치게 거대한 그 몸에서 고슴도치처럼 포탑을 형성하더니 수만 개나 되는 철침을 발사했다.

"휘유~! 좋은데? 나 탄막 게임은 꽤 좋아하거든! 이래 봬도 하드 슈터라니까."

코이토 히카리는 하늘을 나는 기타를 묘기 부리듯이 조종하면서 빙글빙글 그 철침을 모조리 피하더니 그대로 시체로 된 신의 코앞까지 접근했다.

"――4번 타자, 코이토 히카리! 갑니다!"

『뭣?!』

기타를 치켜든 소녀는 자기보다 수백 배나 더 큰 신을 후려쳤다. 그 충격은 1,000m 밑의 해수면까지 전해질 정도였다. 그것은 놀랍게도 시체로 된 신의 육체의 절반을 콩가루로 만들어버렸다.

『이게…… 무슨.』

코이토 히카리는 잘 나가는 아이돌처럼 아름답게 웃었다.

"이봐, 당신. 혹시 내 귀여운 후배들을 못 봤어?"

『너는, 대체 뭐냐.』

"돌아올 때가 되었는데도 안 돌아와서 걱정이야."

『말도 안 돼. 이런 힘은, 존재해선 안 된다.』

"설마 그럴 리는 없겠지만."

"그 아이들을——괴롭힌 것은 아니겠지?"
『너는—— 너야말로 **종말**이다! 우주의 **이상**(異常)이다!』

지겨운 농담을 흘려듣는 것처럼 벚꽃색 소녀는 코웃음을 쳤다.

"느긋하게 수다나 떨고 있을 시간은 없어. 이제 곧 좋아하는 애니메이션이 재방송되거든."

기타를 쳤다. 그 순간 그녀의 눈앞에 나타난 것은 **벚꽃색 빛**이었다. 무시무시한 질량을 가진 에너지 덩어리 그 자체였다. 틀림없이 밀도를 좀 더 높이면 빅뱅이 일어날지도 모른다고 착각할 정도의 에너지.

『그만둬! 그만둬! 이런 짓에 도대체 무슨 가치가 있는데?! 지금 살고 있는 인간들을, 세계를 지키는 게 무슨 의미가 있나?! 그토록 무의미하고 비참하고 어리석고 더럽고 추한 생물 따윈 차라리 없어지는 게 낫잖아! 살아 있는 것이 죄악이다! 인간의 세계 따윈 당장 멸망해야 해!』

시체로 된 신은 절규했다. 코이토는 조용히 그 말을 듣고 있었다.

"하하. 90년대 적 캐릭터 같잖아. 진짜 바보 같아."

코이토가 두른 벚꽃색 빛이 한층 더 강하게 빛났다.

“이 세상에는 아름다운 내가 있어. 자, 논파 완료.”

한여름의 고시엔 야구 소년처럼 상쾌하게 코이토는 웃었다.
『그만──.』
“──부서져라. 깨알 같은 별 부스러기처럼.”
카앙! 하고 기타가 한층 더 높게 울었다. 터무니없이 거대한 그 에너지의 양 때문에 한순간 중력이 일그러졌다. 코이토는 아름다운 목소리로 소리를 지르면서 기타를 내리쳤다.
『──.』
가엾은 거대 강아지 괴물이 마지막으로 본 것은, 어떤 보석보다도 아름다운 벚꽃의 빛이었다.

그것은 그야말로 현실 같지 않은 광경. 마치 어릴 때 봤던 불꽃놀이 같았다.

강철의 신부

과거에 프릴의 기사라고 불렸던 영웅——Luna가
경계 영역 상회에 의해 양산화된 모습.

그 육체는 기저 현실에 존재하지 않는 금속 실로 엮였고,
『주인』의 소원을 이루기 위해 존재한다.
그것은 모든 『기계』라 불리는 것의 중도적 존재의의.

Luna는 그 육체의 성질과, 그보다 더한 자기 자신의 갈망으로 인해 한번 사랑한 자를 영원히 지킨다.

설령 그가 타락하여 악귀가 되더라도.

황금의 사자

『황금』은 희망과 불변의 상징.
그와 동시에 그것은 깊은 절망과 혼돈을 암시한다.

『사자』는 철저히 싸우는 자의 상징.
그 투쟁은 의무이며, 도망치는 것은 용납되지 않는다.
그들이 도망치는 것은 그 존재를 방기하는 것을 의미한다.

『절망에 빠져 희망을 추구하는』 소년 소녀 모두에게 고한다.
——마음대로 살고, 마음대로 죽어라.

벚꽃 잔영(체리레드 피스톨)

『벚꽃』은 수호와 자애의 상징.
그와 동시에 그것은 영원한 상실과 벗어날 수 없는 비극을 암시한다.

『토끼*』는 믿는 자의 상징.
그 망념은 의무이며, 제정신으로 돌아가는 것은 용납되지 않는다.
그들의 갈망은 언젠가 우주조차 부숴버릴 것이다.

부디 계속 믿어주세요.
——내일은 틀림없이 멋진 날이 될 거야.

*'코이토(恋兎)'의 '兎'는 토끼란 뜻

에필로그-a『웃으면서 가는 거다.』

내가 눈을 뜬 것은 그로부터 3일 후인 것 같았다.

"우물우물."

처음으로 내 감각이 포착한 것은 아삭아삭 과일을 씹어 먹는 소리였다.

"……으응."

"와앗!"

눈을 떠보니 흐릿한 시야 속에 연한 색 머리카락을 지닌 조그만 소녀가 있었다. 그녀는 몰래 껍질 벗긴 사과를 먹고 있었다. 그녀의 이름은……——코시바 냐오.

"코토요로즈 씨! 일어났어요?"

"으…… 여기는?"

"사과를 몰래 먹고 있었던 것은 선배님들한테는 비밀로 해주세요."

아니, 그런 이야기나 하고 있을 때가 아니잖아.

"사실 이건 메흐 선배님이 준비한 건데요. 아— 진짜 대단했어요, 그 사람. 진짜로— 아침부터 밤까지 여기 있으면서. 내—내 코토요로즈 씨를 돌봐줬는데—— 아악!"

그녀의 정수리를 손날로 탁 때린 것은 키 큰 갈색 피부의…… 얼굴이 조금 빨개진 소녀였다.

"코시바. 환자 앞에서 너무 시끄럽게 떠들고 있군요."

"아니, 하지만! 이 기회에 제대로 생색을 내둬야죠. 메흐

선배님이 얼마나 코토요로즈 씨를 걱정하면서 마치 신혼
부부처럼 지극정성으로 돌봐줬는지—— 아악!”

“정말 시끄러워. 정말 시끄러워, 코시바. 정말 시끄러워.”

“꺅—! 자꾸 손날로 때리지 마세요—!”

아마도 여기는 병실인 것 같았다. 하얀 커튼과 하얀 방.
아, 그래. 처음 플루크투스에 왔을 때와 같은 방이다.

상체를 일으키자 “아직 무리하지는 말아요” 하고 메흐가
등을 받쳐줬다.

“메흐…… 다, 다행이다…… 무사, 해서……!”

나도 모르게 감동하여 메흐를 꽉 끌어안았다.

“꺄악!”

“정말…… 정말 다행이야……. 나, 나…… 고마워……
정말 고마워…….”

“아, 알았어요. 그러니까, 어, 포옹은. 저기. 남들도 다
보는데!”

얼굴이 새빨개진 메흐를 보고 코시바가 중얼거렸다.

“왠지 싫어하지는 않는 것 같은데요.”

“정말 시끄러워!”

나는 정신을 차리고 메흐에게서 몸을 뗐다.

“……어엇.”

문득 현기증이 느껴졌다. 나는 침대 위로 쓰러져 버렸다.

“당연한 거 아냐?”

갑자기 그런 목소리가 들렸다. 창문 쪽을 봤더니 코이토

선배가 창밖에 둥둥 떠 있었다.

"당신 말이야. 온몸이 너덜너덜해져서 끔찍한 꼴이었어. 그러니 좀 더 누워 있어."

코이토 선배는 창문을 통해 병실로 들어오더니(메흐한테 좀 혼났다) 내 이마를 가볍게 쓰다듬고 다정하게 웃었다. 가늘고 서늘한 손가락이 나를 쓰다듬자 신기하게도 가슴의 괴로움이 스르르 녹아 사라져갔다.

'뭐지……? 그 언젠가 누군가가 나한테 이렇게 해줬던 것 같은데.'

불가사의하고 그리우면서도 왠지 울고 싶어지는 감촉이었다.

"이제 안심해도 돼. 무서운 것은 내가 잘 처리했으니까."

그런가. 그 종말은 코이토 선배가 해치웠구나. 아아, 다행이다.

"……죄송해요. 내가 쓸데없는 말을 하지 않았더라면."

"응? 뭔 소리야?"

"잠수함에 타는 거. 내가 아니라 코이토 선배였으면 처음부터 이런 일은……."

내가 그렇게 중얼거리자, 우선 코시바가 폭소를 터뜨렸다.

"하하하! 아뇨, 아뇨. 보고서는 읽어봤는데요. 대장님이 갔으면 심해에서 일찌감치 끝나버렸을 거예요. 종말의 근본에 다다르지도 못했겠죠. 이 사람은 도중에는 도움이 안 되고."

“게다가 리데르의 화력이라면 이공간 자체를 파괴하니까요. 오히려 절대로 데려가면 안 되는 거였어요. 이 사람은. 정말 언제나 거칠어서 활용도가 좋지 않다니까요.”

“저기요! 왠지 귀여운 후배들이 너무 신랄한데요?!”

이렇게 가볍게 놀림당한다는 것은 그만큼 신뢰받는다는 증거일 것이다. 나는 어쩐지 좀 기뻐졌다. 코이토 선배는 여전히 다정한 시선으로 말을 이었다.

“——고마워. 당신 덕분에 세계의 수명이 조금 늘어났어.”

코이토 선배가 내 이마를 다정하게 쓰다듬었다. 그 기분 좋은 감각이 나의 사고를 지배했다.

내가 퇴원할 수 있었던 것은 그로부터 1주일이 더 지난 후였다.

이런저런 수속을 밟고 사무 처리와 인사 같은 것도 했다. 그리하여 푸른 학교를 나설 무렵에는 밤이 되어 있었다.

‘이 도시의 별하늘은 기막힐 정도로 아름답구나.’

상공 수천 미터 지점에 있는 이 구름 위의 도시에는 별들을 가로막는 것이 하나도 없었다. 어린 시절 TV에서 봤던 사막의 밤하늘처럼 무책임하게 아름다웠다.

“고생했어—.”

목소리가 들렸다. 그것은 내가 지난 1주일 동안 너무나 듣고 싶었던 목소리였다.

“……Luna 씨. 한 번도 병문안을 와주지 않았죠.”

“응. 뭐, 괜찮지 않아? 그거는. 손님이— 자주 와 계신 것 같던데.”

그야 뭐, 실제로 많은 사람이 번갈아 가며 찾아오긴 했다.

테르 선배는 심심할 때 가지고 놀라고 게임을 가져다줬다. 폰 선배의 엄청나게 사무적인 병문안 선물 세트와 함께.

엘리프 회장은 하얀 꽃다발을 들고 병문안을 와줬다. 실컷 수다를 떨었는데, 실은 일을 팽개치고 도망쳐 나왔었나 보다. 결국 화가 난 학생회 멤버한테 붙잡혀 돌아갔다.

코시바는 틈만 나면 과일을 훔쳐 먹으러 왔다. 메흐는 매일 찾아와 여러모로 나를 돌봐줘서 큰 도움이 되었다. 코이토 선배는 면회 시간이 끝난 후에 창문으로 몰래 들어와서 같이 추억의 일본 애니메이션을 봤다.

“하지만 내가 제일 만나고 싶었던 사람은 Luna 씨였어요.”

“윽…… 너는 왜 그렇게, 매사에 솔직한 거니……? 미—, 민망하잖아.”

그녀가 무사하다는 것은 처음부터 알고 있었다. 틀림없이 우리가 서로 깊이 연결되었기 때문일 것이다. 상대가 무엇을 하고 있는지, 어디 있는지 직감적으로 알 수 있었다.

“……아니, 그게. 어떤 표정을 지으면 좋을지—, 모르겠는 걸 어떡해~.”

‘어떡해~’가 튀어나왔다. 더구나 그녀의 뺨은 은은하게 붉은빛으로 물들어 있었다. 나와 시선을 똑바로 맞춰주려고 하지도 않았다. 그건 분명히 내가 그녀의 『유저』가 되었기 때문일 것이다.

“이제 와서 무슨 말을 하는 거예요. 우리는 얼마 전에 하나가 되었잖아요.”

“시끄러워! 아~니~ 그래서 내가 말했잖아, 나는 순진한 처녀라고! 순정 만화 광팬이라고요, 이래 봬도! ──엉? 뭐야, 누가 겉모습은 살짝 양아치고 알맹이는 한심한 피라미냐?! 이 꼬맹이가, 확 때려눕힌다?”

“그렇게 정서 불안이 되지는 말아주세요.”

Luna 씨에게는 그것은 무척 중요한 일이었을 것이다. 응, 이제 와서 생각해보면 꽤 엄청난 고백이었지. “같이 죽어줘”라든가, “전부를 나에게 줘”라든가.

“어? 뭐야, 너 왜 그렇게 피식피식 웃어? 설마 나의 『폭소! 미친 멘헤라 만개 장면!』을 머릿속에서 되새기고 있는 거냐? 아, 나올 게 나오나요? 대형 망치 같은 거.”

“앗…… 어떻게 알았어요?!”

아무래도 우리는 정말로 일심동체가 되어버린 것 같았다. 아아, 그건 확실히 몹시 무서운 일이구나. 하지만 왠지 Luna 씨와 함께라면 그것도 괜찮다는 생각도 들었다.

“자. ……아무튼, 가자.”

“네?”

“기숙사. 지금 코이토 팀 멤버들이 너의 퇴원을 축하할 준비를 하고 있어. 그래서 내가 널 데리러 온 거야.”

기숙사 사람들이 다 같이 퇴원을 축하한단다. 그게 뭐야.

“……너. 그렇게 히죽거리는 모습은 보여주면 안 돼. 변태 취급을 당할 거야.”

“윽…… 티가 났어요?”

“킥킥. 응, 엄청.”

아니, 어쩔 수 없잖아. 기숙사 사람들이 다 같이 퇴원 축하라니. 그건 엄청나게 청춘 같잖아. 진짜로 라이트 노벨 같지 않아? 나도 모르게 히죽히죽 웃음이 새어 나왔다.

“그리고 나도 오늘부터는 그 기숙사에서 살 거야.”

“네? 그래요?”

“아니, 뭐…… 그야 당연하잖아……? 내 주인님…… **주인 짱**이 거기 있으니까.”

Luna 씨는 민망해하면서 고개를 저쪽으로 홱 돌렸다.

마음을 읽고 싶지 않다고 생각했다. 그저 지금을 만끽하고 싶었다.

“그런데 지금까진 어디서 살았는데요?”

“응? 그냥 평범하게. 근처의 파이프 속이나. 지면의 틈새 같은 데서.”

“……무슨 소형 파충류에요?”

하지만 납득은 갔다. 이 사람은 근본적으로 더 이상 누군가를 신용하지 못하는 것이다. 그래서 기숙사에 머무르지 않았고, 나와 거리를 두려고 했다. 그랬는데도 최종적으로는 나와 같이 가는 길을 선택했다.

"자, 돌아가자—— 주인 짱."

그녀가 내 소매를 잡아당기면서 걷기 시작했다.
'분명히 앞으로 훨씬 더 무서운 대모험을 하게 되겠지.'
하지만 이 사람과 함께라면 마지막에는 웃을 수 있을 것 같았다.
"저기, 그『주인 짱』이란 건 뭐예요?"
"너 같은 꼬맹이를『주인님』이라고 부를 수는 없잖아.『주인 짱』이면 충분해!"
그녀는 홱! 하고 시선을 피했다. 나는 괜히 웃음이 나왔다.
"어, 그럼 나도『Luna 짱』이라고 불러도 되나?"
"……뭐? 징그러워. ……응? 징그러워. 진짜로 그건 아니다."
너무해.
"아, 하지만…… 나를 Luna라고 가볍게 부르는 건…….."
"진심으로 하는 말이세요?"
"그, 그야 물론 농담이지! 꼬맹이가 나를 막 편하게 부른다고? 말도 안 돼! 유저가 됐다고 해서 으스대면서 폭군 남편처럼 굴지는 말아줘. 이래서 넌 주인 짱밖에 안 되는 거야. 아— 진짜—."

"남편……."

"앗? 아, 아냐. 바보야. ——아, 주먹 나갑니다. 나의 진심이 담긴 주먹이 지금 나갑니다."

아마 가까운 미래에 세계는 멸망할 것이다.

하지만 설령 이곳이 아무리 어두운 **절망의 밑바닥**이더라도.

우리는 언제까지나 저 아름다운 별하늘을 향해 **손을 뻗을 것이다.**

바보같이 웃어라. 그것이 종말한테 칼을 겨누는 전사의 예의다.

실컷 웃고, 영원의 운명을 철저히 때려눕히자.

——최고로 즐거운 모험을 시작하는 거다!

에필로그-b『홀로 서 있었다.』

검은 마왕이 밤바다에서 혼자. 노래하듯이 중얼거렸다.

"또 하나, 끝이 끝났구나. 또 하나, 세계가 끝났구나. 또 하나."

그녀를 바라보고 있는 것은 수백억의 별. 그리고 흐릿한 **초승달**이었다.

"——또 하나. 소원이 숨을 거뒀구나."

그것은 기뻐할 만한 일이자 애도할 만한 일이었다.

"서둘러야 해. 서둘러 세계를 멸망시켜야 해."

만천의 밤에 나타난 것은 황금색 **거대한 만월**이었다. ——두 번째 달.

"서둘러 멸망시키지 않으면, 멸망당할 거야."

황금의 만월에서 나타난 것은, 별하늘을 뒤덮을 정도로 수많은 새하얀 괴물.

균사처럼 엉성하고 만물을 다 죽일 생각밖에 안 하는 얼빠진 괴물.

"이리 와. ——**모래와 바람.**"

바다가 산같이 부풀어 올랐다. 거기서 나타난 것은 그림자 거인이었다. 푸르게 빛나는 기하학적 무늬가 새겨진 불사의 거인이었다. 『모래와 바람』은 검은 마왕을 손바닥에 올려놓고 하늘을 노려봤다.

"너희들은 부른 적 없어. 너희들같이 시시하고 재미없는 놈들한테, 내가 **사랑하는 최고의** 세계가 멸망하게 놔둘까 보냐. 너희들 같은 놈들한테 뭐 하나라도 **줄까 보냐.**"

검은 마왕은 마왕다운 미소를 지으며 팔을 휘둘렀다.

밤의 수평선에 수백, 수천이나 되는 그림자 거인이 출현했다.

작은 것이나 큰 것도, 날아다니는 것이나 사라져가는 것도.

"난 세계를 멸망시키고 싶어."

작은 소녀는 홀로 서 있었다.

"최고의 소원으로 세계를 멸망시켰으면 좋겠어. 그런데 그것은 내 안에는 없어. 너희들 안에도 없고. 어디 있는지도 몰라. 과거에 그 누구도 본 적이 없어."

세계를 사랑하면서 홀로 계속 싸우고 있는 새카만 눈을 지닌 마왕은 웃었다.

"──해피엔드는 틀림없이 있어. 나는 그걸 믿어."

소녀는 홀로 계속 싸우는 것이다.

이제 곧 끝날 세계를 끝내기 위해서.

해피엔드로 끝내기 위해서.

──이 끝없는 여로를, 어디까지든 쭉 가는 거다.

사랑과 용기의 갑옷과 방패로.
꿈과 희망의 총과 검으로.

설령 우주가 멸망하더라도.

해설

미사키 사기노미야

웰메이드란 말이 있다. 내가 가장 싫어하는 평가다.

이야기는 파탄이 나야지만 재미있다.

좋아하는 것을 정신없이 끄적거려 놓은 조잡함, 정열이 앞서고 기술은 뒤처지는 미숙함. 정반대로 철저히 시장의 분위기에 영합해 이야기가 가벼워지는 것도 굉장히 좋아한다. 작가의 정신적인 상승과 하강이 의도치 않게 반영된 작품을 봤을 때는 너무 기뻐서 신음을 흘릴 때도 있다.

정연하고 냉정하게, 양질로 완벽하게 제어된 작품. 그런 것은 지루해서 참을 수 없다.

파탄을 다오! 좀 더 인간의 불완전성을 보여 다오!

그것이 나의 작가로서의 가치관이자 독자로서의 소망이다.

자, 그럼 이번 작품. 『여기는 종말 정체 위원회.』를 한번 보자. 신기한 인상을 받은 작품이다.

일단 재주가 좋다. 기술적인 면에서 좀 당황스러울 정도로 능숙하다.

캐릭터 묘사, 스토리 전개, 설정, 문체. 어디를 봐도 레벨이 높다. 읽을 때 기분이 좋다.

개인적으로는 체육복 메이드 멘헤라 누님 Luna 씨가 무척 마음에 들었다. 나른한 말투와 닳아버린 내면. 그런데도 끝까지 버리지 못하는 소망. 그런 요소들이 높은 독자성과 심플한 매력을 양립시키면서 잘 묘사되어 있다.

응? 뭐야. 이 작가님은 이게 두 번째 상업 소설이라고? 진짜? 이건 꽤 오랫동안 프로로 활동해온 사람의 필치잖아……(조사해 봤더니 실제로 게임 시나리오를 오랫동안 써오신 분인 것 같았다).

그런데 그런 기술력에 어울리지 않는 열정과 기세가 있다.

흐드러지게 만개한 캐릭터의 매력, 경묘하게 이루어지는 대화의 캐치볼.

예상외로 굴러가는 전개, 미친 듯이 빠르게 피로되는 멋진 설정.

이야기를 풀어나가는 속도도 빠르다. 배에 태워졌나 싶더니 바다에 내던져지고, 전생의 여신 앞에 있나 싶더니 천공의 학교에 있고. 그 후에도 시장, 바르셀로나, 연구소, 심해 등등 종횡무진을 하고 있다.

아니, 보통은 이러진 않거든요. 요소 하나하나가 잘 만들어져 있으니까 아끼면서 조금씩 보여준단 말이지. 보통은. 나 같으면 두 권에 걸쳐 보여준다. 이런 양의 정보를 제시하려면 두 권쯤은 써야지. 아니, 세 권일지도 모른다.

그렇다면 이번 작품은 실패작인가? 이야기를 너무 꽉꽉 채워 넣어서 재미없는가?

그렇지 않다. 이 부분은 단언한다.

여기서는 그런 밀도가 작품을 명백하게 특별한 것으로

승화시키고 있다.

오늘날 소설이란 것은 대체로 코스트 절감을 추구하면서 만들어진다. 소설만 그런 게 아니다. 영상도 만화도 음악도 게임도 모두 다 경제성을 어떻게 계획하느냐가 중요하다.

이것은 가격만의 문제가 아니다. 작품에서 얻을 수 있는 재미와 쾌감에 대하여 그 수용자의 부담을 어떻게 디자인하는가. 그것이 모든 것의 대전제가 되고 있다. 그리고 현실적으로 말하자면, 무조건 그 부담을 줄이고 싶다고 생각하는 제작자가 많을 것이다.

또 동시에 작가의 입장에서도 제작 코스트가 너무 커지지 않게 조절해야 하는 상황이 많을 것이다.

예를 들어 인터넷상에서 웹소설을 연재한다면. 랭킹 상위권에 들어가려면 연속으로 작품을 투고해야 한다. 중요한 것은 속도. 그것을 실현하려면 페이스 배분이 필요하다. 자신의 코스트도 적절히 관리해야 하는 것이다.

물론 이것은 전혀 나쁜 게 아니다. 오히려 전통적인 섬세한 생각이라고 할 수도 있다.

예를 들어 신문소설은 웹소설과 마찬가지로 매일 게재해야 하는 것이었다. 당연히 작가 측의 코스트 관리도 필요해진다. 중요한 것은 그런 환경에서 무엇을 만들어 내느냐. 어떤 가치를 작품에 부여하느냐. 그것이 문제다.

이야기가 삼천포로 빠졌다. 본론으로 돌아가자.

소설을 쓸 때는 코스트를 의식해야 한다. 그럼 어떻게 되느냐.

설정의 양이 한정된다. 캐릭터 수도 적정량으로 정해진다.

대화도 속도감 있게 술술 읽히는 것이 중시된다. 스토리 전개도 시장에서 증명된 모범답안에 가깝게 이루어진다.

그것은 그것대로 훌륭하다. 세련되고 원숙한 방식이다. 제한의 끝에서 피는 꽃이기도 하다.

하지만 이번 작품은 여러 가지 면에서 정반대의 길을 갔다.

그 결과 역설적으로 신기한 현대성을 지닌 작품이 된 것 같다.

구체적으로 말하자면 작가 측의 가성비는 완전히 무시.

독자 측이 죄책감을 느낄 정도로 사치스러운 정보 섭취를 할 수 있는 구조로 되어 있다.

쾌감의 파상 공격이 짧은 간격으로 처음부터 끝까지 끊임없이 쏟아진다. 자세히 읽어도, 또 대충 읽어도 그에 알맞은 재미가 제공된다. 독자 측의 가성비와 시간 대비 만족도가 굉장히 높은 것이다.

요컨대——이 작품은 대놓고 「상업 작품」으로서 「원가 파괴」를 두려워하지 않는다.

이건 그야말로 재미와 사랑스러움과 감동의 덤핑 행위다.

이와 비슷한 구조는 일부 유행곡이나 만화 작품이나 동영상에서 찾아볼 수 있다. 다만 소설 업계에서는, 아니, 적어도 라이트 노벨 업계에서는 현재 거의 볼 수 없는 구조다.

그리고 이런 구조가 성립되는 이유는 하나밖에 없을 것이다.

작가가 순수하게 「좋아서 하는 짓」이다. 즉, 의식적으로 사업성을 파탄 낸 거다.

나는 비판하는 것이 아니다. 부러워하는 것이다. 이런 작품을 세상에 내놓을 수 있는 아이엔 키엔 씨가 진심으로 부럽다. 왜냐하면 나도 늘 그런 작품을 쓰고 싶다는 소망을 가지고 있기 때문이다.

끝으로 좀 심술궂은 말을 한마디 해보겠다. 이 작품이 권수가 많아지면 어떻게 될까?

이렇게 「적자를 각오한 강행군」을 언제까지 계속할 수 있을지. 그리고 그게 어떤 광경을 보여줄지. 그것을 끝까지 지켜보고 싶습니다.

KOCHIRA, SHUMATSU TEITAI IINKAI. Vol.1
©Aiencien 2024
Edited by 전격 문고
First published in Japan in 2024 by KADOKAWA CORPORATION, Tokyo.
Korean translation rights arranged with KADOKAWA CORPORATION, Tokyo.

여기는 종말 정체 위원회. 1

2026년 3월 15일 1판 1쇄 발행

저　　　자 아이엔 키엔
일 러 스 트 오기pote
옮　긴　이 한수진
발　행　인 유재옥
이　　　사 조병권
편　집　부 정영길 박치우 조찬희 이소의 정지원 최유정 김혜주
디자인랩팀 김보라 전세연
디지털사업팀 김지연 윤희진 장혜원
라이츠사업팀 김정미 유아현
영업마케팅팀 최연욱 김민
물　류　팀 백철기
경영지원팀 최정연
인쇄제작처 ㈜코리아피엔피
발　행　처 ㈜소미미디어
등　　　록 제2015-000008호
주　　　소 서울시 마포구 토정로222, 502호 (신수동, 한국출판콘텐츠센터)
판매 및 마케팅 (070) 8822-2301

ISBN 979-11-384-8978-2
ISBN 979-11-384-8977-5 (세트)